HEYNE BÜCHER

Fantasy

Herausgegeben von Friedel Wahren

Von JENNIFER ROBERSON erschienen in der Reihe
HEYNE SCIENCE FICTION & FANTASY:

DER SCHWERTTÄNZER-ZYKLUS

1. *Schwerttänzer* · 06/5072
2. *Schwertsänger* · 06/5073
3. *Schwertmeister* · 06/5074
4. *Schwertmagier* · 06/5178
5. *Schwertprinz* · 06/9139
6. *Schwertrache* · 06/9160
7. *Schwertbruder* · (in Vorb.)

Die Bände 1 und 2 sowie 3 und 4 erschienen
als Sonderausgaben:
Zwei Romane in einem Band · 06/9137 und 06/9138

DER CHEYSULI-ZYKLUS

1. *Wolfsmagie* · 06/5671
2. *Das Lied von Homana* · 06/5672
3. *Das Vermächtnis des Schwerts* · 06/5673
4. *Die Fährte des weißen Wolfs* · 06/5674
5. *Die Ehre der Prinzen*· 06/5675
6. *Die Tochter des Löwen* · 06/5876
7. *Der Flug des Raben* · 06/5877
8. *Der Gobelin mit Löwen* · 06/5878
9. *Löwenmagie* · 06/5879

Jennifer Roberson

Schwertrache

Sechster Roman des Schwerttänzer-Zyklus

Deutsche Erstausgabe

WILHELM HEYNE VERLAG
MÜNCHEN

HEYNE SCIENCE FICTION & FANTASY
Band 06/9160

Titel der Originalausgabe
SWORD-BORN
A Novel of Tiger and Del
2. TEIL
Übersetzung aus dem amerikanischen Englisch
von Karin König
Das Umschlagbild malte Jon Sullivan

Umwelthinweis:
Dieses Buch wurde auf chlor- und
säurefreiem Papier gedruckt

Deutsche Erstausgabe 12/2001
Redaktion: Joern Rauser

Erstveröffentlichung bei Daw Books, Inc., New York

http://www.heyne.de
Printed in Germany 2001
Umschlaggestaltung: Nele Schütz Design, München
Technische Betreuung: M. Spinola
Satz: Schaber, Satz- und Datentechnik, Wels
Druck und Bindung: Elsnerdruck, Berlin

ISBN 3-453-19625-2

1

Ich stand dort auf dem Gipfel und drohte zu fallen. Nur dass ich nicht fallen würde, weil ich fliegen konnte. Weil man von mir erwartete zu fliegen.

Weil ich fliegen musste.

Der Wind peitschte auf mich ein. Er wischte mir die Feuchtigkeit aus den Augen und trocknete sie aus. Strich mir das Haar aus dem Gesicht. Bedrohte den Atem in meiner Nase und so den Atem in meinen Lungen. Zerrte an meiner Kleidung wie eine Frau, die es nach Intimität verlangt, bis der Stoff riss, zerfetzt wurde, mir vom Körper gerissen wurde.

Und ich stand nackt oberhalb des Abgrunds und sollte fliegen. Oder sterben.

Die Zehen bohrten sich in das Gestein. Schwielen platzten auf und bluteten. Ich hob die Arme, breitete die Arme aus, spreizte sie wie Schwingen, die Finger ebenfalls gespreizt und starr. Der Wind prallte gegen die Handflächen, fing sich in den Achselhöhlen. Ich schwankte gefährlich auf dem Berg. Auf der Säule der Götter das Gleichgewicht suchend.

»Ich kann«, sagte ich. »Ich werde.«

Der Wind heulte um mich herum. Liebkoste mich. Ergriff mich.

»Ich kann. Ich muss. Ich werde.«

Der Wind erfüllte mich, drängte sich durch meine Lippen in den Mund, in die Kehle, in den Körper. Er war kein sanfter Geliebter, keine zärtliche und bedächtige Frau, sondern eine bedrohliche Macht, die eine Erlösung und Erleichterung versprach wie keine andere dem Menschen bekannte.

Ich beugte mich mit ausgebreiteten Armen vor. Und dann

ließ der Wind nach. Erstarb, verließ den Berg, ließ mir die freie Wahl.

Ich beugte mich vor, suchte den Wind. Wartete darauf, dass er mich anheben würde.

Stieg auf.

Stürzte ab …

… und prallte auf den Boden.

»Tiger?« Del setzte sich auf, beugte sich über die Bettkante. »Bist du in Ordnung?«

Ich lag zusammengekauert auf dem Steinboden. Ich fragte benommen: »Was ist passiert?«

»Du bist aus dem Bett gefallen.«

Ich setzte mich stöhnend auf. Betastete meine Ellenbogen, die Knie. Spähte in die Dunkelheit. »Hast du mich gestoßen?«

»Nein, ich habe dich nicht gestoßen! Du hast mich dadurch geweckt, dass du etwas zu rufen versuchtest, und bist dann über die Bettkante gesprungen.«

»Gesprungen.«

»Gesprungen«, wiederholte sie entschieden.

Ich betastete meine Stirn, als ich mir einer wunden Stelle bewusst wurde. Am Morgen würde daraus vermutlich eine Beule erwachsen sein. »Warum sollte ich über die Bettkante *springen*?«

»Ich weiß es nicht«, sagte Del. »Ich habe keine Ahnung, was dich zu irgendetwas treibt. Einschließlich: zu viel zu trinken.«

Waren wir also wieder beim alten Thema? Ich stand auf, richtete meine Tunika, drehte mich in eine Richtung und dann in die andere, um mein Rückgrat knacken zu lassen. Das Geräusch klang laut in der Dunkelheit.

»Ein Traum?«, fragte sie.

Ich dachte darüber nach. »Ich erinnere mich an keinen Traum. Ich erinnere mich nicht daran, überhaupt geträumt zu haben.« Ich rieb mir kurz über mein Stoppelkinn. »Das kommt wahrscheinlich, weil ich mich ohne Schwert so hilflos fühle. Irgendwie ... unruhig.«

»Unruhig?«

»Als würde etwas Schlimmes geschehen.«

Del stieß einen abwehrenden Laut aus. »Zu viel Wein.« Und legte sich wieder hin.

»Komm«, sagte ich, »lass mich wenigstens zwischen dich und die Wand. Wenn ich dann wieder aus dem Bett stürze, kann ich auf dir landen.«

Del rückte rüber. *Zur* Wand. Überließ mir die offene Seite und darunter den Steinboden.

»Danke, Bascha.«

»Gern geschehen.«

Ich kletterte ins Bett zurück, befühlte meine Bettseite, fand aber keine schwache Stelle. Wahrscheinlich war ich zu weit an den Rand gerollt, war aus dem Gleichgewicht geraten und einfach über die Kante gekippt. Gleichgültig, was Del über das Springen gesagt hatte.

Da sie nicht mitmachen und mir die Wandseite überlassen wollte, entschädigte ich mich, indem ich beide Arme um sie schlang. Wenn ich fiel, fiel auch sie.

Rachsüchtig lächelnd, schlief ich wieder ein.

Am Morgen hatte ich tatsächlich eine Beule, wenn auch keine schlimme. Del erwischte mich, als ich sie betastete, das Haar beiseiteschob, um sie zu betrachten, und wedelte dann mit der Hand. »Du riechst wie eine Weinkellerei.«

Ich grinste. »Was nicht unangemessen ist, da wir zur Zeit in einer *leben*.«

»Sieh dich nur an.« In anklagendem Tonfall.

Das brauchte ich nicht. Ich wusste, was sie meinte. Meine vor vergossenem Wein in der Farbe alten Blutes befleckte Tunika. Ich ergriff mit gekreuzten Armen den Saum und riss mir die Tunika über den Kopf. »So«, sagte ich, »alles weg.«

Sie sah mich fragend an, während sie ihr langes helles Haar richtete. Sie war zerzaust, zerknittert und wirkte in ihrer ärmellosen, kurzgeschnitten Tunika, die fast ihre ganzen außergewöhnlich langen und wundervollen Beine freigab, schläfrig, aber trotz ihrer Morgenstimmung unbestreitbar großartig. Ich sah sie lüstern an und gab vor, mich auf sie stürzen zu wollen.

Del duckte sich fort. »Erst wenn du gebadet hast!«

»Das wird warten müssen«, sagte ich. »Und du ebenfalls, wenn du glaubst, es ertragen zu können.«

Sie runzelte die Stirn und fuhr weiter mit den Fingern durch ihr Haar. »Wovon sprichst du?«

»Ich fange heute damit an, aus Herakleio einen Mann zu machen. Es ist eine schmutzige, schweißtreibende Angelegenheit. Das Bad kommt später.«

Sie fragte vorsichtig: »Wie gedenkst du ihn zu einem Mann zu machen? Indem du ihn unter den Tisch trinkst?«

»Oh, ich zweifle nicht daran, dass ich ihn unter den Tisch trinken kann. Ich erwarte, offen gesagt, ihn in den meisten Dingen ausstechen zu können.« Ich erinnerte mich an Prima Rhannets Bemerkung über Herakleios Verlangen nach Frauen. »Obwohl ich im Laufe der Zeit einige Selbstbeherrschung gelernt habe.«

»*Tatsächlich*?«

»Mühsam vielleicht, aber es bleibt dennoch Selbstbeherrschung.« Ich streckte mich ausgiebig und wartete darauf, dass sich meine Knochen wieder an ihren Platz begaben. An einigen Morgen taten sie dies langsamer als an anderen.

»Du«, sagte sie zweifelnd. »Du willst ihn zu einem Mann machen.«

Ich drehte meinen Rumpf erst in die eine und dann in die andere Richtung. »Traust du mir das nicht zu?«

Del dachte über die Antwort nach. »Ich glaube, dass es tatsächlich Dinge gibt, die du jedermann beibringen kannst«, sagte sie schließlich. »Aber … du weißt nichts über Skandi.«

»Ich weiß ein wenig darüber, ein Mann zu sein.«

Sie betrachtete sinnend meine Miene und entschied, mir nicht mehr Leine zu lassen, damit ich sie nicht nehmen und sie damit aufhängen konnte. »Darf ich zusehen?«

Ich beugte mich vor, um meine Zehen zu berühren, und ergriff sie. »Später«, sagte ich angespannt. »Du musst zuerst noch etwas für mich tun.«

»Ich?«

»Such Simonides auf, den Diener der Metri. Er hat einiges für dich.«

»Für mich.«

»Nun, tatsächlich für mich und Herakleio, aber wir werden zunächst einmal beschäftigt sein. Wenn du siehst, was Simonides zusammengetragen hat, wirst du es wissen.«

»Wird *er* wissen, dass ich weiß?«

Ich verschränkte die Hände hinter dem Kopf und beugte mich herab, drehte mich, ließ die Anspannung in meinem Nacken sich lösen. »Wahrscheinlich nicht.«

»Du bist rätselhaft, Tiger.«

»Nein, das bin ich nicht.« Ich schüttelte die Arme aus und ließ meine Hände zappeln wie frisch vom Haken genommene Fische. »Ich bin *unterhaltsam*.«

Sie sagte in ernstem Tonfall: »Du wirst nicht so hinausgehen.«

»Nein?« Ich trug nicht viel – eine weite Hose, die von einer über meinen Hüftknochen festgebundenen Kordel gehalten wurde. Kein Hemd, keine Schuhe. Ich war so unbehindert, wie ich es mochte. »Warum nicht?«

»Du wirst den armen Jungen halb zu Tode erschrecken.«

Der ›arme Junge‹ war ein Jahr älter als Del. »Gut.« Ich lächelte grimmig. »Komm her.«

»Warum?« Wachsam.

»Vertraust du mir nicht, Bascha?«

»Manchmal.«

»Komm her.« Ich hielt inne. »Bitte?«

Del erhob sich ein wenig besänftigt und näherte sich mir.

»So.« Ich ergriff ihre Arme, hob sie an, legte sie um mich. »Fest.«

»Tiger … du *stinkst* nach Wein!«

»Würdest du es bitte tun?«

Sie seufzte und schlang ihre Arme um mich.

»Drück zu«, wies ich sie an. »Fest.«

Sie drückte.

»Fester.«

»Fester als so?«

Wir waren wie zusammengeschweißt. »So fest du kannst, Bascha.«

Sie drückte, und mehrere meiner Wirbel beschlossen, wieder an ihren Platz zu springen. Geräuschvoll.

»Götter«, sagte sie und ließ mich entsetzt los.

»Schon besser«, seufzte ich und grinste sie dann an. »Jetzt riechst *du* nach Wein.«

»Was du wahrscheinlich die ganze Zeit beabsichtigt hast.«

»O nein. Zumindest nicht als *Einziges*.« Ich beugte mich vor, gab ihr einen heftigen Kuss, der halb auf ihrem Mund und halbwegs auf ihrem Kinn landete, und eilte aus dem Raum. »Vergiss nicht, Simonides aufzusuchen.«

»Nach meinem Bad«, murrte sie.

Herakleio war verzogen. Verweichlicht. Ich öffnete die Tür zu seinem Raum und trat ein, woraufhin er mich nicht einmal ansah. Wahrscheinlich weil seine Augen in einem so tiefen Schlaf, dass er fast an Bewusstlosigkeit grenzte, fest geschlossen waren.

Er lag auf dem Bett ausgebreitet, die Glieder in den Laken verfangen. Er war nach dem Essen anscheinend in die Stadt gegangen. Ich roch Wein und härtere Alkoholika, wie auch eine Spur Rauch. Es war nicht Huvakraut – ich bezweifelte, dass es in Skandi wuchs –, aber etwas Ähnliches, selbst in kleiner Menge sehr Starkes, wenn es mit dem traditionellen *Perfume of Cantina*, wie Del es einmal beschrieb, vermischt wird.

Die erste Prüfung: nicht bestanden.

»Hoch«, sagte ich ruhig.

Nicht die geringste Reaktion. Zweite Prüfung: nicht bestanden.

Der mir nächstgelegene Fuß hing über die Bettkante. Ich verschränkte die Hände um den Knöchel und strebte zur Tür, zog den schlaffen Körper vollständig aus dem Bett, sodass er auf den Boden plumpste.

Das weckte ihn.

Der größte Teil des Bettzeugs hatte ihn begleitet, sodass er selbst auf dem Boden noch darin verfangen blieb. In einem Durcheinander von Leinen und Flüchen grub sich Herakleio schließlich frei und erkannte mich.

»Sie!«

»Ich.«

»Was *wollen* Sie?«

»Sie.«

»Mich?«

Es wurde schnell zu einer monotonen Unterhaltung. »Sie.«

»Warum?«

Nun, das war zumindest eine Veränderung. »Befehle.«

»Befehle? Befehle? Wessen Befehle?«

Vielleicht konnte er nach einer durchzechten Nacht nur noch in einzelnen Worten oder Silben denken. »Der Metri«, antwortete ich. »Erinnern Sie sich? Ich soll einen Mann aus Ihnen machen.«

Er setzte sich in dem Gewirr von Bettzeug und nackter brauner Haut jäh auf. »*Dies* soll mich zu einem Mann machen? Mich aus dem Bett zu ziehen und auf den Boden zu werfen?«

»Es ist ein Anfang. Zugegebenermaßen kein großartiger Anfang, aber doch ein Anfang.«

Er wurde allmählich wach. Er blinzelte mich zornig an und konzentrierte sich dann mühsam, die Augenbrauen über seiner Nase zusammengezogen. Er sah mich an, und dann veränderte sich sein Gesichtsausdruck. »Götter«, murmelte er, während er starr auf meinen Bauch blickte.

Ah. Die berüchtigte Narbe.

»Hoch«, sagte ich und winkte mit dem Finger.

»Wer hat Ihnen das angetan?«

»Eine Frau. Und jetzt stehen Sie auf.«

Er regte sich nicht. »Eine *Frau* hat Ihnen das angetan?«

»Sie hatte ein Schwert«, erklärte ich. »Hoch, Herakleio.«

»Eine *Frau* hat Sie verletzt? Mit einem Schwert?«

»Eine Frau. Mit einem Schwert.«

»Götter«, sagte er erneut.

»Ich bin voller kleiner Erinnerungen«, belehrte ich ihn. »Nihko trägt Tätowierungen, ich trage Narben.« Ich beugte mich herab, um ein Handgelenk zu ergreifen, aber er wich zurück. »Dann stehen Sie freiwillig *auf*«, sagte ich. »Sie können nicht viel lernen, wenn Sie auf dem Boden sitzen.«

»Viel worüber?«, fragte er misstrauisch.

»Über alles. Hören Sie, dies war nicht meine Idee, erinnern Sie sich? Ich schulde der Metri etwas, und so möchte sie diese Schuld beglichen wissen.«

Da erhob er sich, ließ das Bettzeug ganz fallen. Er trug nur düsteren, schwelenden Groll. »Und was sollen *Sie* mich darüber lehren, ein Mann zu sein?«

»Kommen Sie mit und finden Sie es heraus.«

»Wohin mitkommen?«

»Nach draußen.«

»Wohin draußen?«

»Hoolies, Herakleio, können Sie noch etwas anderes als Fragen stellen? Warum kommen Sie nicht einfach mit und sehen selbst?«

»Frühstück«, forderte er mich heraus.

»Danach. Wenn Sie dann noch Appetit haben.«

Das saß. »Ich habe jetzt Appetit.«

»Kann sein, aber wir werden dem jetzt nicht nachgeben. Jetzt werden wir Sie in den Tanz einführen.«

»Den was?«

»Den Tanz.«

»Mit *Ihnen*?«

»Nicht diese Art Tanz.«

»Ich will mit Ihnen in *keine* Art Tanz eintreten.« Er hielt inne und bemerkte dann im Tonfall der Erkenntnis: »Sie meinen einen Schwerttanz.«

»Ja, ich meine einen Schwerttanz.« Ich machte eine Geste. »Kommen Sie.«

Wieder Zorn. »Ich habe nichts an!«

»Wollen Sie einer Schwertklinge keine wertvollen Körperteile opfern?« Ich grinste. »Warum nicht, Herakleio? Zu langsam nach letzter Nacht?«

Er sah mich finster an. »Ich weiß nichts über den Gebrauch eines Schwertes oder das Tanzen mit Männern.«

»Das ist richtig – Sie ziehen es vor, mit Frauen zu tanzen. Das habe ich gehört.« Ich deutete auf die Tür. »Dann ziehen Sie sich eine Hose an, wenn Sie sich damit besser fühlen.«

Er warf das wirre Haar aus dem Gesicht. »Ich würde mich besser fühlen, wenn ich wieder ins Bett ginge.«

»Zweifellos, nach allem, was Sie letzte Nacht getrunken – und geraucht? – haben. Aber das können Sie bereits. Jetzt ist es an der Zeit, etwas anderes zu lernen.«

»Den Umgang mit einem Schwert?« Verächtlich gefragt.

»Unter anderem.« Ich nahm eine schmutzige Tunika von einer Bank neben der Tür. »Dies sollte genügen.«

Er fing sie auf, als ich sie ihm zuwarf und verzog das Gesicht.

»Seien Sie ein guter kleiner Erbe«, riet ich ihm. »Tun Sie, was die Metri verlangt.«

Es war die Mahnung, dass sich noch ein potenzieller Erbe im Haus der Metri befand. Er schüttelte die Tunika aus und zog sie sich über den Kopf. Dann fragte er mit großartiger Geringschätzung: »Kann ich zuerst noch pissen gehen?«

»Das sollten Sie besser tun«, riet ich ihm, »sonst werden Sie sich beschmutzt haben, bevor der Morgen vorüber ist.«

Dann sagte ich ihm, wo er mich treffen sollte, und überließ ihn seinem Kater.

Das Haus selbst war auf einer massigen Anhäufung faltigen, porösen, windgeprägten Gesteins erbaut. Es war keine *hohe* Erhebung – bis auf die Klippe an der Vorderseite war kein Teil der halbmondförmigen Insel erheblich höher als das Übrige –, aber sie war irgendwie doch höher als das umgebende Land. Akritara war von hervorgewachsenen Nischen gefliester Höfe und Terrassen umgeben, die von niedrigen, weißgetünchten Mauern begrenzt wurden. Man stelle sich eine Reihe sich ausbreitender Lachen vor, die sich hier und da mit in die Mitte geworfenen, verschachtelten Reihen von Räumen verbinden, auf verschiedenen Halbebenen von schrägen Steintreppen verbunden, und man hat eine Vorstellung. Trotz der von Hand geglätteten, abgerundeten äußeren Ecken der Räume war das Haus keineswegs ganz gerundet und keinesfalls durch einen quadratischen Raum hier und einen quadratischen Raum dort klar einzuordnen. Es war eine große Anzahl von Räumen, die zusammengeballt und mit Mörtel verbunden waren und irgendwie ein Ganzes bildeten.

In den Hyorts der Salset aufgewachsen, in individuellen rundlichen Zelten, die zu Gruppen um den größeren Hyort des Häuptlings aufgestellt waren, kam ich zu dem Schluss, dass sich Akritara nicht wesentlich von einem Stammesdorf unterschied. Aber es war aus Stein gebaut, weil es, wie man mir sagte, auf der Insel kein anderes Holz gab als das, was von anderen Ländern herbeigebracht wurde, und keine der mit Kuppeln versehenen, bogenförmigen Dachlinien folgte einem Vorrecht oder der Symmetrie.

Aber eine mit einer niedrigen Mauer versehene, steingeflieste Terrasse auf der Hausseite war größer als der Rest und überschaute den Teil der Insel, der zur Stadt und dann zum Rand des Kessels führte. Hierhin ging ich, hier befreite ich die Fliesen von größeren Kieseln, Sand und über die Mauer gewehtem totem Laub. Ich ging barfuß über den Stein, erspürte mit den Fußsohlen, wie die Fliesen aneinandergepasst waren, wie der Mörtel sie beständig verband. Ich ging langsam, vorsichtig über die Terrasse, ließ meine Füße den Ort erkunden. Ich suchte die Oberfläche auch mit Blick und Fingerspitzen ab. Einige der Fliesen waren an den Ecken abgesprungen, von Zeit und Wasser angenagt. Haarfeine Risse verliefen durch viele der Quadrate und bildeten in anderen größere Spalten. Aber es war guter, geschickt zusammengefügter Stein. Es gab keine regelrecht losen Fliesen, keine gebrochenen oder zerschlagenen Stücke, nichts, woran ein Fuß hätte hängenbleiben, stolpern und aus dem Gleichgewicht geraten können.

In Alimat, in der Ausbildung durch den Shodo, lernten wir, auf allen Oberflächen zu tanzen. Die Punja, die tiefe Wüste, bestand überwiegend aus Sand, aber der Süden war auch noch aus etwas anderem gemacht. Der Shodo hatte Proben dieser anderen Oberflächen von den Grenzen des Südens heranbringen lassen, und es waren aus jeder dieser Materialien Kreise gestaltet worden. Sand, Kiesel, Schotter, Ortstein, gerissene und von der Sonne gehärtete Schlammflächen, die bröckelige Grenzerde, der durch Muscheln scharfe Sand der Küste nahe Haziz, per Hand geglättete Lehmziegelplatten, die durch darübergegossenes, Regen simulierendes Wasser geglättet wurden. Auf allen diesen Oberflächen, in allen diesen Kreisen lernten wir zu stehen, zu warten, uns zu bewegen, zu *tanzen* – lange bevor uns jemals ein Schwert in die Hände gegeben wurde.

Eine schwache Spur vom Wind verwehten, pudrigen Sandes war auf den Fliesen zu sehen. Ich würde Simonides bitten, die Oberfläche täglich abspritzen zu lassen, um alle Hindernisse von den Fliesen zu entfernen, die Stiefelsohlen, Sandalen oder schwielige Fußsohlen ausgleiten lassen könnten, aber im Augenblick konnte man es nur ertragen. Und wir würden uns noch nicht so viel bewegen. Zunächst nicht.

Als Herakleio schließlich kam, fand er mich die Mauer abschreitend vor. Sie war vielleicht kniehoch und zwei Handbreit tief. Ich folgte ihrem gebogenen, die Terrasse umgebenden Grat, von der Ecke eines Raumes zur Ecke eines anderen Raumes, und maß die dazwischenliegende Entfernung ab.

Er beobachtete mich verwirrt. Seine Haltung wirkte ungeduldig, steif, ganz angespannt. Es war keine Anmut in ihm, wie er dort stand, keine innere Ausgewogenheit. Der Tanz erfordert den Einklang des Körpers. Im Augenblick besaß er keinen.

Er war, dessen war ich sicher, rasch gewachsen. Ich vermutete, dass seine Hände und Füße altersmäßig zu groß gewirkt hatten. Er stolperte über Dinge, ließ etwas fallen. Er schlug mit den Ellenbogen gegen Türrahmen, die Oberschenkel waren von Tischkanten gezeichnet, die Schienbeine von blauen Flecken übersät. Dem war er schließlich entwachsen und hatte seine Hände und Füße jetzt unter Kontrolle, fühlte sich so, wie seine Knochen, seine Gelenke, die weiche Bewegung der Muskeln und Sehnen unter der braunen Haut, die Verteilung des Gewichts zusammenpassten, wohl. Aber Knochen und Haut wohnt ein Geist inne, der nichts damit zu tun hat, wie ein Mensch gemacht ist, sondern nur damit, wie er denkt.

Ich schritt die Mauer ab. Fersen bis Zehen und umgekehrt, stellte mich dann seitlich darüber und markierte meinen Weg bei jedem Schritt durch den Spann. Schließlich wurde ihm langweilig, er wurde ärgerlich und nicht einmal annähernd neugierig.

Als er den Mund öffnete, um etwas zu sagen, trat ich von der Mauer weg. »Springen Sie hinauf, Herakleio.«

»Hinauf«, echote er ungläubig. Dann, herablassend: »Das glaube ich nicht. Ich kann mir bessere Möglichkeiten vorstellen, meine Zeit zu verschwenden.«

Ich deutete mit einem Daumen. »Hinauf.«

»Ich bin kein Kind mehr, Scharlatan, dass ich mich mit solchen Dingen abgebe.«

»Nun, die Metri hält Sie anscheinend dafür.« Ich zuckte die Achseln. »Stellen Sie sie zufrieden, indem Sie mich zufriedenstellen.«

Zahlreiche Empfindungen schwemmten über sein Gesicht. Groll, Erkenntnis, Verärgerung, Ungeduld. Aber er bewegte sich. Er stieg mit einer leichten Bewegung auf die Mauer, die Muskeln streckten sich unter der Haut seiner Oberschenkel – unter dem Saum seiner Tunika verborgen – geschmeidig, und dann stand er dort.

»Nun?«, fragte er überaus verächtlich.

Ich stieß ihn hinab.

Er fiel nicht. Wankte nicht. Schlug nicht mit den Armen um sich. Aus dem Gleichgewicht geraten, trat er einfach herab. Jetzt lag die Mauer zwischen uns.

»Was …?«, begann er heftig.

»Steigen Sie wieder hinauf«, sagte ich mit einer entsprechenden Geste. »Und bleiben Sie dieses Mal oben.«

Er starrte mich finster an. »Sie werden mich nur erneut hinabzustoßen versuchen.«

»Ja«, stimmte ich ihm zu. »Und Sie werden versuchen, *nicht* hinabgestoßen zu werden.«

»Das ist Zeitverschwendung!«

»Das dachte ich zuerst auch.« Ich zuckte die Achseln. »Ich habe es besser gelernt.«

»Gelernt?«

»Viele Dinge«, erklärte ich ihm. »Unter anderem, wie man fällt … und wie man nicht fällt.«

»Aber das ist …«

Ich trat über die niedrige Mauer, legte meine flache Hand auf sein Rückgrat und schob.

Wie erwartet, wie beabsichtigt, machte Herakleio in dem Versuch, sein Gleichgewicht wiederzugewinnen, einen großen Schritt, stieß sich an der Mauer die Zehen und rettete sich nur dadurch vor einem schlimmen Fall, dass er ein Bein hoch und über die Mauer riss und einen Fuß fest aufsetzte. Er schürfte sich dabei das Schienbein ab und stand dann in eher ungelenker Haltung über der Mauer, nachdem er sich gefangen hatte, fiel aber nicht.

»Da«, sagte ich. »Nicht so schwer, oder?«

Er hatte drei Wahlmöglichkeiten. Er konnte ein Bein hochziehen und auf der entgegengesetzten Seite der Mauer absetzen, sich dadurch von mir fortbegeben. Er konnte das andere Bein hochziehen und über die Mauer setzen, sich dadurch auf mich zubewegen. Oder er konnte genau dort bleiben, wo er war, jeweils ein Bein auf einer Seite der Mauer.

Herakleio entschied sich für Letzteres.

»Gut«, kommentierte ich. »Behalten Sie beide Füße am Boden, wann immer es möglich ist.«

Er war wütend. Er sagte es mir in knappen, zischend ausgestoßenen Worten in einer Sprache, die ich für Skandisch hielt.

»Springen Sie hinauf«, sagte ich. »Gehen Sie auf der Mauer entlang, Herakleio. Stellen Sie sich vor, dass Sie sterben müssen, wenn Sie auch nur einen Schritt auf einer Seite herabsteigen.« Ich hielt inne. »Das heißt, wenn Sie überhaupt die Vorstellungskraft besitzen.«

»Während Sie darauf warten, mich wieder hinabstoßen zu können?«

Ich schlug sanft vor: »Dann lassen Sie es doch nicht zu.«

Er atmete tief genug ein, um mich mit allen möglichen ungehobelten Kommentaren zu attackieren, aber gerade in diesem Augenblick kam Del um die Ecke, und er schloss geräuschvoll den Mund.

Sie hielt zwei vier Fuß lange Stöcke in Händen – Simonides hatte wertvolle Besenstiele gestiftet –, sowie zwei kürzere, schmalere Holzstücke, Lederstreifen, ein Obstmesser, Stoff und einen Wasserschlauch. Sie trug, wie schon seit ihrer Ankunft in Akritara, eine lange ärmellose Leinentunika, sehr dünn, die um die Taille von einer karmesinroten Schärpe gehalten wurde. Flache Ringe getriebenen Messings waren in den Stoff eingenäht. Sie glitzerten im Sonnenlicht.

Sie betrachtete Herakleio, wie er mit gespreizten Beinen über der Mauer stand, und mich, wie ich gelassen daneben wartete, und entschloss sich, sich in einiger Entfernung von uns auf die Mauer zu setzen. Sie breitete die mitgebrachten Gegenstände aus und begab sich schweigend an ihre Aufgabe.

»Treten Sie über die Mauer«, sagte ich.

Herakleio warf mir einen Blick schwelenden Zorns zu. Aber Del war in Hörweite. Del konnte sehen, was er tat oder nicht tat. Del war eine Frau. Eine wunderschöne Frau. Die Art Frau, für die ein Mann zu Boden sinken und Schmutz essen würde, bis er erstickte, wenn sie auch nur andeutungsweise Interesse daran zeigte, dass sie ihn das tun sehen wollte.

Er stieg auf die Mauer und begann, darauf entlangzugehen.

2

Schließlich ließ ich Herakleio von der Mauer herabsteigen und sich wieder auf den Boden stellen. Er war erhitzt, staubig, verschwitzt und ungeheuer niedergeschlagen. Manchmal hatte er vor sich hingemurmelt, aber sehr leise und auch erst, nachdem er sich versichert hatte, dass Dels Aufmerksamkeit ihrer Arbeit galt. Als sie in unsere Richtung schaute, stellte er sich sehr gerade hin, die Schultern gestrafft, die Arme locker an den Seiten, den Kopf stolz erhoben.

Oh, er war zweifellos ein gutaussehender junger Draufgänger. Eine wahrhaftige Gottheit, wie ich schon zuvor bemerkt hatte. Er war mit dem Handwerkszeug gesegnet, das ihn zu einem geschickten Schwerttänzer machen konnte: das Gleichgewicht, die Reichweite, die Anmut, die Kraft, die explosive Schnelligkeit. Sein Körper war nicht für Geziertheit, für Biegsamkeit geschaffen, verstand aber dennoch auszugleichen. Und er wollte unbedingt siegen. Dass er es nicht tat, lag darin begründet, dass *mein* Körper ihn zu besiegen wusste.

Herakleio betrachtend und die Bedürfnisse eines jungen und vitalen, nach Aktivität und angemessenem Zweck hungernden Körpers verstehend, begriff ich letztlich auch, warum der Shodo von Alimat, der wöchentlich von eifrigen Jungen mit Bitten bedrängt wurde, in dem Jahr, in dem er niemanden sonst annehmen wollte, unerklärlicherweise einen früheren Sklaven als Schüler angenommen hatte.

Ungefähr fünfzehn Jahre – und der Wunsch zu lernen. Das war es, was zwischen uns lag, zwischen dem

Erben der Metri und mir. Eine schmale Linie, dachte ich, obgleich aus Spannung aufgebaut.

Ich schaute an ihm vorbei zu Del, wobei ich wortlos fragend die Augenbrauen wölbte. Als Antwort kam sie zu uns und präsentierte mir zwei aus Besenstielen, Weinstöcken und Leder zusammengeflickte Übungsschwerter. Eines reichte ich Herakleio.

»Jetzt bekommen Sie Ihre Chance«, sagte ich. »Nutzen Sie sie.«

Er betrachtete schreckensbleich das Schwert und dann mich. »Was?«

»Schlagen Sie mich«, forderte ich ihn heraus. »Verlangen Sie mir die Hoolies ab.«

»Das *würde* ich gern«, sagte er mit kalter Boshaftigkeit, »aber ...« Und brach jäh ab.

»Aber?«, hakte ich unverzüglich nach.

Er warf Del einen Blick zu, reckte dann das Kinn und schaute wieder zu mir. »Ich bin kein Narr. Ich weiß, was Sie sind. Ich weiß, was Sie tun werden.«

»Und was bin ich? Außer all den ungehobelten Dingen, als die Sie mich insgeheim bezeichnen.«

»Ein Schwerttänzer«, sagte er verbittert.

»Ah.« Ich lächelte. »Ist das ein Zugeständnis, dass ich vielleicht weiß, was ich tue?«

»Dass Sie wissen, wie man Menschen tötet, ja.«

»Aber es geht beim Tanz, wie ich bereits beim Essen erklärte, nicht darum, Menschen zu töten.«

Er höhnte. »Worum sollte es *sonst* gehen?«

Ich schüttelte freundlich den Kopf. »Einige Fragen werden besser vom Schüler beantwortet, wenn er die Antworten gelernt hat.«

Er hätte das Holzschwert am liebsten hingeworfen. Und noch lieber hätte er es mir wahrscheinlich übers Gesicht gezogen. Aber Del war bei uns – und seine Augen sagten mir, dass er wusste, dass ich als Sieger aus dem Streit hervorgehen würde, ob in Worten oder körperlich.

»Versuchen Sie es«, schlug ich vor. »Vielleicht haben Sie Glück.«

Er versuchte es lange Zeit.

Er hatte kein Glück.

Später, viel, viel später, entzog ich meinem schmutzigen Körper den Schweiß und den Schmutz und die Wundheit – und die Überreste des Weins. Ich hatte Herakleio um die Mittagszeit entlassen, hatte beobachtet, wie er erwog, das Besenstiel›schwert‹ über seinen Knien zu zerbrechen, und wie er schließlich beschloss, einfach davonzustapfen. Aber er nahm das Schwert mit, wie ich es ihm befohlen hatte.

Jetzt vertrödelte ich meine Zeit im Wasser, während Del neben dem Becken saß und meine Holzwaffe erneut mit Lederstreifen umwickelte. Das Wasser war warm, entspannend, und ich spürte, wie sich die Muskeln lockerten und Knoten und Steifheit wichen.

Del, die mein geräuschvolles, zufriedenes Seufzen hörte, schaute von ihrer Arbeit auf. »Müde?«

»Er ist kräftig.«

»Er hat dich nicht einmal berührt.«

»Es kostete mich einige Mühe, ihn daran zu *hindern*, mich zu berühren.« Ich tauchte die Arme ins Wasser. »Und ich bin nicht in Form. Aus der Übung.«

Del war erstaunt. »Das gibst du zu?«

»Hoolies, ich gebe vieles zu, Bascha. Du musst nur sicherstellen, dass ich entweder betrunken oder erledigt bin wie jetzt.«

»Ich werde daran denken.« Sie hielt inne. »Warum hast du ihn so früh gegen dich antreten lassen?«

»Jedermann, der jemals eine Fertigkeit erlernen will, will sie am liebsten gestern schon erlernt haben«, erklärte ich. »Es interessiert sie nicht, was davor kommt. Ich erinnere mich, wie enttäuscht ich war, dass ich so viele Wochen lang nicht einmal ein Schwert *halten* durfte, während ich die Beinarbeit lernte. Nicht einmal ein Übungsschwert.«

»Und?«

»Und so habe ich es ihn halten lassen. Es ihn ausprobieren und ihn gegen mich antreten lassen. Ihn erkennen lassen, dass es nicht so leicht ist, wie er vielleicht glaubt.«

»Ich bezweifle, dass er das glaubt.«

»Bengel in dem Alter glauben immer, dass es leicht sei.«

Del wandte den Blick ab. »Manchmal ist es das auch.«

»Manchmal. Für einige Leute. Aus besonderen Gründen.« Ich wusste, was sie meinte. Sie war eine geschickte Schwertschülerin gewesen, die den *Ishtoya* auf Staal-Ysta, der vor ihr begonnen hatte, überwiegend, wenn auch nicht in allem übertroffen hatte. Weil sie mit dem dafür notwendigen Körper gesegnet war, aber auch weil sie so dringend besser sein musste, um ihr Ziel zu erreichen – um als gut genug angesehen zu werden. »Jetzt versteht er, dass die Grundlagen unumgänglich sind. Man sollte besser wissen, wie man eine Klinge *meidet*, bevor man versuchen kann, eine zu benutzen.«

»Die Verteidigung ist weitaus schwerer zu lernen als der Angriff«, stimmte Del mir zu. »Und im Kreis weitaus lebenswichtiger.«

Ich tauchte unter die Wasseroberfläche und mit zurückgeneigtem Kopf wieder auf. Wasser lief mein Haar herab. »Also, Bascha, wen hältst du für besser? Mich oder Abbu Bensir?«

Sie blinzelte überrascht. »Das kann ich nicht beantworten.«

»Warum nicht? Du weißt, wozu ich fähig bin. Du hast mit Abbu geübt *und* getanzt. Und du hast uns in Sabras Kreis tanzen sehen.«

Sie schüttelte den Kopf. »Ich kann das nicht beantworten, Tiger. Ich glaube, nur ein Tanz könnte es entscheiden.«

»Aber es wird niemals einen Tanz geben. Keinen richtigen.« Ich bewegte eine angespannte Schulter und verlieh meiner Stimme eine Nüchternheit, die ich nicht empfand. »Niemals mehr richtige Tänze mit niemandem. Nur Entschuldigungen fürs Töten.«

Sie legte das Schwert neben sich und wandte ihre ganze Aufmerksamkeit mir zu. »Das erwartet die Metri von dir, nicht wahr? Herakleio ausbilden zu müssen, hat dich in diese Stimmung versetzt.«

»Er könnte gut sein.«

»Aber er wird nicht gut sein.«

»Er will es nicht. *Braucht* es nicht. Aber das ist andererseits nicht der Standpunkt der Metri.«

»Nein«, stimmte Del mir zu.

»Disziplin«, sagte ich fest und belehrend. »Festhalten an den Erfordernissen der Verantwortung. Ein reifes Verständnis dafür, wie Geist und Körper dem Willen der Aufgabe gebeugt werden. Ich soll ihn lehren, was sie ihm nicht beibringen kann, damit er sein wird, was sie braucht. Was die Familie braucht.« Ich grinste Del an. »Ist das nicht so ungefähr das Dümmste, was du jemals gehört hast? *Ich* soll diesem Kind etwas über Verantwortung beibringen?«

Del lächelte nicht. »Ich halte es für sehr klug.«

»Komm schon, Bascha. Du hast drei Jahre damit verbracht, mich wegen Dingen zu tadeln, die ich gesagt und getan habe, wegen meiner Weigerung, Verantwortung zu übernehmen ... meiner Vorliebe für Aqivi.«

Sie neigte ergeben den Kopf. »Wenn ich das Gefühl hatte, dass Erklärungen geeignet wären, damit du vielleicht besser verstündest, wie solche Gedanken verletzen können, oder wenn ich das Gefühl hatte, dass du Verantwortung übernehmen solltest. Ja, dann habe ich dich getadelt.«

Ich ergriff eine Seifenkugel und seifte mich heftig ein. »Ich verletze stets jemanden.«

»Manchmal absichtlich. Aber ich meine die Gelegenheiten, bei denen es nicht absichtlich geschieht, wenn es nur eine Widerspiegelung von Unwissen ist …«

»Wie zu glauben, Frauen seien überwiegend nur zum Beischlaf geeignet?«

»Wie das«, bestätigte Del. »Und noch andere Dinge.«

»Wie zu glauben, eine Frau könne kein Schwert auf die Art handhaben, wie ein Mann es versteht?«

»Und andere Dinge.«

»Wie zu glauben …«

»Tiger, wenn es drei Jahre gedauert hat, dir solche Dinge abzugewöhnen, wird es gewiss noch drei *zusätzliche* Jahre dauern, sie dir zu erklären.«

Ich grinste. »Dies scheint mir ein geeigneter Ort, um hier drei Jahre zu verbringen.«

Sie wurde sehr still. »Willst du das? Bleiben?«

»Glaubst du nicht, dass ich Herakleio aus dem Rennen werfen und mich von der Metri zum Erben ernennen lassen will?« Ich kratzte mir die Haut unter meinem Brusthaar. »Das ist ein Gedanke.«

Del wusste zweifellos nicht, was sie antworten sollte.

»Aber da bist auch du«, sagte ich.

»Ich?«

»Was möchtest du tun?«

»Ich«, sagte sie erneut.

Ich wartete.

»Ich weiß es nicht«, antwortete sie schließlich.

»Bleiben?«, fragte ich. »Gehen?«

»Ich weiß es nicht.«

»Aber du hast die Wahl, Del.«

»Ja«, erwiderte sie stirnrunzelnd.

»Du musst nicht bleiben, wenn du nicht willst.«

»Das weiß ich.«

»Was bedeutet, dass du heute zum Dock hinuntergehen und ein Schiff nehmen könntest, wenn du es wolltest.«

»Ich habe kein Geld.«

»Oh, nicht *praktisch* werden«, sagte ich ernst. »Wir wollen hier das Herz sprechen lassen, nicht den Kopf.«

»Wollen wir das?«

»Und das Herz ist niemals praktisch.«

»Nein.«

»Das Herz ist tatsächlich ein eher eigensinniger Teil des Körpers, wenn man darüber nachdenkt. Ein Herz will nur alle möglichen Dinge, mit denen der Kopf nichts zu tun haben will.«

»Das stimmt.«

»Und mein Herz ist sich gerade jetzt nicht sicher, was es will. Es ringt.«

»Wirklich?«

»Tatsächlich möchte es zu gerne wissen, was *dein* Herz will.«

»Mein Herz«, sagte sie matt.

Ich musste fast über ihren Gesichtsausdruck lachen. »Del, was möchtest du tun?«

»Bis wir wissen …«

»Nicht ›wir‹«, unterbrach ich sie. »Du.«

Sie wurde gereizt. »Was willst du von mir hören?«

»Nein, nein. Das ist es nicht, Bascha. Es geht hier darum, was du willst. Es geht nicht darum, was ich will oder was ich von dir hören will, sondern darum, was du selbst entscheiden musst.«

Del runzelte die Stirn. »Mit wem hast du gesprochen?«

»Willst du damit andeuten, dass mir solche Fragen nicht selbst einfallen können?«

»Der Kapitän«, sagte sie misstrauisch. »Ihr habt zusammen Wein getrunken und über … mich gesprochen?«

»Wir haben über alles Mögliche gesprochen, der

Kapitän und ich. Über Männer, Frauen, dich, mich, Nihko, Herakleio.« Ich machte eine Geste. »Sie erwähnte, dass ihr Seelenschwestern wärt.«

»In einigen Dingen ja. Wir glauben an die Wahlfreiheit, ungeachtet der Tatsache, ob man ein Mann oder eine Frau ist. An die Freiheit, unseren Herzen zu folgen.«

»Ja!« Ich nickte heftig. »Davon spreche *ich*. Und ich möchte wissen, was du erwählst. Was dein Herz will.«

Del betrachtete mich genau. »Hat Herakleio dir einen Schlag über den Kopf versetzt, als ich nicht hingeschaut habe?«

»Kannst du nicht einfach die Frage beantworten?«

Sie öffnete den Mund. Schloss ihn wieder. Sah mich stirnrunzelnd an und schwieg rebellisch.

»Del«, sagte ich sanft, »du bist jetzt anders.«

Ihr Gesicht wurde jäh hart. »Was meinst du?«

»Du bist nicht mehr dieselbe Frau, der ich vor drei Jahren begegnet bin.«

»Du bist auch nicht mehr derselbe Mann.«

»Aber wir sprechen nicht über mich.«

Sie erwog, nicht zu antworten. Tat es aber dennoch. »Ich fühle mich auch … anders. Aber was meinst *du* damit?«

»Nicht mehr so getrieben.« Ich hob eine Hand. »Ich meine nicht, dass du verweichlicht bist, Bascha. Du kannst hart sein, wenn es nötig ist, wenn du es heraufbeschwörst … Ich meine nur, du scheinst weniger …« Ich zögerte und sagte es dann dennoch. »… besessen. Als du noch vor zwei Monaten warst.«

Del blickte ins Wasser. »Mein Gesang ist beendet.«

Das hatte der Kapitän gesagt. »Ganz?«

»Oh, es wird noch weitere Gesänge geben. Die unentdeckten, die entstehen, wenn wir weiterziehen. Aber … was ich war, der Gesang, den ich all diese Jahre gesungen habe, während ich meinen Körper und Geist und mein Schwertkönnen schulte, ist beendet.«

»Und?«

»Und«, sagte sie, »ich lerne gerade, was ich sein soll. Wer ich sein soll.«

»Du bist du, Delilah. Immer.«

»Mehr«, sagte sie. »Und weniger. Tagesabhängig.«

»Heute?«

»Heute«, sagte sie schroff, »bin ich durch deine Stimmung ein wenig verwirrt.«

Ich grinste. Und dann fragte ich: »Warum kannst du Prima Rhannet gegenüber eingestehen, wie du dich fühlst und was du willst, aber mir gegenüber nicht?«

Sie errötete. Wenn sie zornig oder verlegen ist, verrät ihre helle Haut sie häufig, trotz ihrer sorgsamen Bemühungen, ihre Gefühle zu verbergen, damit niemand sonst sie erkennt.

Schließlich sagte Del: »Seelenschwestern.«

»Ist das etwas anderes, als Bettgefährten zu sein?«

»O ja«, antwortete sie sofort und so leichthin, dass ich wusste, dass es die ungeschminkte Wahrheit war. »Frauen können … miteinander reden.«

»Und Männer und Frauen können das nicht? Ist es nicht ein wenig ungerecht, Frauen Dinge zu erzählen, die du Männern nicht erzählen würdest?«

»Erzählen Männer nicht auch Männern Dinge, die sie Frauen nicht erzählen würden?«

»Fast nie, Bascha. Aber das kommt daher, weil Männer miteinander ohnehin nicht so viel über ernste Dinge reden.«

Jetzt war sie verwirrt. »Warum?«

»Männer tun das einfach nicht.«

»Aber sie könnten es tun.«

»Natürlich könnten sie es tun. Sie tun es nur nicht.« Ich zuckte die Achseln. »Für gewöhnlich.«

»Manchmal?«

»Vielleicht ein wenig. Aber nicht sehr viel. Nicht sehr häufig.«

»Aber … du sprichst mit mir, Tiger.«

Dieses Mal war es meine Wahrheit, die ebenso ungeschminkt klang. »Du erweckst in mir den Wunsch.«

Del verstand diese Wahrheit, das Gefühl, das sie hervorbrachte. Ich sah das rasch aufspringende Schimmern von Tränen in ihren Augen, obwohl sie hastig fortgeblinzelt wurden. »So sollte es sein«, sagte sie fest. »Zwischen Männern und Frauen. Immer die Wahrheit. Immer der Wunsch zu sagen, was das Herz bewegt.«

Ich stand jetzt an der Seite des Beckens, die Hände um den Steinrand gelegt. »Dann lass mich dir sagen, was mein Herz bewegt.«

»Warte …«, platzte sie heraus, als hätte sie plötzlich Angst vor solcher Ehrlichkeit.

»Ich will dich bei mir haben«, sagte ich einfach, »wo auch immer ich hingehe. Aber nicht auf Kosten des Verlusts deiner Freiheit.«

»Tiger …«

»Tu, was du tun möchtest. Geh, wohin du gehen möchtest. Sei, was du sein möchtest.«

»Bei dir«, sagte sie ruhig. »Bei dir, zu dir gehörig. So sehr, wie ich jemals etwas gewollt habe.«

Das war mehr, als ich von ihr zu hören erwartet hatte. Jemals. Es erschreckte mich. Erschütterte mich.

»Das«, sagte ich leichthin, unfähig, ihr zu zeigen, wie groß meine Erleichterung war, »klingt für mich nicht sehr praktisch.«

»Das Praktische hat nichts mit dem Herzen zu tun«, konterte sie erhaben und nahm das Holzschwert auf. Dels Augen strahlten, als sie es mir leicht auf den Kopf schlug. »Und jetzt wirst du mir erzählen, was das so ernste Gespräch bewirkt hat.«

»Herakleio.«

»*Herakleio*?«

»Und Eitelkeit. Alter.« Ich zuckte die Achseln, als sie die Klinge auf meine Schulter legte. »Ich sehe ihn an und sehe, was ich war. Und was ich niemals wieder sein kann.«

»Tiger, du bist doch wohl kaum alt!«

»*Älter*«, sagte ich. »In der Pferdesprache bin ich hart geritten und nass abgestellt worden.«

Del sah mir forschend ins Gesicht, in die Augen. Dann warf sie das Holzschwert mit einer fließenden Bewegung beiseite und streckte sich auf dem Stein aus, die Finger über den Beckenrand legend. Ich konnte ihren Atem auf meinem Gesicht spüren. »*Ich werde* dich hart reiten«, erklärte sie und zog sich von den Steinen in meine Arme.

Von der Luft gebauschte Leinenröcke trieben auf der Wasseroberfläche, erwiesen sich aber nicht als Hindernis.

Als Herakleio in den Baderaum kam, war Del – glücklicherweise – bereits gegangen. Ich war dem Becken entstiegen, aber noch nicht trocken, sondern tropfte auf den hellen Stein. Ich strich mir das Haar aus den Augen und hielt inne, als ich die Größe seines Interesses an meinem Körper bemerkte. Nachdem ich mit Prima Rhannet über solche Dinge gesprochen hatte, konnte ich nicht umhin zu fragen: »Würden Sie mir gern etwas sagen?«

Er reckte mit funkelnden Augen das Kinn. »Sie sagte, Sie hätten kein Keraka.«

Ich brauchte einen Augenblick, um das Wer und das Was zu verstehen: die Metri und ihre Betrachtung meiner Person in der ersten Nacht meiner Ankunft. »Nein, kein Keraka. Was auch immer dieses Keraka ist.«

»Wir haben es, jeder von uns.« Er hielt gezielt inne. Jene, die Stessoi sind, und jene, die von den Göttern abstammen. Es kommt von der Götter ...« Er hielt inne und übersetzte: »… Liebkosung, die uns vor der Geburt zuteil wird.«

Ich seufzte. »Herak, ich weiß nicht einmal, wie dieses Zeichen aussehen soll …«

»Ein Fleck auf der Haut«, antwortete er. »Wie von altem Blut oder sehr altem Wein. Doch er lässt sich nicht entfernen.«

Ich grinste. »Nun, meine Haut ist viele Male mit Blut *und* mit Wein befleckt worden, aber beides hat sich immer entfernen lassen.« Ich beugte mich herab, um ein Handtuch zu ergreifen.

»Warten Sie.« Sein Tonfall klang barsch und erinnerte mich so sehr an die Salset, dass ich seinem Befehl folgte. Bevor ich die Reaktion verhindern konnte, war er schon neben mir. »Hier«, sagte er und zeigte die Rückseite seines linken Ellenbogens.

Es erinnerte tatsächlich an einen Fleck von Wein oder altem Blut. Rötlich wie eine frische Verletzung, von der Größe eines Daumennagels. Ein Keraka, eine ›Liebkosung‹ – was vermutlich eine ebenso gute Beschreibung wie alle anderen war.

Ich schüttelte den Kopf. »Nein.«

»Es muss nicht dort sein, wo meines ist, und muss auch nicht die gleiche Form haben.«

»Nein. Nichts. Nirgendwo.«

Triumph flackerte in seinen Augen auf. »*Alle* Stessoi haben es.«

»Dann bin ich vermutlich kein Stessa.« Ich hob das Handtuch auf.

»Warten Sie«, sagte er erneut.

»Ich habe genug vom Warten, Herak.«

»Sie sagte – sie sagte, es könnte sein, dass eine Narbe das Keraka entfernt habe.«

Ich schwieg und begann mich einfach abzutrocknen. Ich bin nicht prüde. Nacktheit stört mich nicht. Obwohl ich zugeben muss, dass mir solch genaue Prüfung nicht gefiel: von vorn, von hinten, von der Seite. Ich überlegte, ihm anzubieten, den Teil meines Körpers zu betrachten, den Männer über alle anderen schätzen, hielt mich aber zurück. Gleichgültig was Prima über seine Vorliebe für Frauen gesagt hatte, ich kannte Herakleio nicht. Er könnte es vielleicht tun.

Dann wandte sich Herakleio jäh um und ging davon. Blieb stehen und fuhr linkisch wieder herum. Ich war trocken. Hatte die weite Hose angezogen. Die Hälfte meines Körpers war bedeckt. Die andere Hälfte nicht. Er betrachtete erneut das dicke, faustgroße Narbengewebe, das die ausgehöhlte Haut unterhalb der Rippen auf der linken Seite meiner Brust umgab.

»Warum sind Sie nicht gestorben?«, fragte er.

Das hatte ich nicht erwartet. Kurz darauf zuckte ich die Achseln. »Es war zu weit von meinem Herzen entfernt, um mich umzubringen.«

»Die anderen – die Peitschenstriemen, die Schwertschnitte …« Er schüttelte den Kopf. »Nichts davon genügt, einen Mann zu töten. Aber dieses eine … dieses eine schon. Es hätte genügen sollen.«

»Warum ist Ihnen das wichtig?«

Obwohl er meinen Blick nicht mied, fehlte seinem seltsamen Verhalten Streitsucht oder Herausforderung. »Wegen Nihko. Wegen dem, was er gesagt hat.«

Jetzt wich er meinem Blick aus. »IoSkandier.«

Ich brummte. »Nihko sagt das oft.« Ich warf mir das nasse Handtuch über die Schulter und ging an Herak vorbei.

Die Streitsucht kehrte zurück. Seine erhobene Stimme hallte im Raum wider. »Was haben Sie der Frau angetan?«

Das ließ mich jäh innehalten. Ich wandte mich um. »Was?«

»Sie haben gesagt, eine Frau hätte das getan.«

»Es war eine Frau.«

»Was haben Sie ihr angetan? Dass sie ein Schwert gegen Sie erhoben hat? Dass sie *das* getan hat?«

»Getanzt«, belehrte ich ihn einfach und verließ den Raum.

3

Es war ein großartiger Sonnenuntergang. Obwohl ich mich gerade bereit machte, die festgesetzten Rituale durchzuführen, hielt ich doch inne, um ihn zu betrachten. Aus der Tiefe des Kessels stiegen die von den lebendigen Inseln ausgestoßenen Rauchfedern auf, feine schwebende Schleier. Der Wind hob sie an, verwehte sie, zerstreute sie mit dem Ersterben des Tages. Ich spürte sein Seufzen an meinem Gesicht, sein Kribbeln an den Haaren meiner Unterarme und denen des nackten Oberkörpers. Nur die Narbe von Dels Blutklinge spürte diese Berührung nicht.

Im Süden geboren und aufgewachsen, in der Wüste und ihrem Sand, in unaufhörlicher Hitze und gnadenloser Sonne … und doch reagierte etwas in mir auf diesen Ort. Auf den Wind am Nachmittag, der jetzt zur Nacht erstarb. Auf die üppige Vegetation, die von der Feuchtigkeit des Meeres versorgt und nicht vollkommen ausgetrocknet wurde. Auf den Geruch der Erde, des Meeres, der Blüten. Auf das blendende Weiß der getünchten Gebäude und den Glanz der blauen Kuppeln, wie auch auf die endlosen klaren Horizonte, die sich jenseits der Insel zu mir unbekannten Orten erstreckten.

Ich lächelte in den Sonnenuntergang, beobachtete, wie sich die Farben veränderten, zwang meinen Geist und meine Aufmerksamkeit dann auf das gemächliche, anmutige, peinlich genaue Sichordnen von Haut und Knochen und Muskeln, die mit einer an Entzücken grenzenden Zufriedenheit auf die gesegnete Vertrautheit ritualisierter Bewegungen reagierten, die ich vor so vielen Jahren vom Shodo von Alimat gelernt hatte, der die Bedürfnisse der Seele ebenso verstand wie diejenigen des Körpers.

* * *

Der Diener der Metri fand mich dort einige Zeit später. Ich war von Schweiß bedeckt, der aber nicht meine Haut hinablief. Der Atem strömte frei und ungehindert in die Lungen. Der Protest der zu lange dem Zufall überlassenen Muskeln schwand. Es wäre eine ausgedehnte tägliche Übung nötig, bevor die wahre Befähigung zurückkehrte, aber ich war bereits lockerer als ich jemals zuvor gewesen war, seit wir den Süden verlassen hatten.

Simonides wartete, bis ich das Muster des Rituals unterbrach. Er nahm scheu das Tuch auf, das ich über die Hofmauer geworfen hatte, und reichte es mir. Ich trocknete mich ab, während er sprach. »Die Metri schickt mich, um Ihnen zu sagen, dass Herakleio in die Stadt gegangen ist.«

Das war der längste Satz, den ich bisher von ihm gehört hatte. Er sprach mit schwerem Akzent, aber verständlich. Dennoch verwirrte mich das Thema. »Und?«, fragte ich.

»Die Metri schickt mich, um Ihnen zu sagen, dass Sie die Verantwortung dafür tragen.«

»Tatsächlich?«

»Die Metri schickt mich, um Ihnen zu sagen, dass Sie ihn mit anderen jungen Männern seines Alters in einem Weinhaus finden werden, wo sie mit Frauen verkehren.«

»Ah.« Natürlich.

»Die Metri schickt mich, um Ihnen zu sagen, dass Sie dafür verantwortlich sind.«

»Dass er trinkt und mit Frauen verkehrt?«

»Die Metri schickt mich, um Ihnen zu sagen …«

Ich unterbrach ihn mit einer Geste. »Und was sagen *Sie*?«

Das bestürzte ihn. Er blinzelte. »Ich?«

»Sie.«

»Was ich sage?«

»Was Sie sagen.«

Er öffnete den Mund. Schloss ihn wieder. Dachte nach. Schließlich öffnete er den Mund erneut. »Ich sage, dass die Metri von Ihnen erwartet, dass Sie ihn nach Hause bringen.«

»Das ist offensichtlich, Simonides. Ich frage mich nur warum.«

»Ihre Schuld.«

»Meine Schuld bedeutet nicht, dass ich das Kindermädchen spiele.«

Einen kurzen Augenblick lang durchzog ein Hauch von Belustigung die stille Höflichkeit seines Blickes. »Die Metri schickt mich, um Ihnen zu sagen, dass es das bedeutet.«

»Wie kann die Metri jemanden schicken, etwas auf eine Feststellung zu erwidern, die sie mich nicht hat treffen hören?«

»Die Metri schickt mich, Ihnen zu sagen, dass ich in ihrer Abwesenheit ihre Augen und Ohren bin.«

»Und was sagen *Sie*, o Augen und Ohren?«

Simonides faltete seine Hände ordentlich über dem Gürtel seines Kilts. »Ich, der ich dies als die Augen und Ohren der Stessoi schon zuvor gesehen und gehört habe, sage, dass er in den Weinhäusern einen betrunkenen Narren aus sich machen und geistige, sprachliche und schließlich auch körperliche Kämpfe hervorrufen wird, auf die andere Männer eingehen werden. Viele Gesänge werden gesungen werden. Viel Schaden wird entstehen. Viel Geld wird ausgegeben werden, um die Weinhäuser wieder in Ordnung zu bringen.«

Ich grinste. »Das Geld der Metri.«

»Herakleio besitzt nur, was die Metri ihm gibt.«

Das erklärte einiges. »Sie behandelt ihn wie ein Kind und erwartet doch von mir, dass ich einen Mann aus ihm mache?«

»Hier in Skandi«, sagte er, »zieht die Mutter das Kind auf. Wenn das Kind ein gewisses Alter erreicht hat, zieht der Vater es weiter auf. Das Kind wird ein Mann. Aber Herakleio hat nur die Metri, die nicht seine Mutter ist.«

»Und ich bin nicht sein Vater, Simonides. Gehen Sie zur Metri und sagen Sie ihr, dass *ich* das sage.«

»Aber ein Verwandter«, wies er mich sanft zurecht.

Ich betrachtete ihn scharf. Seine Miene wirkte arglos, die nichtssagende Maske vertrauter Diener. Es war keine Angst zu erkennen, nur Annahme. Dies war sein Platz. Er würde weder sich selbst noch seinen Leuten schaden. »Das glauben Sie wirklich?«

Sein Blick wirkte gelassen. »Ich habe alle die Scharlatane vor die Metri treten sehen. Und ich habe Sie gesehen.«

»Ich bin nicht gekommen«, konterte ich. »Ich wurde gebracht. Und ich hatte keine Wahl.«

»Ich habe alle die Scharlatane vor die Metri treten sehen. Und ich habe Sie gesehen.«

Da verstand ich ihn. Er unterschied klar zwischen Scharlatanen und mir. Aus irgendeinem unerfindlichen Grund bewirkte diese Tatsache, dass es mir kalt den Rücken hinablief. Als sei ein solcher Glaube ein Vorbote von – Etwas. Etwas Gefährlichem.

Jemandes Erbe zu sein.

Ich setzte mich jäh auf die Mauer. Simonides lächelte.

»Wie alt sind Sie?«, fragte ich.

»Ich bin zweiundsechzig.«

»Wie lange dienen Sie den Stessas schon?«

»Seit zweiundsechzig Jahren.«

»Seit der *Geburt*?«

Er besaß den Anstand, meine Ungläubigkeit anzuerkennen. »Tatsächlich habe ich erst mit fünf Jahren angefangen zu dienen. Aber ich wurde in dieses Haus geboren.«

Mit fünf Jahren. Und seitdem jedes Jahr im Dienst der Stessas – Stess*oi* – der Metri. Ich sagte: »Sie wissen, was ich war.«

Er neigte leicht den Kopf. Ein Sklave erkennt einen anderen stets.

»Und dass ich jetzt frei bin, und frei gewesen bin.«

Ein weiteres leichtes Nicken.

»Und doch glauben Sie, ich sei kein Scharlatan, der reich zu werden hofft?«

»Sie geben vor«, erwiderte er einfach, »dass Sie nichts sein könnten, was andere von Ihnen erwarten.«

Ich konnte erst nach einer ganzen Weile antworten. »Das ist ungefähr der verworrenste Unsinn, den ich je gehört habe.«

Er erwiderte vollkommen ernst: »Sie haben gewiss schon besseren gehört.«

Ich betrachtete den Diener der Metri. Simonides hatte immerhin Sinn für Humor. »Sie sind rätselhaft. Absichtlich.«

Seine Miene verriet seine Gedanken nicht einmal andeutungsweise. »Die Erwartungen anderer«, sagte er ruhig, »können selbst den Tapfersten zum Zittern bringen.«

Ich maß seine übertrieben ausdruckslose Miene. »Und was erwarten *Sie* von mir?«

Simonides lächelte. »Dass sie Herakleio nach Hause holen, bevor er den Namen der Metri – und die Geldbörse der Metri – in Verlegenheit bringt.«

»Ich zittere«, sagte ich trocken.

Simonides verbeugte sich.

Ich schaute an mir herab. Weite Hose, barfuß. »Es

wäre wahrscheinlich besser, wenn ich ein Hemd anzöge? Und Schuhe?«

Simonides verbeugte sich erneut und ging dann.

Nun, Hoolies. Ich war ohnehin noch nicht müde.

* * *

Del wirkte überaus überrascht, als ich in unser Zimmer kam, um ihr zu sagen, was ich vorhatte. »Du?«

»Ich.«

»Tiger ...« Sie setzte sich auf. »Dich zu schicken, Herakleio aus einem Weinhaus zu holen, ist nichts anderes, als den Falken zu schicken, das Kaninchen zu holen.«

»Aber Falken kennen alle geheimen Wege in den Stall.« Ich trug jetzt eine Tunika über der Hose und Sandalen. »Willst du mitkommen?«

Sie runzelte die Stirn. »Du kennst diese Leute nicht, Tiger ... Was, wenn es eine Falle ist?«

Ich wölbte jäh die Augenbrauen. »Warum sollte es eine Falle sein?«

»Warum sollte es keine Falle sein?«

Ich sah sie mit verengten Augen an. »Was schlägst du vor?«

»Ich weiß es nicht.« Del klang ebenso ratlos wie ich. »Vielleicht ist es nur, weil wir hier in diesem Haus festsitzen, durch seine Regeln eingeschränkt, ohne sie zu kennen. Das bereitet mir Unbehagen.«

»Wie auch die Tatsache, kein Schwert zu haben.«

Ein Muskel an ihrem Kinn zuckte kurz. »Ja.«

»Ich weiß, Bascha. Glaub mir, ich weiß.« Ich seufzte. Wenn wir *beide* den Gründen oder Absichten der Metri misstrauten ... Ich schüttelte den Gedanken ab. »Kommst du derweil mit?«

Sie dachte darüber nach. Erhob sich dann. »Aber nur, um sicherzugehen, dass der Falke den Stall nicht durcheinanderbringt.«

»Natürlich.« Ich lächelte. »Kleines Kaninchen.«

Del zog an den Falten ihrer langen Tunika, richtete ihre Kleidung. »Dieses kleine Kaninchen fühlt sich ohne Schwert in der Hand ein wenig nackt.«

»Dieses kleine Kaninchen hat Zähne«, erinnerte ich sie.

»Und der Falke?«

»Der Falke hat Klauen. Aber ja, er ist ohne Schwert auch nicht froh.«

»Wir sollten diesem Missstand abhelfen.«

»Das sollten wir. Vielleicht morgen.« Ich blieb im Eingang stehen und wandte mich noch einmal um. »Glaubst du, sie *haben* auf Skandi überhaupt Schwerter?«

Del dachte darüber nach. »Ich habe noch niemanden mit einem Schwert gesehen.«

»Ich auch nicht.« Ich runzelte die Stirn. »Was soll ein Mann mit Selbstachtung tun, um eine Waffe zu erlangen?«

Del glitt an mir vorbei. »Seine Zähne und Klauen benutzen.«

Wir hatten natürlich keine Ahnung, welches Weinhaus Herakleio besuchte. Wir wussten nicht einmal, wie viele es in Skandi, *auf* Skandi, gab, noch wie sie aussahen. Simonides fing uns an der Eingangstür ab.

Er wölbte eine Augenbraue, als er Del sah.

»Sie ist das Kaninchen«, erklärte ich. »Auch als Köder bekannt.«

Seine Miene erheiterte sich, während Del mich finster ansah. »Der Molah-Mann wird Sie beide in die Stadt bringen. Da er Herakleio bei vielen ähnlichen Gelegenheiten in die Stadt gebracht hat, weiß er, in welchem Weinhaus Sie es versuchen sollten.«

»Weinhäuser«, betonte ich – Weinhausoi? –, während mir die Aufgabe klarer wurde. »Ah. Und wie viele werden wir absuchen müssen?«

»Nun, so viele wie nötig, um ihn zu finden.«

»Und wie viele könnten das sein?«

»Dies ist eine Insel«, antwortete er. »Die erste einer Inselkette. Wir importieren Waren und exportieren welche.«

»Er meint«, dolmetschte Del, »dass viele Schiffe mit vielen Männern an Bord hierherkommen und fast jedes zweite Gebäude in der Stadt ein Weinhaus *ist*.«

»Genau.« Simonides lächelte nicht, aber ich entdeckte ein schwaches, belustigtes Schimmern in seinen Augen, bevor er den Blick senkte.

Ich nickte. »Und ist dieser Molah-Mann zufällig derselbe Molah-Mann, der Herakleio heute Abend in die Stadt gebracht hat?«

»Die Metri beschäftigt viele.«

Del seufzte. »Schickt Herakleio seinen Molah-Mann gewöhnlich nach Hause, bevor er mit dem Trinken fertig ist?«

»Manchmal ja. Manchmal nein.« Er warf mir einen Blick zu. »Manchmal kommt er überhaupt nicht wieder nach Hause.«

Wir waren Männer. Wir wussten beide, was das bedeutete.

Del ebenso. »Und gibt es eine bevorzugte Frau?«

Simonides räusperte sich leicht. »Herakleio verkehrt mit vielen.«

»Mit anderen Worten – die Suche könnte die ganze Nacht dauern.«

Der Diener neigte den Kopf. »Und sogar einen Teil des Tages.«

Ich sah Del an. »Willst du deine Meinung bezüglich des Mitkommens noch ändern?«

Ihre Miene war gewollt ungläubig. »Und dem Falken erlauben, *alle* Ställe durcheinander zu bringen?« Sie fuhr fort, bevor ich antworten konnte. »Wenn ich bliebe, könnte ich ohnehin bis zu deiner Rückkehr nicht schlafen. Also werde ich mitkommen.«

»Warum könntest du nicht schlafen?«

»Weil ich nicht schlafen kann, wenn du fort bist. Nicht gut.« Sie zuckte die Achseln. »Ich wache jedes Mal auf, wenn ich mich umdrehe, und frage mich, wann es hell wird und ob dein Leichnam in irgendeiner schmutzigen Gasse irgendwo inmitten einer Lache Pferdepisse liegt.«

Das Bild stand mir lebhaft vor Augen. »Bei den Göttern des Valhail, warum?«

»Weil«, sagte sie nüchtern, »Frauen das tun.«

»Sich Männer tot und in Pferdepisse liegend vorstellen?« Ich schüttelte den Kopf. »Es ist töricht, solche Bilder heraufzubeschwören, Bascha. Zeitverschwendung.«

»Zweifellos«, stimmte sie mir trocken zu. »Aber es liegt in unserer Natur.«

»Sich Sorgen zu machen.«

»Sich Fragen zu stellen.«

»Sich Dinge vorzustellen, die nicht wahr sind und nicht wahr werden?« Ich schüttelte erneut und jetzt entschiedener den Kopf. »Ich habe schon immer behauptet, dass Einbildungskraft Frauen in Schwierigkeiten bringen kann.«

»Aber gelegentlich *sind* diese Dinge wahr und *werden* wahr, und Leichname *werden* in schmutzigen Gassen inmitten einer Lache Pferdepisse gefunden.« Sie hielt inne. »Was der Grund dafür ist, warum sich ursprünglich Frauen auf der ganzen Welt Sorgen zu machen begannen.«

»Aber es ist bei mir noch niemals wahr geworden.«

Ihre Miene schien so ausdruckslos, wie nur Del es fertigbringen konnte. »Noch nicht.«

Ich sagte spöttisch: »Ich könnte ebenso am Leben bleiben, bis ich ein alter Mann bin, und zahnlos im Bett sterben.«

»Du könntest ebenso zahnlos in einer Lache Pferdepisse sterben.« Sie hielt inne. »Heute Nacht.«

»Und du willst es lieber geschehen *sehen*, als es dir nur vorzustellen.«

»Ja.«

»Warum?«

»Weil ich es vielleicht verhindern könnte.« Sie zuckte die Achseln. »Oder wenn nicht, könnte ich zumindest in dem Wissen nach Hause und ins Bett gehen, dass du tot in einer Lache Pferdepisse liegst, und es mir nicht nur vorstellen.«

Simonides, der augenscheinlich erkannte, wo dieses Gespräch hinführen könnte – und wie lange es dauern würde, dorthin zu gelangen –, räusperte sich erneut. »Der Molah-Mann wartet.«

Tatsächlich. Und ebenso Herakleio. Irgendwo auf einer Insel voller Weinhäuser und Lachen von Pferdepisse.

Wenn es auf Skandi Pferde *gab*. Was ich nicht glaubte.

Es war fast Vollmond. Ich fühlte mich rechtschaffen – und seltsam erleichtert –, weil ich die ersten ernsthaften Schritte dahin unternommen hatte, meine Leistungsfähigkeit zurückzuerlangen, und lehnte mich entspannt an die Rückenlehne des Molah-Gefährts zurück, einen Arm um Dels Schultern gelegt, während wir uns am Rande des Kessels der Stadt näherten. Jetzt, da ich meine Landbeine zurück hatte, störte mich das Schaukeln des Gefährts nicht mehr. Es war sogar irgendwie tröstlich. »Zu schade, dass wir die Nacht mit der Suche nach Herakleio verschwenden müssen.«

Del kuschelt in der Öffentlichkeit nicht, aber sie lehnte sich an mich. Mit ihrem hellen Haar und dem noch helleren Leinen errötete sie im Mondlicht. »Wir könnten ihn vielleicht sofort finden«, sagte sie, »oder ihn sehr, sehr spät finden.«

Ich lachte und legte mein Kinn auf ihren gebeugten Kopf. »Du glaubst doch nicht, dass er irgendwo tot in einer Lache Pferdepisse liegt?«

»Er wäre nicht so töricht, sich in die Lage zu bringen, so zu enden.«

»Warum nicht? Und warum sollte ich so töricht sein?«

»Weil er der Erbe der Stessa Metri ist. Erben von reichen, mächtigen Leuten betreten nur selten schmutzige Gassen mit Lachen von Pferdepisse, in denen sie getötet werden könnten.«

»Aber ich würde das tun? Und ich bin nicht der Erbe?«

»Du hast es schon getan. Und ich glaube, selbst wenn du der Enkel der Metri wärst, sie bevorzugt Herakleio in der Rolle.«

»Vielen Dank.«

»Du bist der Jhihadi, Tiger. Genügt das nicht? Oder musst du auch noch reich sein?«

»Ist es nicht eine Regel, dass der Jhihadi reich sein sollte? Ich meine, was nützt es, ein Messias zu sein, wenn man es sich nicht leisten kann, es zu genießen?« Ich tätschelte ihren Kopf. »Nicht dass du denkst, ich *glaubte*, der Jhihadi zu sein.«

»Nun«, sagte sie nachdenklich, »ich bezweifle, dass sehr viele Jhihadis tot in Lachen von Pferdepisse enden.«

»Sieh da, ich bin gerettet.« Da fiel mir etwas ein. »Em.«

Del, die diese Einleitung schon früher gehört hatte, hob den Kopf und sah mich wachsam an. »Ja?«

»Wir sprechen die örtliche Sprache nicht richtig.«

»Nicht richtig, nein. Nicht einmal *un*richtig.«

»Wie sollen wir dem Molah-Mann dann klarmachen, wo wir hinwollen?«

»Tiger«, schalt sie mich, »du hast noch niemals Probleme damit gehabt, den Menschen zu sagen, wohin es gehen soll.«

»Ha«, sagte ich pflichtgemäß. »Du vermutest doch

nicht, dass er einfach an jedem Weinhaus anhalten wird?«

»Nun, das wäre eine Möglichkeit sicherzustellen, dass wir das richtige Weinhaus finden.«

Ich sah sie von der Seite an. »Du überraschst mich, Bascha. Ich hätte niemals gedacht, dass ich dich irgendein Wirtshaus – oder ein Weinhaus – als ›richtig‹ bezeichnen hören würde.«

Jetzt war sie an der Reihe, ›ha‹ zu sagen, was sie auch tat. Und dann: »Wir könnten uns aufteilen.«

Das ließ mich jäh den Kopf wenden. »Du erwartest von mir, dass ich dich in einem fremden Land *allein* in einen Haufen Weinhäuser gehen lasse?«

Del wölbte beredt die hellen Augenbrauen. »Und was glaubst du, was ich getan habe, als ich anfänglich nach dem Schwerttänzer gesucht habe, der als der Sandtiger bekannt war?«

Da Del mich *tatsächlich* in einem Wirtshaus gefunden hatte, fiel mir keine passende Erwiderung ein. Also runzelte ich nur grimmig die Stirn.

»Außerdem«, fuhr sie bedeutungsvoll fort, »erwarte ich nicht von dir, dass du mich etwas tun ›lässt‹.«

»Nun, nein …« Ich wusste es besser, als dass ich darüber gestritten hätte. »Aber denk darüber nach, Bascha. Du sprichst nicht einmal die Sprache.«

»Die Sprache des Schwertes ist in allen Ländern bekannt …«, begann sie. Und hielt dann inne. »Oh.«

»Oh«, stimmte ich ihr zu. Wir besaßen beide keines. »Schau, ich weiß, dass das ›kleine Kaninchen‹ beißen kann …«

»Klein«, murrte sie verächtlich, weil sie es natürlich nicht ist.

»… aber es ist nicht wirklich klug, wenn das Kaninchen unmittelbar in den Falkenkäfig hineinspaziert, während die Falken sehr hungrig sind. Zähne können gegen Klauen nicht allzu viel ausrichten.«

»Aber Skandi ist nicht der Süden. Vielleicht würden skandische Falken ein nordisches Kaninchen ehrenhaft und anständig behandeln.«

»Männliche, betrunkene Falken, und ein einsames weibliches Kaninchen?«

»Aber, Tiger …« Blaue Augen weiteten sich. »Willst du damit sagen, dass sich betrunkene Männer einer Frau gegenüber anders als freundlich verhalten könnten?«

Ich schnaubte hörbar. »Freundlicher als eine Schar Frauen, die sich versammeln, nachdem die Männer gegangen sind.«

Del zwinkerte. »Aber wir sind nur Kaninchen, Tiger. Was können Kaninchen tun?«

»Das ist genau mein Thema«, erklärte ich fest. »Was vermutlich bedeutet, dass wir uns nicht aufteilen, um Herakleio zu suchen.«

Del, die nicht so häufig – oder so gut – verliert, wie sie siegt, versank auf dem restlichen Weg in die Stadt in finsteres Schweigen.

4

Weinhäuser auf der ganzen Welt, wie auch immer man sie nennt, ähneln einander auffallend. Es gibt fast niemals irgendwelche Fenster, keine natürliche Lichtquelle. Die Beleuchtung bleibt oft Laternen, von schlechtem Öl gespeisten Lampen, noch schlechterem Talg und billigen Dochten überlassen. Alle Weinhäuser riechen auch gleich: nach Alkohol, welcher auch immer dort serviert wird, nach Öl, Rauch, Schmutz, dem Geruch ungewaschener Körper, billigem Parfum und schlechtem Essen, sei es auf dem Tisch, im Körper – oder dass es an irgendeinem Ende aus solchen hervorkommt.

Wie Del vorausgesagt hatte, bestand dieser Teil der Stadt wirklich zur Hälfte aus Weinhäusern. Der Molah-Mann ließ uns am Ende eines ausgetretenen, steinigen Pfades aussteigen, der sich seinen Weg durch die vom Mond beschienenen Gebäude wand und vielleicht sogar in Gassen voller Pferdepisse führte. Von dort gingen wir zu Fuß.

»Such dir ein Haus aus, irgendeines«, murrte ich.

Del kam der Aufforderung nach. »Dieses.«

Wir gingen hinein. Und alle Männer – und sogar alle Frauen – starrten uns an.

Im Süden, in der Wüste, hätten sie mich angestarrt. Aber hier in Skandi sah ich genauso aus wie alle anderen. Sie starrten Del an.

Aber andererseits starrt jedermann bei jeder Gelegenheit Del an.

»Falken«, murrte ich, »die das Fleisch auswiegen.«

Ich spürte Dels Belustigung. »Genug Fleisch an *diesem* Kaninchen.«

»Aber zäh«, sagte ich abschätzig.

Sie grinste. »Siehst du ihn?«

»Nein. Aber fragen wir herum.« Ich betrachtete die Menge und erhob meine Stimme. Ich konnte fast überhaupt kein Skandisch – bis auf drei wichtige Worte. »Herakleio«, verkündete ich. »Stessa Metri.«

Nichts. Außer Blicken. Nur allmählich begannen die Unterhaltungen erneut, leise, neugierig und misstrauisch. Aber niemand wandte sich an uns, und es erfolgten keine Antworten.

»Das nächste?«, fragte Del.

In der Tat das nächste. Und danach wieder das nächste, und dann wieder das nächste.

»Warum haben wir Simonides nicht mitgenommen?«, beklagte ich mich, während wir zu Weinhaus Nummer fünf eilten. »Er spricht die Sprache.«

»Oder den Kapitän.«

»Oder sogar die Metri.«

Del lachte. »Ich bezweifle, dass sie mitgekommen wäre!«

»Vielleicht braucht sie eine Nacht Ausgang in der Stadt.«

»Du sprichst von der Frau, die sehr wohl deine Großmutter sein könnte, Tiger.«

»Nun, wer weiß, ob sie es nicht genießen würde? Besonders wenn sie *meine* Großmutter ist.«

»Hier.« Sie deutete auf eine weitere tiefliegende Tür. »Sollen wir fragen ...«

Del konnte ihre Frage nicht beenden, weil ein Körper aus dem Weinhaus geflogen kam.

»Dies könnte es sein«, murmelte ich, als sich der Körper vom Boden aufrappelte. Da er gerade da war und bequem befragt werden konnte, nutzte ich die Gunst des Augenblicks. »Herakleio«, sagte ich. »Stessa Metri.«

Der Körper taumelte, starrte mich ausdruckslos an und wankte dann wieder ins Weinhaus. Erneute Kampfgeräusche drangen daraus hervor.

»Es könnte es sein«, murrte ich und trat an die geöffnete Tür.

Del benutzte mich klugerweise als Schild gegen alles andere, was der Eingang ausspeien möge. »Siehst du ihn?«

»Noch nicht. Er könnte mittendrin sein oder überhaupt nicht hier.«

»Willst du hineingehen?«

»Erst wenn Körper und Möbel aufhören herumzufliegen.«

Das taten sie, und ich streckte schließlich vorsichtig den Kopf durch die Tür.

»Nun?«, fragte Del.

»Ich kann nichts erkennen. Nur das übliche Durcheinander.« Ich zog den Kopf wieder zurück. »Ich weiß nicht, ob er überhaupt hier mitten in der Stadt ist.«

»Der Molah-Mann sollte uns zu Orten bringen, die Herakleio aufsucht.«

»Nun, vielleicht reibt er sich gern am Abschaum der Welt ...« Ich trat rasch zurück, als jemand dem Kampf ein deutliches Ende setzte, indem er ein zerbrochenes Stück Stuhl in meine Richtung schleuderte. Oder vielleicht den Teil eines Tisches. »... oder auch nicht«, beendete ich meinen Satz hastig und zog mir Splitter aus dem Haar. »Gehen wir weiter. Ich sehe ihn hier drinnen nicht.«

Kurz darauf, während wir die weitschweifigen Pfade durch die Stadt abgingen und unsere Köpfe in verschiedene Weinhaustüren streckten, machte Del die Bemerkung, dass ich mich in meiner Haut anscheinend nicht wohlfühlte. Nachdem ich ihr versichert hatte, mich in meiner Haut in der Tat sehr wohlzufühlen, fragte ich sie, wie sie zu dieser Bemerkung komme.

»Weil du in keinem dieser Weinhäuser etwas trinkst.«

»Möglicherweise weil ich die Sprache nicht gut genug beherrsche, um nach einem Drink zu fragen.«

»Oh, das ist es gewiss nicht«, erwiderte Del. »Kein Mann, den ich jemals kennen gelernt habe, musste die Sprache beherrschen, um nach Alkohol zu fragen.«

»Und wie viele Männer waren das?«

»Kein Mann, den ich jemals *gesehen* habe«, verbesserte sie sich.

»Es kostet weniger Zeit zu schauen und zu fragen, wenn ich nichts trinke.«

»Das ist wahr – aber die Wahrheit hat dich noch niemals zuvor gehindert.« Sie umging einen Stapel Tonscherben. »Könnte es sein, dass du deine Aufgabe ernst nimmst?«

»Welche Aufgabe meinst du?«

»Herakleio zu lehren.«

Ich dachte einen Augenblick lang darüber nach. »Herakleio kümmert mich wirklich nicht. Aber die Metri … nun, ich schulde ihr etwas.«

»Besonders wenn sie deine Großmutter ist.«

»Natürlich könnte ich argumentieren, dass *du* ihr das Geld schuldest.«

»Warum?«

»Sie hat dich mit ihrem Geld freigekauft.«

»Ich dachte, sie hätte *dich* mit ihrem Geld freigekauft.«

»Sie hätte sich weigern können, Kapitän Rhannet und ihrem Ersten Offizier überhaupt etwas zu bezahlen. Ich wäre noch immer Gast in ihrem Haus gewesen – oder vielleicht ein verachtungswürdiger Eindringling, der rasch auf den Weg geschickt würde –, aber du wärst Gefangene auf dem Boot geblieben.«

»Schiff. Und da der Kapitän mich gebeten hat, in ihre

Crew einzutreten, bin ich mir nicht so sicher, dass ich eine Gefangene geblieben wäre.«

»Du? Eine Piratin?«

»Manche meiner Fähigkeiten scheinen besser für eine solche Rolle als für, sagen wir, die der Ehefrau geeignet.«

»Unschuldige Leute zu bestehlen?«

»Sie haben uns bestohlen«, bemerkte Del. »Geld, Schwerter und die Mittel, weitere zu kaufen. Es gibt Menschen auf dieser Welt, die behaupten würden, wir hätten unsere Unschuld schon vor vielen Jahren verloren.«

Darüber würde ich nicht streiten. »Aber du stiehlst nicht, Del.«

»Es gibt Menschen auf dieser Welt, die behaupten würden, dass ich anderen ihr Leben stehle.«

»Du stiehlst nur Männern den Seelenfrieden.«

»Ich weigere mich, Verantwortung für das zu übernehmen, wovon du behauptest, dass ich es der Seele von Männern antue«, erklärte sie gereizt. »Und wenn Männer häufiger mit ihrem Verstand denken würden als mit dem ...«

»... was zwischen ihren Beinen hängt«, beendete ich ihren Satz. »Aber ich spreche nicht davon. Ich spreche davon, wie du feste Bräuche und Denkungsweisen herausforderst. Ich war vollkommen zufrieden damit, mich um meine Angelegenheiten als Südbewohner zu kümmern, bevor du daherkamst.«

»Und jetzt?«

»Jetzt kann ich nicht umhin zu denken, wie ungerecht viele Südbewohner in Bezug auf Frauen sind.«

»Oh, du bist wahrhaftig verdorben«, klagte sie verdrossen. »Die Südbewohner werden dich gewiss vom Mannestum ausschließen, weil du gerechte und anständige Gedanken über Frauen hegst.«

»Das werden sie ganz gewiss tun«, stimmte ich ihr

düster zu. »Es ist schwer, gut zu sein, wenn alle anderen schlecht sind.«

»Gut ist relativ«, erwiderte sie. »Aber du bist *besser*.«

»Und was ist mit dir?«

»Was ist mit mir?«

»Du hast nicht oft Gutes über Männer im Allgemeinen oder mich im besonderen zu sagen.«

»Es könnte einen Grund dafür geben.«

»Siehst du? Davon spreche ich.«

Sie dachte darüber nach. »Vielleicht hast du Recht«, sagte sie schließlich, wenn auch widerwillig. »Es ist sehr leicht, Dinge über Männer zu sagen.«

»Ungerechte Dinge«, verdeutlichte ich. »Und das tust du.«

»Vermutlich könnte man wirklich sagen, dass ich gelegentlich ungerecht bin. Gelegentlich.«

»Macht Ungerechtigkeit gerecht?«

»Wenn man alles in Betracht zieht, ist offensichtlich, wer den Wettbewerb in Ungerechtigkeit gewinnt. Mit *weitem* Vorsprung.«

»Macht es das richtiger?«

Del sah mich düster von der Seite an, den Mund fest geschlossen.

»Treffer«, verkündete ich heiter. Dann: »Würdest du wirklich erwägen, eine Renegada zu werden?«

»Wenn man kein Geld und keine erkennbaren Mittel hat, welches zu erwerben, denkt man über viele Möglichkeiten nach.«

»Ah-hah!« Ich blieb so plötzlich stehen, dass Del zurückbleiben musste, um nicht gegen mich zu prallen. »Das ist das erste Anzeichen von Verstand, das du je gezeigt hast, Bascha.«

»Tatsächlich?«

»Du warst stets wie die Hoolies darauf versessen, die Dinge auf deine Art zu erledigen, *gleichgültig was*, sodass du niemals innegehalten hast, um darüber nachzudenken, dass der Grund dafür, warum viele Leute auf dieser Welt Dinge tun, der ist, dass sie keine andere Wahl haben.«

»Wovon sprichst du, Tiger?«

»Ich spreche davon, wie oft du einwendest, meine Pläne und Ideen seien nicht die besten Alternativen zu den Plänen und Ideen, die *du* für die besten hältst.«

»Weil meine die besten sind.«

»Manchmal.«

»Gewöhnlich.«

»Gelegentlich.«

»Häufig.«

»Du bist noch ein reines Kind«, erklärte ich mit betonter Deutlichkeit, »wenn es darum geht, Möglichkeiten und Alternativen zu beurteilen.«

»Tatsächlich?«

»Ja.«

»Warum?«

»Du bist zweiundzwanzig, Bascha …«

»Dreiundzwanzig.«

»… und du musstest die meiste Zeit dieser *drei*undzwanzig Jahre nie auch nur einmal darüber nachdenken, wie du einen Schwerttanz am besten gewinnen oder eine Punjabestie abwehren, einen Samum, Dürren, Mörder überleben …«

»Einen Menschen töten?«

»… einen Menschen töten könntest und so weiter.« Ich zuckte die Achseln. »Wohingegen ich andererseits ziemlich vieles auf dieser Welt getan habe, was es zu tun gibt.«

»Aber nicht, weil du besser wärest, Tiger.«

»Nein?«

»Es ist, weil du alt bist.«

Noch während ich mich umwandte, um sie anzusehen und ihr beredt zu erklären, dass *älter* zu sein nicht notwendigerweise bedeuten musste, alt zu sein, kam ein Körper aus der nächsten Weinhaustür geflogen. Er prallte gegen mich, warf mich auf die Straße und drückte mich platt. Ich wuchtete den ausgestreckten Körper mühsam von mir hoch, setzte mich auf und spie Sand aus, während ich mir bewusst wurde, dass der größte Teil meiner Kleidung jetzt durchnäßt war. Selbst mein Gesicht war feucht. Ich wischte es ab und bekam dann eine gute Prise des Geruchs der beleidigenden Substanz ab.

»Pferdepisse?«, fragte Del, als sie meinen Gesichtsausdruck bemerkte.

Nein. Molah. Ich erhob mich aus der Lache, griff nach dem Körper, der mich hineingestoßen hatte und drückte *sein* Gesicht in die Lache.

Er war natürlich nicht bei Bewusstsein, sodass er es nicht bemerkte.

»Oh, hallo«, sagte Del freudig. »Wir haben Sie gesucht.«

Da wandte ich mich um, richtete mich auf, sah ihn dort im Eingang stehen, groß, jung, stark, unerträglich überheblich und kaum spürbar beeinträchtigt.

»Ah«, sagte ich. »Gerade rechtzeitig. Kommen Sie mit nach Hause, Herakleio, wie ein braver kleiner Junge.«

Der brave kleine Junge zeigte eine beeindruckende Reihe Zähne. »Zwingen Sie mich doch«, forderte er uns heraus.

»Uh-oh«, murmelte Del und trat zurück.

»Schwach«, erwiderte ich.

Herakleio wölbte die Augenbrauen. »Ja. Das sind Sie.«

»Oh, meine Güte.« Del wieder.

»Nein«, sagte ich. »Sie versuchen, uns zu täuschen. Und das noch einigermaßen ungeschickt.«

»Ungeschickt?«

»Das ist meine Methode.«

»Und? Werden Sie es überhaupt versuchen?«

»Ich versuche niemals etwas, Herakleio.«

»Nein?«

»Ich handele nur.«

Er lachte. »Dann lassen Sie uns sehen, wie Sie handeln.«

Also griff ich ihn an.

O ja: groß, jung stark. Aber vollkommen unerfahren im Straßenkampf.

Überleben. Gleichgültig mit welchen Mitteln.

Er erwartete, dass wir boxen würden. *Er* boxte. Er landete sogar einen oder zwei Treffer – glaube ich –, aber danach bedrängte nur noch ich ihn mit allen Tricks, die ich kannte. Ich erwischte ihn im Eingang, hielt ihn fest, hob ihn hoch, warf ihn mir mit aller mir verfügbaren Hebelkraft über eine Schulter und schleuderte ihn auf den Körper in der Lache.

Der Körper versuchte inzwischen aufzustehen und war nicht wirklich auf die zusätzlichen zweihundertund … Pfund vorbereitet. Beide gingen flach zu Boden.

»Nun«, kommentierte Del, als ich mir nach dem Kampf einen beeinträchtigten Daumen rieb.

Herakleio war nicht bewusstlos, obwohl ich mir nicht sicher war, dass man dasselbe von dem Körper unter ihm behaupten konnte. Er war jetzt immerhin etwas beeinträchtigter – und wütend.

»Wollen wir gehen?«, fragte ich. »Der Molah-Mann wartet.«

Er hörte auf zu fluchen. Die Laute aus seinem Munde wurden von einem Grollen zu einem Brüllen. Er sprang auf und warf sich auf mich. Mit seinen ganzen zweihundertund … Pfund.

Ich erwartete, an die Wand gepresst zu werden, noch als er gegen mich prallte. Aber entweder war Herakleio ein geschickterer Kämpfer, als ich ihm zugetraut hatte, oder er hatte Glück. Wie auch immer – ich berührte die Wand überhaupt nicht, was mir ein gewisses Maß an

Unterstützung gewährt hätte, und flog mit dem Rücken voran in den tiefliegenden Eingang.

Die Tür stand offen. Daher ungehindert, fiel Herakleio mit mir hindurch und ins Weinhaus. Irgendwo unterwegs machten wir nähere Bekanntschaft mit einem Tisch, der unter unserem gemeinsamen Gewicht zusammenbrach, und landeten auf steinhartem Boden.

Von da an wurde das Ganze zu einer Massenverwirrung, wie es Wirtshauskämpfen eigen ist. Mein Ziel war es nicht mehr, Herakleio dazu zu bringen, uns nach Akritara und zur Metri zurück zu begleiten, sondern den Atem in meinen Lungen, die Zähne in meinem Mund, die Augen in ihren Höhlen, den Verstand in meinem Schädel und das Essen in meinem Bauch zu behalten.

Draußen auf der Straße war es nur um mich und Herakleio gegangen. In dem Weinhaus ging es um mich und Herakleio – und alle seine Freunde.

Wie gesagt, geschickter, als ich ihm zugetraut hätte.

Es ist schwer, einen Kampf zu beschreiben, wenn man sich mittendrin befindet. Ich kann Gesänge ritualisierter Schwerttänze singen – oder würde es tun, wenn ich solche Dinge mögen *und* eine Melodie halten könnte –, aber die physischen Verantwortlichkeiten und Reaktionen eines Körpers inmitten einer Weinhausschlägerei zu erklären ist unmöglich. Man kann bestenfalls nur sagen, dass es wehtut. Was es tat.

Ich war mir undeutlich der üblichen Arten körperlicher Beleidigungen bewusst – zuschlagende Fäuste, zustechende Finger, tretende Füße, zustoßende Köpfe – und zusätzlich die weniger umsichtigen Taktiken, wie umgestoßene Tische und Sessel und Stühle und Weinkrüge, in meine Richtung geworfen. Einige davon trafen. Einige nicht.

Dasselbe konnte man von *meinen* Taktiken behaupten, wenn ich darüber nachdachte.

Hin und wieder gelangten Herakleio und ich tatsächlich nahe aneinander, obwohl üblicherweise etwas dazwischenkam, sei es eine Bank, eine Flasche oder ein Körper. Ich war inzwischen nicht mehr das einzige Ziel: Eine gute Wirtshausschlägerei erfordert vielfältige Teilnehmer, wenn sie nicht einfach langweilig sein soll. Ich bezweifle, dass viele der Männer überhaupt erkannten, dass ich Herakleios Ziel war. Sie schlugen einfach zu. Wer auch immer am nächsten stand, er wurde getroffen. Einige von ihnen gingen zu Boden. Andere nicht, und sie erwiderten das Wohlwollen.

Zu irgendeinem Zeitpunkt bildete eine Gruppe von Herakleios Freunden jedoch eine vereinigte Front, und ich erkannte, dass es nur eine Frage der Zeit war, bis ich den Kampf verlor. Ich bin groß, schnell, stark und in Straßentaktiken beschlagen, aber ich *bin* nur ein Mann. Und hier in Skandi hat fast jedermann bis auf wenige Zentimeter und zehn oder zwanzig Pfund meine Größe und mein Gewicht.

Ungefähr zu dem Zeitpunkt, wie man mir später zu verstehen gab, beschloss Del, es zu beenden. Oder mich zu retten, welche Methode auch immer fruchtete. Ich sah im Austausch der Feindseligkeiten nur einen verschwommenen Fleck Leinen mit dem Umriss einer Frau, der durch den Eingang kam – Kopf, Schultern und Brüste von hellem Haar umhüllt.

Mein Unterbewusstsein nahm wahr, dass es Del sein musste, aber mein mit dem Überleben beschäftigtes Bewusstsein bemerkte einigermaßen überrascht, dass es ein ziemlich törichter Zug der Frau war, mitten in eine Wirtshausschlägerei hineinzuspazieren.

Andererseits nahm diese Frau natürlich, nachdem sie die Vorgänge beobachtet hatte, eine spuckende Lampe aus einem eingeschnittenen Fenster neben der Tür, wählte ihr Ziel, blies die tanzende Flamme aus und schleuderte die besagte Lampe über den Kopf des besagten Ziels hinweg.

Das Ziel knurrte als Reaktion etwas und dachte zweifellos, es sei wieder eine andere von einem Feind angewandte Taktik. Aber er schaute zurück, strich sich das Haar aus dem Gesicht und hielt in seiner Bewegung inne, um erstaunt hinzusehen.

Del nahm eine zweite Lampe auf, deren Flamme stark und hell brannte, und hielt sie einfach mit gestrecktem Arm vor sich.

Das von Lampenöl durchtränkte Ziel sprang mit einem Aufschrei von ihr zurück. Die Bewegung riss einem anderen Mann die Beine weg, der das Gleichgewicht verlor und auf ihn fiel.

Jetzt waren zwei Männer von Lampenöl durchtränkt. Und zwei Männer waren wenig begeistert von der Vorstellung, die Frau eine brennende Lampe mitten in das Weinhaus werfen zu sehen.

Schlägereien enden nicht auf einmal. Aber wenn genügend Männer – diejenigen, die noch bei Bewusstsein waren – erkennen, dass jedermann sonst äußerst still geworden ist, damit nicht einmal ein Atemzug die Frau mit der Flamme veranlassen könnte, die Kontrolle zu verlieren, ersterben die Kämpfe auf natürliche Weise.

So auch dieser.

Da ich Dels Kontrolle in- und auswendig kannte, setzte ich mich auf. Dafür musste ich eine zerbrochene Bank aus dem Weg treten und einen wundersamerweise heilen Weinbecher unter meinem Gesäß entfernen. Doch es gelang mir. Und dann saß ich mit aufgestellten Knien und darum gelegten Armen da. Beobachtete die Frau.

»Herakleio«, sagte sie mit ihrer kühlen nordischen Stimme.

Ich sah mich neugierig um. Ich hatte keine Ahnung, wo Herakleio sein könnte. Der Körper neben mir, der jämmerlich stöhnte, war nicht seiner.

Jemand fand ihn zuvorkommenderweise für Del.

Er lag in einer Ecke und versuchte gerade aufzustehen. Ich glaubte nicht, dass ich ihn so verletzt hatte. Ich hatte ihn eine ganze Zeit lang nicht mehr gesehen. Zu irgendeinem Zeitpunkt war der Mann mit den Freunden einfach ein weiteres Gelegenheitsziel geworden.

Schließlich setzte sich Herakleio auf und lehnte sich an die Wand. Eine Seite seines Gesichts war von einem Streifen Blut verunstaltet. Das weindurchtränkte Haar klebte an seiner anderen Wange. Er schälte es vorsichtig ab, als befürchte er, seine Haut könne mit abgezogen werden. Sein Blick fand mich, er starrte mich finster an. Ich winkte ihm freundlich zu. Er spie Blut aus einem Schnitt in seiner Lippe und bemerkte schließlich Del, die mit der Lampe in der Hand in der Weinhaustür stand.

Das brachte ihn auf die Beine. Er erhob sich, stand an die Wand gelehnt da und starrte sie verständnislos an.

Er musste ihr Eintreten verpasst haben. Und das Zerschmettern der ersten Lampe über dem Kopf des Mannes. Jetzt sah er sie aufrecht und groß mitten im Chaos stehen, vor dem Hintergrund der unbeleuchteten Nacht – rein und unverdorben. Der Lampenschein schwelgte auf ihrem Haar, auf der gebleichten Leinentunika, auf den hellen Armen, schimmerte auf den die Schärpe um ihre Taille schmückenden Messingringen. Er formte ihr Gesicht zu der harten und großartigen Heiterkeit einer Frau, die unerschrocken auf Messers Schneide wandelt und ins Feuer tritt.

Ah, nun, auf mich wirkt sie auch so.

»Herakleio«, sagte sie erneut.

Er schien seltsam benommen. »Ja?«

»Sie sollen nach Hause kommen.«

Kein lebender Mann in dem Weinhaus wäre diesem kühlen Befehl nicht gefolgt, wenn er ihn hätte verstehen können. Niemand warf es Herakleio vor, dass er ihm folgte. Sie schwiegen, als er sich seinen Weg durch das

Durcheinander bahnte, kurz vor ihr stehenblieb und das Weinhaus dann verließ. Ich bezweifelte nicht, dass wir ihn wartend in dem Molah-Gefährt vorfinden würden, wenn wir dorthin kämen.

Ich erhob mich, schüttelte meine Kleidung aus, wischte mir die Hände ab und folgte Herakleio nach draußen. Was Del mit der Lampe machte, wusste ich nicht, aber als sie herauskam, blieb das Licht zurück.

Nur dass sich sein Schein noch immer in ihrem seidigen Haar fing.

5

Simonides, der nicht den größten Teil der Nacht mit dem Suchen, Finden und Bekämpfen Herakleios verbracht hatte, scheuchte mich in der Dämmerung aus dem Bett. Ich erwartete einen gemurmelten Protest von Del und dass sie unter die leichten Decken zurückkriechen würde, bis ich erkannte, dass ich allein war. Was mich noch mürrischer machte.

Ich setzte mich auf und bedachte Simonides mit meinem verärgertsten Stirnrunzeln. »Was ist los?«

»Die Metri schickt mich, Ihnen zu sagen, dass Sie sie sofort aufsuchen sollen.«

»Natürlich tut sie das«, murrte ich. »Sie hat die ganze Nacht geschlafen.«

»Sofort«, wiederholte Simonides.

Ich sann darüber nach, dass es wahrscheinlich zwei Deutungen des Begriffes ›sofort‹ auf der Welt gab: die der Metri und die meine. Reiche, mächtige, um das Erscheinungsbild besorgte Menschen glauben im Allgemeinen, wir anderen wären ebenso darum besorgt und würden uns daher die Zeit für entsprechende Handlungen nehmen –, was bedeutet, dass sich ihr Verständnis von ›sofort‹ von dem jedes anderen Menschen unterscheidet. Aber da ich nicht reich oder mächtig war, fühlte ich mich nicht verpflichtet, ihren Erwartungen zu entsprechen. Was bedeutete, dass sie mich so sehen würde, wie ich war.

»Gut«, sagte ich und kletterte unter den Decken hervor.

Simonides öffnete den Mund, um noch etwas zu

sagen – wahrscheinlich etwas, was mit meiner generellen Launenhaftigkeit und Person zu tun hatte –, aber ich fegte an ihm vorbei in den Flur.

Die Metri empfing mich in der Kuppelhalle. Ich stellte fest, dass meine Sinne, wenn auch mit Unruhe, erneut über die Passform der Steine, Fliese an Fliese, den Fluss der Bögen und Winkel, die großartigen Wandgemälde staunten. Dann wandte ich meine Aufmerksamkeit der Frau zu, die meine Großmutter war – oder auch nicht. Und erkannte, dass sie ebenso sehr wie das Haus aus Stein und Bögen und Winkeln und dem Mörtel der Selbstbeherrschung gemacht war.

Wenn sie meine Erscheinung beleidigte – zerknittert, schmutzig, in der Hose, in der ich geschlafen hatte, die Krallenkette um meinen Hals und nichts sonst außer ungekämmtem Haar, blauen Flecken und Stoppeln –, so zeigte sie es nicht. Sie saß sehr ruhig und mit im Schoß gefalteten Händen in dem einzigen Sessel.

»Es wurde eine Rechnung erstellt«, sagte sie.

Gewiss wusste sie, dass es viele Arten von Rechnungen auf dieser Welt gab. Ich wartete darauf, dass sie mir erklären würde, um welche Art es in diesem Fall ging.

»Das Weinhaus hat sie heute Morgen heraufgeschickt.«

Ah. *Diese* Art Rechnung. Der Besitzer war schnell im Rechnen. Andererseits hatte er wahrscheinlich schon in dem Augenblick mit der Kostenaufstellung begonnen, als der erste Weinkrug geworfen wurde. Ich wartete weiterhin, eine Diskussion um Herakleios ständige Fehler und ihre Erwartungen an meine Pläne erwartend, um sie so bald wie menschlich möglich zu korrigieren.

Stattdessen sagte sie: »Ich werde Ihre Dienstbedingungen ausweiten.«

Manchmal kann ich ebenso kühl und ruhig sein wie Del. Oder wie die Metri. Dies war keine dieser Gelegenheiten.

Alarmglocken schrillten. Geräuschvoll.

Ich hasse Alarmglocken. Und so belehrte ich sie nachdrücklich, dass ich keinen ›Dienstbedingungen‹ unterstand, noch die Absicht hatte, für den in dem Weinhaus durch ihren Verwandten entstandenen Schaden verantwortlich gemacht zu werden, noch einen einzigen was-auch-immer-die-niedrigste-Münze-der-Insel-war bezahlen würde, da ich vor allem in ihrem Auftrag gehandelt hatte, ihren irrenden Erben nach Hause zu bringen. Auf ihre Bitte hin.

»Ich werde Ihre Dienstbedingungen ausweiten«, wiederholte sie, »um die Kosten der Schäden zu decken, für die Sie verantwortlich sind …«

»Warum, zu den Hoolies, bin *ich* dafür verantwortlich?«

»… und um Herakleio weiterhin richtiges Mannestum beizubringen.« Sie sah mich mit kaltem Blick an. »Das war weder richtiges Mannestum noch ein annehmbares Benehmen.«

»Nun, dann bin ich vermutlich nicht der richtige Mann für diese Aufgabe«, erwiderte ich sofort. »Wir könnten es ebenso gut jetzt gleich beenden. Und Sie können jemand anderen suchen.«

Sie wölbte vielsagend die Augenbrauen. »Und wie wollen Sie dann Ihre Schuld mir gegenüber begleichen?«

»Im Süden«, begann ich vorsichtig, aber deutlich, »werden solche Dinge häufig im Kreis geregelt. Wenn Sie einen Schwerttänzer verdingen wollen, um diese Schuld auszutragen, werde ich ihm nur allzu gern im Kreis gegenübertreten.«

»Sie beide«, sagte sie.

»Was?«

»Sie beide«, wiederholte sie.

»*Welche* sie …?« Und dann verstand ich.

Ich weiß nicht, wie vieles von dem, was ich sagte, die

Metri verstand – wahrscheinlich nichts davon, da es in mehreren Sprachen und unfreundlich geäußert wurde –, aber der Tonfall war deutlich genug.

Schließlich ging mir der Atem aus. »Nein«, sagte ich einfach.

»Sie hat bereits zugestimmt.«

»*Del* hat dem zugestimmt?«

»Sie erklärte mir, dass Schwerttänzer ebenso für Geld und die Begleichung von Schuld tanzen wie für die Ehre.«

»Das ist unwichtig«, sagte ich barsch. »Ich werde nicht gegen Del in den Kreis treten.«

Niemals wieder. Niemals.

»Sie hat zugestimmt.«

»Das ist mir gleich.«

»Sie selbst haben vorgeschlagen, dass ich einen Schwerttänzer verdingen soll, um die Schuld auszutragen. Das habe ich getan. Und jetzt müssen Sie ihr gegenübertreten.« Sie lächelte leicht. »Nur allzu gern haben Sie, glaube ich, gesagt.«

»Ich werde es nicht tun.«

»Dann haben Sie keine andere Wahl, als meiner Ausweitung Ihrer Dienstbedingungen zuzustimmen.«

»Ich habe jede Wahl«, erwiderte ich. »Ich widerlege Ihre Argumente. Zunächst habe ich persönlich – soweit ich weiß – keinen einzigen Tisch oder auch nur eine Lampe zerbrochen. Finger vielleicht … und einen oder zwei Kiefer, aber dafür kann mich der Weinhausbesitzer wohl nicht zur Verantwortung ziehen.«

»Begleichen Sie die Schuld in Geld oder übernehmen Sie einen zusätzlichen Dienst bei mir.« Sie machte eine Geste des Bedauerns und der Hilflosigkeit. »Meine Forderung ist nicht unangemessen. Sie hat nichts mit Wucher zu tun.«

»Vielleicht mit Sklaverei.«

Das missfiel ihr. »Wohl kaum.«

Ich schüttelte den Kopf. »Ich könnte heute, genau in diesem Augenblick, hier hinausmarschieren und wie die Hoolies von dieser götterverfluchten Insel verschwinden.« Was allmählich wie die einzig mögliche Art zu handeln klang.

»Und haben Sie schwimmen gelernt?«

Ich runzelte die Stirn. »Was hat Schwimmen damit zu tun?«

»Wie wollen Sie von dieser götterverfluchten Insel fortgelangen, wenn Sie nicht schwimmen können?«

»Es gibt Schiffe«, antwortete ich. »Wissen Sie – diese Dinger, die schwimmen.«

»Aber keines davon wird für Sie schwimmen.«

»Wenn Sie es sich nicht irgendwie haben einfallen lassen, sie alle zu versenken, werde ich vermutlich eines finden, das für mich schwimmen wird.«

»Sie haben kein Geld.«

»Ich werde für die Überfahrt arbeiten.«

»Für wen? Kein Kapitän wird Sie anheuern.«

»Nein?«

Die Metri glättete eine nicht vorhandene Falte an ihrer Tunika. »Haben Sie noch nicht erkannt, dass der wahre Grund, warum Menschen Macht *begehren*, darin liegt, dass sie sie benutzen wollen?«

»Und?«

»Und«, fuhr sie fort, »ich habe Ihre Beschreibung an die Besitzer aller Schiffe, aller Boote und aller Flöße auf dieser Insel überbringen lassen. Sie sind leicht zu beschreiben. Man muss nur die Narben auf Ihrem Gesicht erwähnen.«

Es gab Dinge, die ein Mann vielleicht tun könnte, um sich zu verstellen, aber mir die Haut vom Gesicht zu ziehen, gehörte nicht dazu. »Und?«

Die Metri lächelte. »Ich habe Macht.«

Es kostete mich Mühe, ruhig zu bleiben, während die Erkenntnis eiskalt mein Rückgrat hinablief. »Die Stessoi sind eine von elf der so genannten von den Göttern abstammenden Familien«, sagte ich. »Ich bezweifle nicht, dass eine jener zehn anderen Familien mich gern auf ein Schiff bringen wird. Weil Sie, wenn Sie Macht haben, auch Feinde haben.«

Ihr Lächeln war geschwunden. »Sie werden Ihnen nicht helfen.«

»Nein?«

»Mir gehört jeder Weinstock auf der Insel«, sagte sie einfach.

»So?«

»Wollen Sie, dass ihnen der Wein – oder das Einkommen aus dem Weinhandel – wegen einer solchen Lappalie verweigert wird?«

Wir verschränkten für eine ganze Weile unsere Blicke, wogen das Gewicht der gegenseitigen Entschlossenheit ab. Wir blinzelten beide nicht.

»Also«, sagte sie schließlich, »haben Sie mich erkannt.«

»Und Sie mich.«

»Und ich Sie.« Sie entspannte sich in ihrem Sessel, lockerte die Starre ihres Rückgrats nur leicht. »Ich sollte dankbar sein, dass Sie ebenso willens sind wie ich, einfach um der reinen Fähigkeit willen, es tun zu können, standzuhalten, gleichgültig welche Folgen das mit sich bringt, weil solche Menschen gelegentlich wertvoll sind, aber ...«

Es sah ihr nicht ähnlich, einen Satz nicht zu beenden. »Aber?«

»Aber es erschwert unsere Lage noch.«

»In welcher Weise?«

Die Metri schätzte mich mit kühlem Blick ab. »Bei der Frage der Ehre könnte ein Mann wählen, gelenkt zu werden. Durch den Brauch, wenn durch nichts sonst. Oder er besitzt vielleicht nicht die Charakteranlage, den Weg zum Sieg zu suchen, wenn er Not in seinem Haus vorfindet.«

»Eine Frau kann einem Haus tatsächlich Not aufbürden«, sagte ich trocken.

»Aber ein Mann, der sich wie Fels härtet, ein Berg in sich, der sich um der Ehre oder der Unnachgiebigkeit willen gegen die Wünsche des Windes stemmt, kann nur bewegt werden, wenn die Götter es bestimmen. Wie sie bestimmt haben, dass Skandi vor so vielen Jahren zerbrechen sollte.«

»Mir gefällt die Vorstellung des Berges besser.«

»Sie wären ein stattlicher Berg«, stimmte sie mir spöttisch zu. »Aber Sie vergessen eine wichtige Sache.«

»Und was ist das?«

»Ich stamme von den Göttern ab«, sagte sie bestürzend sachlich, »und ich kann selbst den größten Berg in Staub und Asche verwandeln.«

»Sie«, sagte ich schließlich, »sind eine zähe alte Frau.«

»So alt?«

Ich zeigte die Zähne. »Älter als die Felsen.«

Das gefiel ihr. Sie stand über den Schmeicheleien der Jugend und den Bedürfnissen des mittleren Alters. »So alt«, stimmte sie mir ernst zu. »Es ist gut, dass Sie das erkennen.«

»Herakleio hat keine große Chance.«

»Herakleio hat *keine* Chance«, korrigierte sie mich. »Nicht mehr als Sie.«

»Ah, aber ich bin der Berg.«

»Berge stürzen ein.«

Ich erwiderte ihr Lächeln. »Und werden zu Felsen.«

»Aber ich bin die Insel«, sagte sie, »und die Insel wird sich stets behaupten, selbst in Katastrophenzeiten.«

»Ist Herakleio eine Katastrophe?«

»Er trägt es in sich, eine zu werden«, sagte sie belustigt, »aber ich glaube, er wird es nicht werden. Er beansprucht den starrköpfigen Wankelmut eines Kindes, dort einen Pfad zu schlagen, wo niemand zuvor einhergeschritten ist, dem aber die *Beharrlichkeit* fehlt. Er wird umkehren.«

»Dann brauchen Sie mich nicht.«

»Ich brauche Sie«, belehrte sie mich, »für Ihnen unvorstellbare Dinge.«

Ich wurde sehr still. »Und soll ich mich jetzt dadurch besser fühlen?«

»Es soll Sie auf jeden Fall nicht ängstigen«, sagte sie. Sie lächelte. »Glauben Sie, ich wollte Sie in gefährliche und tödliche Pläne hineinziehen?«

»Ich glaube«, sagte ich, »das würden Sie tun. Wenn sie das Gefühl hätten, dass es Ihnen nützen könnte. Was nun mich betrifft ...«

»Ich brauche Sie«, wiederholte sie, »für Dinge, die dieses Haus stärken werden.«

»Was *ich* brauche«, sagte ich, »ist, von dieser Insel fortzukommen.«

»Was?« Es war gespieltes Erstaunen. »Und Ihren Platz als Erbe Akritaras nicht einzunehmen?«

Ich höhnte. »Ich bin nicht mehr Ihr Enkel, als Sie von den Göttern abstammen.«

Ihre Augen glitzerten. »Die Wahrheit bedeutet nichts«, sagte sie. »Vorstellung ist alles.«

»Und da Sie als von den Göttern abstammend anerkannt *sind* ...«

»Wenn Sie als mein Erbe anerkannt würden«, sagte sie ruhig, »könnten Sie erwägen, sich als dem Platz würdig zu verhalten. Ich habe Sie gebeten, Herakleio die Verantwortlichkeiten eines Mannes beizubringen, nicht ihn zu ermutigen, sich wie ein Kind zu verhalten, indem Sie sich selbst wie eines verhalten.«

»Ich habe den Streit wahrhaftig nicht angefangen«, erklärte ich.

»Vielleicht nicht. Aber Sie haben ihn auch nicht beendet.«

Nein. Das ist Del gewesen.

»Vielleicht sollten Sie sie verdingen«, murmelte ich zwischen zusammengebissenen Zähnen hindurch.

Zum ersten Mal, seit ich ihr begegnet war, lachte die Metri. »Aber das habe ich. Sollten Sie ihr jetzt nicht gegenübertreten? Sie wartet im Kreis.«

Ich fand Del auf der Terrasse, wo ich Herakleio zu unterrichten begonnen hatte. Wie von Simonides gefordert, waren die Steine gefegt und sauber geschrubbt worden. Meine an solche Dinge gewöhnten bloßen Füße wussten die reine Oberfläche zu schätzen. Ich hatte aus den Jahren des Tanzes auf allen Arten von Untergründen Schwielen, aber mein Körper reagierte dennoch. Es fühlte sich *richtig* an.

Sie saß auf der niedrigen, die Terrasse umgebenden Mauer. Der Wind bewegte ihr Leinengewand und ließ ihr Haar wehen. Ihr Gesicht lag frei, von entwichenen Locken oder grimmigen Falten oder auch der Maske, die sie trägt, wenn sie sich in einer Umgebung unwohl fühlt, unbeeinträchtigt. Sie war entspannt, und ihr Gesichtsausdruck spiegelte das wider. Sie war im Sonnenlicht wunderschön, während sie über etwas lachte, das ihr Gesprächspartner sagte.

Er hatte sich, anders als ich, Zeit genommen, sich zurecht zu machen. Er war frisch gebadet, gekleidet, rasiert und zeigte nur wenige Kampfspuren der vergangenen Nacht, bis auf eine leichte, allmählich dunkler werdende Quetschung an einer Wange und eine leicht geschwollene Lippe.

Hoolies, vielleicht *hätte* ich mir die Zeit nehmen sollen, mich ebenfalls frisch zu machen. »Verzeihung …«

Aber Herakleio war bereits aufgesprungen und hatte Del verlassen, bevor ich den Satz beenden konnte, wodurch er mich der Gelegenheit beraubte, ihn fortzu*schicken*. Ich sah ihm wütend nach, als er geschmeidig davonging. Dann erinnerte ich mich, warum ich hier war und warum Del hier war.

Ich wandte mich zu ihr um. »Was, zu den Hoolies,

willst du damit bewirken, dass du dich von der Metri verdingen lässt?«

»Arbeit«, erwiderte sie nüchtern und von meiner zornigen Miene unbeeindruckt. Andererseits hatte sie sie schon früher bemerkt.

»Aber ein Schwerttanz? Mit mir?« Ich hielt inne. »*Gegen* mich? Warum? Warum solltest du das tun? Was hoffst du zu gewinnen, Del – irgendeine bizarre Form von Entschädigung für etwas, was ich getan habe und wovon ich vergessen habe, dass ich es getan habe? Oder für etwas, das du von mir zu tun erwartest, heute oder in zehn Jahren?« Ich blickte auf sie hinab und ballte die Fäuste. »Wenn du auch nur einen Augenblick lang glaubst, ich beabsichtigte, mit dir in einen Kreis einzutreten, bist du loki geworden. Du *weißt*, dass ich es nicht tun werde. Du weißt warum. Du weißt, warum ich es nicht *kann*. Ich weigere mich. Ich habe der Metri gesagt, dass ich mich weigere. Du wusstest, dass ich mich weigern würde. Was soll das also? Geht es um einen von dir und der Metri – beides Frauen – ausgeheckten Plan, mich dazu zu bringen, länger hier zu bleiben? Eine Art Wette? Eine müßige Laune? Ein Trick, mich zu *zwingen*, mit dir in einen Kreis einzutreten?« Ich atmete geräuschvoll ein. »Was hoffst du also zu gewinnen?«

»Schwerter«, erwiderte sie.

»Natürlich Schwerter«, sagte ich mürrisch. »Darum wird es Schwerttanz genannt. Schwerter sind erforderlich. Es ist kein Messertanz oder Fausttanz, nicht wahr? Es ist ein Schwerttanz. Den niemals wieder gegen dich zu tanzen ich geschworen habe. Noch einmal: niemals.«

»Nun«, sagte sie nachdenklich, »ich dachte, dies wäre die einfachste Möglichkeit, Schwerter zu *bekommen*. Auf einer Insel, auf der es keine zu geben scheint.«

»Was ungeheuer viel Sinn ergibt! Es ist ein wenig schwierig, einen Schwerttanz durchzuführen, wenn es keine Schwerter gibt.«

»Genau«, sagte Del.

»Dann können wir nicht tanzen.«

»Richtig.«

»Was bedeutet, dass nichts geregelt werden kann.«

»Ebenfalls richtig.«

»Also warum hast du dann angenommen, als die Metri den Tanz anbot?«

»Sie hat den Tanz nicht angeboten. Ich habe ihn ihr als Möglichkeit vorgeschlagen, die Frage des zusätzlichen Dienstes zu klären.«

»Du hast es vorgeschlagen? Warum?«

Del lächelte. »Schwerter.«

»Ja. Aber wir *haben* keine ...« Und dann ging mir vollkommen die Luft aus. Mein Gesicht erwärmte sich plötzlich und wurde, daran bestand kein Zweifel, rot wie ein südlicher Sonnenuntergang. Ich übte in knapper und unfeiner Wüstensprache, der Sprache meiner Jugend, Selbstkritik und ließ mich auf die Mauer sinken. Kurz darauf räusperte ich mich. »Gab es einen besonderen Grund dafür, warum du es zugelassen hast, dass ich einen solchen Narren aus mir machte?«

»Du hast dich so in deinen Zorn und deine Besorgnis hineingesteigert, dass ich dich nicht aufzuhalten wagte.« Sie hielt inne. »Außerdem machst du das so gut.«

»Und fandest du es amüsant?«

Del grinste. »Ja.«

Ich seufzte und schabte mit den Füßen über den sandfreien Stein. »So.«

»So.«

»Also wird die Metri uns Schwerter besorgen.«

»Das wird die Metri.«

»Und uns so Geld einsparen, das wir nicht haben.«

»Und Zeit, und Mühe.«

Ich blinzelte in die Morgensonne. »Ich wusste, dass es einen Grund dafür gab, dich in der Nähe zu behalten.«

Del stieß einen ausgesprochen zurückhaltenden Laut aus.

»So«, sagte ich erneut. »Jetzt, da wir herausgefunden haben, wie wir an Schwerter kommen ...« Sie warf mir, wie erwartet, einen vielsagenden Seitenblick zu. »... haben wir noch etwas anderes zu tun.«

»Und was ist das?«

Ich ergriff ihre Hand und zog sie von der Mauer hoch. »Einen Mann wegen eines Pferdes aufsuchen. Oder, in diesem Falle, eine Frau wegen eines Schiffes.«

»Warum?«

»Um eine Theorie zu prüfen.«

»Welche Theorie?«

»Diejenige, die behauptet, dass Metris nicht alle Schiffe versenken können.« Ich zog. »Komm schon.«

Del widerstand. »Wovon sprichst du? Warum sollte sie alle Schiffe versenken? Warum sollte sie *überhaupt* ein Schiff versenken?«

»Es ist eine Redewendung«, sagte ich. »Kommst du nun?«

»Ich war bereits an Bord eines Schiffes, das unter mir versank«, erwiderte Del düster, während sich ihr Arm in meinem Griff anspannte. »Ich bin nicht daran interessiert, die Erfahrung zu wiederholen.«

»Unser Schiff wird nicht untergehen. Herakleios wird versinken. Bascha – *kommst* du nun mit?«

Sie ließ es widerwillig zu, dass ich sie hoch und auf die nächstgelegene enge, ins Haus führende Treppe zuzog. »Tiger, wann immer du geheimnisvoll wirst, bedeutet das Probleme am Horizont.«

»Dieses Mal nicht. Ich will nur sehen, ob es ein *Schiff* am Horizont gibt.«

»Und wenn du eines siehst?«

»Dann will ich herausfinden, was es uns kosten würde, mitzusegeln.«

»Letztes Mal hat es uns alles gekostet, was wir hatten.«

»Sie schuldet mir etwas«, erklärte ich. »Dafür und für andere Dinge. Es ist ihre Schuld, dass ich in diesem Schlamassel stecke.«

»*Das* wird sie nicht davon überzeugen, etwas zu unternehmen.«

»Oh, ich werde mir etwas ausdenken.«

Was auch immer Del durch Beobachtung feststellte, es wurde in korrektem Nordisch ausgedrückt, und ich verstand kein Wort. Was wahrscheinlich das Beste war, da die Bascha eine ebenso große Gabe zur Verwünschung und Schmähung besitzt wie ich.

6

Als mir klar wurde, dass Prima Rhannet nicht im Haus war, trieb ich Simonides auf und fragte ihn, wo sie sei. Er reagierte, indem er mich fragte, warum ich sie suchte und ob er mir vielleicht stattdessen helfen könnte.

Da ich sehr wohl wusste, dass er mir keine Art von Antwort geben konnte und *wollte*, die es Del und mir ermöglichen würde, den Renegadakapitän zu verdingen, uns von Skandi fortzubringen – und dadurch auch fort von der Metri und ihrer verdorbenen Gottheit –, sagte ich einfach, ich wollte Prima Rhannet nur etwas fragen.

Woraufhin Simonides, überschwenglich höflich, sagte, dass ich vielleicht ihn fragen könnte, da er die Antwort ja wissen könnte.

Sackgasse. Wir wechselten einen langen, vielsagenden Blick, maßen die gegenseitige Entschlossenheit, nicht zu sagen, was jeder von uns sagen wollte, sowie unsere jeweiligen Erfahrungen damit, gegenüber anderen in der gleichen Lage die größere Langmut zu beweisen. Woraufhin Del kunstgerecht seufzte und fragte, wie alt wir noch werden sollten, bevor der verbale Tanz beendet sei. Was mich wieder daran erinnerte, dass die Metri erwartete, Del und ich würden mit *Schwertern* tanzen, um die Frage meiner ›Dienstzeit‹ zu klären, was mich veranlasste, dringend gehen zu wollen.

»Schon gut«, sagte ich. »Wir können gehen.«

Simonides' Miene verwandelte sich von zufriedener Unterwürfigkeit zu Bestürzung, rasch gefolgt von zunehmender Alarmiertheit. »Gehen?«

»Einen Schritt nach dem anderen aneinanderreihen, bis man irgendwo anders hingelangt«, erklärte ich und fügte dann hinzu: »Irgendwohin, wo man sein *will*.«

»Sie können nicht gehen«, sagte er ernst.

Ich lächelte heiter. »Tatsächlich habe ich das vor langer Zeit gelernt.«

Er machte eine vertraut abwehrende Geste. Er hatte mich eindeutig als jemanden anerkannt, der seiner besonderen Aufmerksamkeit und persönlichen Führung bedurfte. Vielleicht seine Version von Herakleio. »Sie können nicht gehen«, wiederholte er. »Dafür sind Molah-Männer da.«

»Gut. Können wir uns einen ausborgen?«

Jetzt wirkte seine Miene überaus ausdruckslos. »Um einen Molah-Mann und sein Gefährt herbeirufen zu können, muss ich wissen, wohin sie wollen.«

»Ein hübscher Versuch«, sagte ich trocken. »Aber was Sie *wirklich* müssen, ist, ihn herbeizurufen. Sie müssen ihm nichts sagen. Was bedeutet, dass Sie nicht wissen müssen, wohin wir wollen, und ich es Ihnen nicht sagen muss.«

Simonides neigte kaum wahrnehmbar den Kopf. »Sie sprechen kein Skandisch.« Er glaubte zweifellos, gewonnen zu haben.

»Ich spreche ausreichend Skandisch«, sagte ich, womit ich seine Hoffnungen zerschlug. »Ich brauche nur ›Skandi‹ zu sagen. Ich denke, er wird verstehen, was ich will.«

»*Wohin* in Skandi?«, fragte Simonides schüchtern.

»Wir könnten inzwischen schon dort gewesen und wieder zurück sein«, stellte Del fest.

Simonides wandte ihr seine Aufmerksamkeit zu. »Wo gewesen und wieder zurück sein?«

Ich erhob verärgert meine Stimme. »Warum ist das *wichtig*, Simonides? Wir sind hier keine Gefangenen ...« Ich legte eine äußerst kunstvolle Pause ein und ließ die

Unterstellung für sich wie in glühenden Lettern geschrieben im Raum stehen. »… oder?«

Ich hatte es geschafft, ihn zu entsetzen. Er sagte schnell und atemlos etwas auf Skandisch, was wir beide nicht verstanden und legte dann in einer flehentlichen Geste beide Hände auf sein Herz. Er atmete jetzt schnell und geräuschvoll, als sei er besiegt.

»Ich deute das als ein ›Nein‹«, sagte ich trocken. »Können wir jetzt unser Gefährt bekommen?«

Seine Gesichtsmuskeln verzogen sich von Entsetzen zu kaum wahrnehmbarem Triumph. »Die Metri schickt mich, um Ihnen zu sagen, dass Sie Herakleio unterrichten müssen.«

»Was, die Metri schickt Sie, damit Sie mir *gerade jetzt* sagen, ich solle Herakleio unterrichten?«

»In der Tat.«

Ich wölbte skeptisch eine Augenbraue. »Und wann genau, in welchem Augenblick, hat sie Sie geschickt, mir dies zu sagen? Gerade jetzt, während wir hier standen? Wenn dem so war, habe ich sie nicht gesehen. Und gewiss nicht, *bevor* ich Sie fand und nach einem Gefährt fragte. Weil Sie mir dann gewiss gesagt hätten, die Metri habe Sie geschickt, mir zu sagen, dass ich Herakleio unterrichten soll – es sei denn, sie hätte sie nicht geschickt, mir irgendetwas zu sagen, weil *ich Sie* gefunden habe und nicht Sie mich.«

»Tiger«, sagte Del. »Ich bekomme graue Haare.«

»Vertrau mir, ich habe bereits weitaus mehr als du, Bascha …« Ich lächelte Simonides freundlich an. »Nun?«

Er richtete sich mühsam auf. »Ich bin die Augen und Ohren der Metri.«

»So, also besteht eine Ihrer Aufgaben vermutlich darin zu erahnen, was ihr vielleicht gefällt oder nicht gefällt und die Streitfrage so abzuwägen?«

»Ich erahne nichts«, sagte er mit gewisser Strenge,

»ich *sehe voraus*.« Dann sagte er mit gesenktem Kopf, Blick und Schultern – und zunehmend schmerzlicher Würde: »Ich bin der Sklave der Metri. Ich habe so wenige Wahlmöglichkeiten in meinem Leben ...«

»*O* nein.« Ich unterbrach ihn schroff. »Sie werden mir gegenüber nicht diese Art – oder diesen Ausdruck! – einschlagen. Ich kenne Sie, Simonides: Sie sind ein meisterhafter Manipulator. Sie mussten es sein, um der Metri all diese Jahre so unterwürfig dienen zu können.« Ich gewährte ihm ein übertrieben freundliches Lächeln. »Nun, wo waren wir?«

»Beim Gehen«, sagte Del.

Woraufhin Herakleio den Raum betrat und durch einen Mundvoll irgendeines klebrigen Konfekts, das auch seine Hand erfüllte, fragte, worüber wir sprächen.

»Darüber, nach Skandi zu gehen«, antwortete Del.

Er blinzelte. »Ist das so schwierig?«

»Wir haben anscheinend Schwierigkeiten, Simonides davon zu überzeugen, dass wir einen Molah-Mann und sein Gefährt brauchen«, erklärte ich.

Herakleio zuckte die Achseln. »Laufen Sie«, schlug er vor und verließ den Raum wieder.

Ich warf Simonides, der jetzt eher in sich zusammengesunken wirkte, einen kurzen, aber hitzigen Blick zu und wandte mich dann auf dem Absatz um. Und ging.

Es war ein langer Marsch, und es war heiß, aber der Wind dämpfte einen Großteil der Hitze und machte sie erträglich. Andererseits bin ich so an die Sonne und die Trockenheit der Wüste gewöhnt, dass ich Skandi als sanftes Land empfand, wenn auch mit feuchterer Luft. Ich glaube, wenn der Wind nicht gewesen wäre, ich wäre weniger eingenommen gewesen. Besser die trockene, wenn auch sengende Hitze als die nasse Dichte feuchter Luft. Darin konnten Menschen ersticken.

Del und ich passten unsere Schritte aus Gewohnheit

an – das gelingt mir nicht mit vielen Männern, und mit keiner anderen Frau – und verfielen in einen geselligen Rhythmus langer Schritte. Die Luft war mit dem Duft der Weinstöcke, verschiedenen Küchendüften und dem Geruch des Meeres beladen. Ich erkannte, dass ich mich unbestreitbar gut fühlte, einfach unter den Dächern hervorgelangt zu sein und die Sonne auf meinen Kopf scheinen zu spüren. Was mich zum Lächeln brachte. *Möge die Sonne dein Haupt bescheinen* ist einer der rituellen Segenssprüche des Südens.

»Worüber lächelst du?«, fragte Del.

Ich zuckte die Achseln. »Ich weiß es nicht. Ich bin vermutlich einfach froh, dass ich lebe.« Und dass ich, im Augenblick, von Vorahnungen frei war.

»Und du bist froh zu leben, *um* froh zu sein, dass du lebst.« Sie nickte heftig. »Ich spüre es auch. Wir sind … unbelastet.«

Ich sah sie an. »Unbelastet?«

Sie dachte darüber nach, wie sie es mir am besten erklären sollte. »Wir haben gejagt«, sagte sie schließlich, »und *wurden* ohne wirklichen Aufschub zu lange gejagt.«

»Was haben wir gejagt, Bascha?«

»Meinen Bruder«, erwiderte sie traurig. »Den armen verlorenen Jamail, der, als wir ihn fanden, in Wahrheit gar nicht mehr mein Bruder war, und auch nicht …« Sie brach jäh ab, als Tränen ihr in die Augen stiegen.

»Und auch nicht?«, drängte ich sie sanft, obwohl ich ahnte, worauf sie hinauswollte.

Sie blinzelte wütend. Del hasst es zu weinen. »Und auch nicht den Wunsch verspürte, es zu sein.«

Ich konnte den Verlust nicht hinreichend nachempfinden, das Gefühl des Versagens und der Schuld, das sie so gnadenlos getrieben hatte und jetzt nur mehr sinnlos schien. Ich hatte keinen Bruder, keine Schwester, noch hatte ich jemals welche gehabt. Aber eines war mir in den drei Jahren mit Del klar geworden: Familie und Verwandtschaft, beides war Teil des Herzens des Nordens.

»Aber das konntest du nicht wissen«, sagte ich. »Du konntest in keiner Weise vorhersehen, dass er durch seine Erfahrungen so grundlegend verändert wurde, dass er keinen Teil seiner Vergangenheit mehr ertragen konnte.«

»Er war nicht mehr … wie zuvor«, sagte sie mühsam. »Ich meine nicht wegen dem, was sie ihm körperlich angetan haben, sondern geistig. Er war nicht mehr mein Bruder.«

Jamail hatte, meinem Gefühl nach, die bekannte Welt verlassen, während seine Schwester eine neue gestaltete. Durch den Verlust seiner Zunge stumm geworden, von den Sklavenhändlern kastriert, überraschte es mich nicht im geringsten, dass er bestmögliche Erleichterung suchte, selbst wenn das bedeutete, die geistige Gesundheit, wie wir sie kannten, aufzugeben. Ich war dem in den Minen Aladars selbst sehr nahegekommen.

»Er konnte niemals wieder sein, was er einmal gewesen war, Del. Aber er fand unter den Vashni Respekt und ein gewisses Maß an Zuneigung den Hoolies gegenüber, in denen er gewesen war. Ich weiß nicht, ob ich sie unter ähnlichen Umständen verlassen hätte.«

Sie schüttelte den Kopf. »Du bist durch deine Erfahrungen ebenfalls verändert worden, und doch wendest du dich nicht von deiner Vergangenheit ab. Du hast dich von ihr zu einem stärkeren Menschen umformen lassen anstatt zu … anstatt zu dem, was Jamail geworden ist.«

»Vielleicht. Aber ich war älter als Jamail. Es ging für mich nicht darum, dass man mir die Mittel gestohlen hatte, in meine Vergangenheit zurückzukehren, weil meine Vergangenheit etwas war, was kein geistig gesunder Mensch sich wünschen würde. Das habe ich letztlich verstanden – warum ich die Vergangenheit benutzen musste, um meine Zukunft zu gestalten, und dass ich lernen musste, *wie* man das macht. Das kam nicht von selbst.« Ich schüttelte den Kopf. »Du kannst ihn nicht mit mir vergleichen, Bascha. Das ist Jamail gegenüber nicht gerecht.«

»Aber du bist durch das, was geschehen ist, stärker geworden.«

»Nicht für lange Zeit.« Ich schlurfte durch die Wagenspuren, den Kopf gebeugt, während ich beobachtete, wie der Staub aufflog. »Als ich schließlich von den Salset befreit war, wusste ich nicht, was ich tun wollte. Einfach nur … frei sein. Aber kein Teil des Lebens *ist* frei. Es kostet etwas. Immer. Und ich musste einen Weg finden, dafür zu bezahlen.«

»Das Schwerttanzen.«

»Letztlich. Nachdem ich erst einige Kämpfe im Kreis gesehen hatte, erkannte ich, was ein Mann allein auf der Welt bewirken kann. Es schien mir weitaus gerechter als alles, was mir bei den Salset begegnet war. Also fand ich heraus, was ich konnte, und verfolgte es. Aber …«

»Aber?«

»Aber es war der Shodo in Alimat, der den früheren Sklaven – den zornigen, unwissenden, ängstlichen früheren Sklaven – aufnahm und wahrhaft befreite.«

Sie nickte. »Weil du gut warst.«

»Nein. Weil ich vielleicht gut *würde*. Vielleicht. Wenn ich sehr hart daran arbeitete.«

»Du bist der einzige, körperlich höchst begabte Mann, den ich jemals erlebt habe«, argumentierte sie nachdrücklich, die auf Staal-Ysta ebenso unerbittlich geübt hatte. »Du fühlst dich in deinem Körper vollkommen wohl, und *mit* deinem Körper. Ich glaube, es gibt nichts, was du nicht vollbringen könntest, wenn du es wolltest.«

»Die rein körperliche Fähigkeit ist eine Sache«, sagte

ich und tippte mir an den Kopf. »Aber es geht auch um den Tanz hier oben.«

»Das haben Alimat und der Shodo dich gelehrt«, sagte Del. »Du hattest den Körper: die Schnelligkeit, die Ausdauer, die Größe, die Kraft …«

»Aber keine Disziplin. Keine Geduld. Kein Verständnis dafür, was die Rituale bedeuteten und was sie allmählich einprägen sollten. Ich wollte hauptsächlich beweisen, dass ich frei war, niemandes Chula war, gleichgültig was über mich gesagt oder angedeutet oder gerüchteweise erwähnt wurde …« Ich brach achselzuckend ab. »Sagen wir einfach, dass ich nicht der beste Schüler war.«

»Du hast Abbu Bensir übertroffen.« Sie berührte ihre Kehle. »Du hast ihm die gebrochene Stimme beschert, die er bis heute hat.«

»Ich hatte Glück.«

»Er hat dich unterschätzt.«

»Das meinte ich damit, dass ich Glück hatte.«

Sie lächelte. »Aber hast du das damals geglaubt?«

»Natürlich nicht. Ich hatte das Gefühl, es stand mir zu. Wie konnte ich einen älteren, kleineren und langsameren Mann, als ich es war, *nicht* übertreffen?«

»Und jetzt steht es dir zu.«

»Aber wie viele Jahre habe ich gebraucht, um hierher zu gelangen.«

»Und hier sind wir«, sagte Del ruhig. »Auf Skandi, unbelastet. Kein zu suchender Bruder, keine zu besiegenden Schwerttänzer, keine Magier, die hinter unseren Schwertern und unseren Körpern her sind. Keine zu erfüllenden Prophezeiungen.«

»Ich habe auch reichlich genug von Prophezeiungen. Sie sind vermutlich manchmal ganz praktisch, damit es nicht zu langweilig wird, aber meistens bewirken sie nur Schwierigkeiten.«

Sie lächelte ironisch. »Aber du bist der Jhihadi.«

»Vielleicht.« Ich wusste, dass sie es nicht glaubte. Ich, ein Messias? Der Retter der Wüste? Richtig. Was mich betraf, so hatte ich beschlossen, dass es von der Deutung abhing. Ich *hatte* eine Idee gehabt, durch die man vielleicht Sand in Gras verwandeln konnte, auch wenn es nichts mit Magie zu tun gehabt hatte, und hatte einer geheimnisvollen und mythischen Prophezeiung so einen unendlich banalen Höhepunkt verschafft. Was viele enttäuschend fanden, weil es vollkommen undramatisch verlaufen war. Aber andererseits besteht das wahre Leben aus solchen Banalitäten. »Doch vielleicht hatte ich auch einfach Glück. Wie auch immer die Antwort lautet – ich glaube, diese Aufgabe des Jhihadi ist erledigt.«

»Womit er der Ausgewogenheit seines Lebens überlassen bleibt.«

»Mit und ohne Belastungen.«

»Welche Belastungen hast du jetzt? Die Metri? Herakleio?«

»Oh, ich dachte mehr in deine Richtung.«

»In meine?«

»Was habe ich mit dir zu tun?«

»Was du mit mir zu *tun* hast? Was meinst du damit, was du mit mir zu *tun* hast? Was *gibt* es mit mir zu tun?«

Ich konnte nicht anders: Ich musste laut auflachen. Was bewirkte, dass Del zu mir herumfuhr und jäh vor mir stehenblieb, wodurch ich ebenfalls stehenbleiben musste. Wie sie es beabsichtigt hatte.

Sie bohrte mir hart einen Finger in die Brust. »Sag es mir.«

»O Bascha, hier stehst du und behauptest, du hättest mich während der letzten drei Jahre verändert, aber du erkennst nicht, dass ich dich ganz genauso verändert habe.«

»*Du* hast! Mich?« Sie reckte das Kinn. »Was meinst du?«

»Du streitest jetzt wie ich.«

»Wie du? Inwiefern? *Wie* streite ich mit dir?«

»Du belagerst eine arme Seele mit Fragen. Die Art Fragen, die wie eine Herausforderung gestellt werden.«

Sie öffnete den Mund und schloss ihn wieder. Und öffnete ihn dann erneut. »Wie«, begann sie täuschend ruhig, »tue ich das?«

»Das ist schon besser«, besänftigte ich sie. »Das ähnelt mehr der alten Delilah.«

»Und das ist?«

»Du, wie du jetzt gerade bist. Kühl und ruhig.« Ich verfiel in ein verschwörerisches Flüstern. »Gefährlich.«

Sie dachte darüber nach.

»Es bedeutet nicht das Ende der Welt, wenn du ein wenig dieser eiskalten Haltung verlierst und lockerer wirst«, tröstete ich sie. »Ich habe nur eine Feststellung getroffen, das ist alles.«

Sie dachte weiterhin, heftig die Stirn runzelnd, darüber nach. »Aber du hast Recht.«

»Es ist nicht notwendigerweise schlecht, Del.« Ich hielt inne. »Lockerer zu werden, meine ich, nicht dass ich Recht habe. Obwohl das auch nicht schlecht ist.«

»Durch Annahme einiger deiner Verschrobenheiten, deiner Sprüche?« Sie verzog den Mund. »Vielleicht nicht. Das geschieht vermutlich zwangsweise. Aber ...«

»Aber?«

»Aber es gefällt mir nicht, gesagt zu bekommen, dass sich meine Selbstkontrolle so sehr abgenutzt hat.«

»Welche Selbstkontrolle? Selbstkontrolle darin, dass du wie ich klingst? Selbstkontrolle darin, dass ich keine besitze? Meinst du das?«

Del legte das eiskalte Verhalten jäh ab und grinste triumphierend. »Erwischt.«

»Du hast mich nicht erwischt.«

»Ich habe dich erwischt.«

»Du kannst niemanden ›*erwischen*‹, wenn derjenige weiß, was du tust.«

»Willst du damit sagen, du wusstest es?«

»Ich wusste es nicht. Darum habe ich auf diese Weise geantwortet.«

»Indem du eine arme Seele – in diesem Falle mich – mit Fragen belagert hast? Die Art Fragen, die wie eine Herausforderung gestellt werden?«

»Jetzt tust du es wieder.«

»Tiger ...«

Ich ergriff ihren Arm und wandte sie um. »Gehen wir einfach«, schlug ich vor. »Wir können diesen Streit im Gehen fortführen. Sonst werden wir den Hafen niemals bis zum Sonnenuntergang erreichen.«

»Ich denke nicht, dass ich dir in irgendetwas ähnlich bin.«

»Ich glaube, dass dem viele Menschen zustimmen würden, und sei bloß dein Leben lang dankbar dafür, welche Götter auch immer sie verehren.«

»Du warst ein solches *Ekel*, als ich dir begegnet bin!«

Unsere Schritte passten sich erneut einander an, während wir gleichmäßigen Schrittes den Fahrweg zur Stadt hinab liefen. »Warum, weil ich dich für attraktiv hielt? Für begehrenswert? Für eine ganze Frau? Und es dich wissen ließ?«

»Du hast es die ganze Welt wissen lassen, Tiger.«

»Niemand war anderer Meinung, nicht wahr?«

»Aber es war die *Art*, wie du es getan hast.«

»Wo ich herkomme, bedeutet eine Frau lüstern anzusehen, dass der Mann sie attraktiv findet. Ist das schlecht?«

»Das ist genau der Punkt«, sagte sie. »Wo du herkommst ... jeder Mann im Süden sieht Frauen lüstern an.«

»Nicht alle Frauen.«

»Einige Frauen«, korrigierte sie. »Was wirklich nicht gerecht ist, Tiger. Wenn du unverschämt zu Frauen sein willst, dann solltest du zu *allen* Frauen unverschämt sein, nicht nur zu denjenigen, die du ins Bett bekommen willst. Oder zu denjenigen, von denen du *glaubst*, dass du sie ins Bett bekommen willst. Oder zu denjenigen, von denen du glaubst, dass sie *gern* in dein Bett kämen.«

»Wahlloses lüsternes Schauen?«

»Wenn du so willst, ja.«

»Es überrascht dich vielleicht, Bascha, aber ich will nicht mit allen Frauen schlafen.«

»Wir reden nicht vom Miteinanderschlafen. Wir reden vom lüstern Ansehen.«

»Was, damit jede lebende Frau verrückt nach mir ist?«

»Aber es gibt weniger ungehobelte Möglichkeiten, Interesse und Würdigung zu zeigen.«

»Natürlich.«

Sie blinzelte. »Du *stimmst* mir *zu*?«

»Natürlich stimme ich dir zu. Diesen Punkt bestreite ich nicht. Ich versuche hier den Schlüssel zum Mann zu erklären.«

Das bestürzte sie ebenso, wie es sie misstrauisch machte. »Den Schlüssel zum Mann?«

»Wenn ein Mann eine Frau lüstern ansieht, oder hinter ihr herpfeift oder -ruft ...«

»Oder sie in sein Bett einlädt?«

»... oder sie in sein Bett einlädt ...«

»Mit sehr ungehobelten Worten?«

»... mit oder ohne sehr ungehobelte Worte ...«

»Mit *beleidigenden* und ungehobelten Worten!«

»... dann aus zwei Gründen«, beendete ich meinen Satz schließlich.

»Welche zwei Gründe?«

»Erstens zeigt es allen anderen Männern, dass man ein Vorrecht besitzt ...«

»Vorrecht!«

»... was ich mit dem Schlüssel zum Mann meinte. Vorrecht und den Ritus ... und das Recht ... auf Besitzerschaft ...«

»*Was*?«

»Nun, sozusagen.«

»Davon sollte nicht gesprochen werden.«

»Schau, ich habe dir bereits von dem Schlüssel zum Mann erzählt, der eigentlich niemals enthüllt werden darf ...«

»Und glaubst du an diesen Schlüssel?«

Ich zögerte.

»Nun?«

»Das kann ich dir nicht sagen.«

»Warum nicht?«

Ich kaute an meiner Unterlippe. »Wegen des Schlüssels.«

»Der Schlüssel erlaubt dir nicht, mir von dem Schlüssel zu erzählen?«

»Darum geht es.«

»Warum hast du es dann getan?«

»Weil ich dir alles erzähle. Das ist auch ein Schlüssel.«

»Tatsächlich? Wie nennt *er* sich?«

»Der Überlebensschlüssel.«

Del warf mir einen Blick zu, der besagte, dass sie mich eines Tages für alles das bestrafen würde. »Um noch einmal auf dieses Thema mit den ›zwei Gründen‹ zu kommen ...«

»Welche zwei Gründe?«

»Der erste war das Vorrecht. Weißt du, der Grund, warum Männer lüstern schauen und ungehobelte Dinge zu Frauen sagen.«

»Oh.« Ich nahm den Faden wieder auf. »... und zweitens spart es gewiss Zeit.«

»Es spart Zeit?«

»Nun ja. Ich meine – was ist, wenn die Frau interessiert ist?«

»Was ist, wenn die Frau es nicht ist?«

»Dann lässt sie es dich wissen. Aber wenn sie interessiert ist, gelangst du gewiss weitaus schneller ins Bett, wenn du keine Zeit mit langweiligen vorbereitenden Maßnahmen vergeudest.«

Del blieb jäh stehen und bedachte mich mit einem mehrminütigen genauen und überzeugenden Kommentar.

Als sie fertig war, drohte ich ihr mit dem Finger. »Ungehobelte Sprache, Bascha. *Beleidigende* und ungehobelte Sprache.«

Sie zeigte ein Lächeln, das meinem ähnelte. »Und jetzt willst du vermutlich mit mir schlafen. Genau hier, mitten auf der Straße, wo jedermann vorbeikommen könnte.«

Ich strahlte. »Würdest du das tun?«

Del bedachte mich von Kopf bis Fuß mit ihrem eisigsten Blick. Dann reckte sie das Kinn und wölbte vielsagend die Augenbrauen. »Nicht bevor wir nicht sehr viel Zeit mit langweiligen vorbereitenden Maßnahmen vergeudet haben.«

»Oh, nun, in Ordnung.« Woraufhin ich sie an mich zog, meine Arme mit ihren verschränkte und mit ihr die Straße zur fernen Stadt hinunterzutanzen begann.

7

O Hoolies«, sagte ich aus tiefstem Herzen.

Wir standen oben auf der Vorderseite der Klippe und überschauten den Zickzackweg, der zum Wasserkessel hinabführte. Dampf stieg ruhig von den in der Mitte befindlichen lebenden Inseln auf.

»Was?«, fragte Del, während der Wind ihr Haar ergriff.

Ich deutete in eine bestimmte Richtung. »Die Schiffe sind alle dort unten.«

»Ja, Tiger. Dort ist das Wasser.«

»Das bedeutet, dass wir auf diesen Molahs hinabreiten müssen.«

Sie zuckte die Achseln. »Oder laufen.«

Ich beäugte die Individuen zu Fuß – unbehaglich. Es waren offensichtlich Arbeiter oder Sklaven, oder Menschen, die nicht den Elf Familien angehörten. »Vielleicht war dies keine so gute Idee. Vielleicht ist das, was wir bereits getan haben – zur und durch die Stadt zu laufen – unvernünftig oder so. Vielleicht war Simonides deshalb aufgebracht – und warum würde Herakleio, wenn ich darüber nachdenke, vorschlagen, dass wir laufen sollten, wenn auch nur, um mich auf die Palme zu bringen.«

Del war verblüfft. »Warum?«

Ich kaute auf meiner Unterlippe, während ich den Handelsverkehr oben am Pfad bemerkte. Der Ort war gedrängt voller Menschen und Tiere, ganz zu schweigen von unbedeutenden Händlern, die ihre Waren auf zerfetzten, entlang der Mauern ausgebreiteten Tüchern darboten. Dort gab es billige Halsketten, Armbänder, Ohrringe, Schärpen, Ledergürtel, einzelne blaue Keramikperlen an Lederbändern oder vielfarbigen Schnüren – vielleicht eine Art Amulett, sonnengebrannte Töpfe, bemalte Schalen und zahlreiche andere Gegenstände. Del und ich befanden uns inmitten von alledem, stießen mit den Schultern gegen Menschen und versuchten, nicht von freilaufenden Ziegen und Hunden umgerannt zu werden, ganz zu schweigen von Hühnern. Ich bewirkte kaum mehr als gleichgültige Blicke, aber Del erntete, wie üblich, die Frucht ihrer Größe und Hautfarbe.

Ich seufzte. »Als Nihko mich heraufbrachte, machte er mir klar, dass ich mich nicht, wie er es ausdrückte, *beschmutzen* solle, indem ich den Boden berühre.«

Del versprühte wieder sanfte Ironie. »Solltest du schweben?«

»Läufer«, erklärte ich. »Zuerst wurden unsere Füße gewaschen, und dann standen wir auf Läufern.«

Sie zuckte die Achseln, ergriff ihr Haar und teilte es in drei Stränge, um es zu flechten. »Als Prima Rhannet mich heraufbrachte, war keine Rede davon. Wir ritten herauf, und dann mietete sie ein Gefährt, das uns zum Haus der Metri brachte.«

»Nihko war bei alledem sehr offen.« Ich sah mich um. »Aber niemand scheint dem viel Beachtung zu schenken.«

Del begann die Haarstränge zu flechten, etwas, was ich stets mit Vergnügen beobachtete, weil sie sehr geschickt darin war. »Wir sind gelaufen, als wir die Weinhäuser nach Herakleio absuchten.«

»Aber danach suchten wir gleich das Badebecken auf, erinnerst du dich?« Ich beugte mich ein wenig vor, weit genug, um einige weitere der schroffen Winkel der Klippe sehen zu können, als ich über die niedrige Mauer spähte. »Nun, es ist vermutlich ohnehin zu spät, selbst wenn etwas an dieser ganzen Fußwaschung ist. Wir können wohl ebenso gut hinabsteigen.«

Als sie ihren Zopf zu Ende geflochten hatte, befestigte sie ihn mit einer Strähne, die sie einsteckte und in sich umschlang. »Gehen wir, oder reiten wir?«

Mir gefiel beides nicht. Zu laufen bedeutete, Molahs und ihrem Dreck ausweichen zu müssen. Zu reiten hieß, auf einem Tier durchgeschüttelt zu werden, das in einer Geschwindigkeit abwärts sauste, die ich als halsbrecherisch ansah – wenn man die Steilheit des Pfades in Betracht zog.

Die Lösung bot sich dar. Ich sah mich auf dem Boden um, entdeckte einen Stein und hob ihn auf. »Stein gewinnt«, sagte ich und wechselte ihn mehrere Male verstohlen von einer Hand in die andere. Schließlich streckte ich beide Fäuste mit den Knöcheln nach oben aus. »Wähle.«

»Stein, wir laufen.« Del schwang den Zopf auf ihren Rücken und berührte eine meiner Fäuste.

Ich öffnete sie und zeigte die leere Handfläche. »Falsche Wahl, Bascha.« Und ließ den Stein aus der anderen Hand wieder auf den Boden fallen.

»Nun«, sagte sie gedämpft fröhlich, »es ist ein schöner Tag für einen Ritt.«

»Das kann ich nicht behaupten, da er erst schön werden wird, wenn ich unten angekommen bin«, erklärte ich gereizt. »*Deine* Genitalien sind nicht gefährdet!«

»Darum habe ich nie verstanden, warum Männer fast einhellig als überlegen betrachtet werden«, meinte Del ernst. »Die leichteste Art, einen Mann außer Gefecht zu setzen, besteht darin, ihm ein Knie in die Genitalien zu stoßen, oder sie mit einem Dolch zu bedrohen, oder …«

»In Ordnung, Bascha, du hast dich klar genug ausgedrückt«, sagte ich eilig und unterbrach sie so, bevor sie bezüglich der Bedrohung der Genitalien in die Einzelheiten gehen konnte. »Suchen wir uns zwei Molahs.«

Del deutete in eine bestimmte Richtung. »Dort.«

›Dort‹ bedeutete eine Ansammlung von Molah-Männern, die oben am Pfad herumlungerten. Ihre Molahs waren in einiger Entfernung angebunden, wo sie in der Sonne dösten. Aber die Männer selbst wetteiferten eifrig um Platz und Kundschaft, indem sie jedem Vorübergehenden flehentlich etwas zuriefen, worin ich das Anbieten ihrer Dienste vermutete – obwohl mir unverständlich war, wie ein Molah als erheblich besser als ein anderer beurteilt werden könnte. Es waren immerhin keine Pferde. Als Del und ich uns ihnen näherten, war es nicht anders: Wir wurden angesprochen, umringt, von all diesen Männern bedrängt, während sie um unser Geld wetteiferten.

»Es könnte ein Problem geben«, murmelte ich Del zu.

»Welches?«

»Geld, mit dem wir sie bezahlen könnten.«

»Ah.« Wir hatten beide nicht daran gedacht. Wir sind es gewohnt, Geld irgendeiner Art zu besitzen, und seit unserer Ankunft waren Dinge wie Beförderung und Nahrungsmittel übernommen worden. »Ich habe nichts. Vielleicht sollten wir doch laufen.«

Aus der Nähe betrachtet bestand der Pfad aus einer Menge von Pfützen und Abhängen, die von vielen Füßen zu einer rutschigen, übelriechenden Schicht zerdrückt worden waren, die an etwas wie Schlamm erinnerte – oder an aufgehäufte Ansammlungen frischen, aber dennoch unzerstampften Dungs. Sklaven und Arbeiter stapften den Pfad stumpf hinauf und hinab, die Füße und Knöchel verschmiert, während sie den Tieren folgten. Kein Wunder, dass Nihko so heikel darin gewesen war, dass wir gewaschen wurden.

»Nein, wir sollten reiten«, sagte ich.

»Was ist mit Geld?«

»Vielleicht genügt dies …« Ich löste den Knoten meiner Halskette und zog sie herab.

»Tiger! Das würdest du nicht tun!«

»Nicht die Krallen …« Ich hantierte mit dem Band und löste den Silberring schließlich davon. »Nihkos kleines Geschenk.« Ich hielt es hoch, damit die Molah-Männer es im Sonnenlicht deutlich sehen konnten, und deutete dann über die Mauer. »Abwärts«, sagte ich, obwohl ich bezweifelte, dass irgendjemand von ihnen das Wort verstand. Es sollte nicht nötig sein. Es schien recht offensichtlich, was wir wollten.

Einige der Männer zuckten die Achseln, schüttelten den Kopf, traten zurück und bedeuteten uns, dass sie für Geld arbeiteten und nicht an Tauschhandel interessiert waren. Einige wenige traten vor, um den Ring genauer zu betrachten – und wichen dann wie ein Mann in die Reihen der anderen zurück, wobei sie etwas riefen, was ich nicht verstehen konnte. Hände schossen abwehrend empor, wie ich es schon zuvor beim Ersten Offizier gesehen hatte. Blicke wurden abgewendet, Köpfe gesenkt und Handflächen unmissverständlich emporgehoben: Wir sollten nicht näher kommen.

Solch ein harmloses, in meinen Fingern glänzendes Ding. Und doch schien es so viel zu bedeuten. »Seid ihr sicher?«, fragte ich. »Es ist gutes Silber.«

Weitere Gesten, weitere geflüsterte, gezischte Kommentare untereinander, und die Ansammlung der Molah-Männer verschwand zu ihren Tieren, bis Del und ich freistanden, mit niemandem in der Nähe außer einem einzigen dummen Huhn, das im Dreck pickte.

Ich ließ den Ring meine Finger hinab in die gewölbte Handfläche gleiten. Ein einfacher kleiner Ring, der ungefähr um meinen Zeigefinger passte. Er war nicht geschlossen, sondern an einer Stelle unterbrochen, sodass die gefeilten Enden durch die Haut gestochen werden konnten. Nicht anders als der Ohrring einer Frau, obwohl Nihko seinen – und viele weitere – in den Augenbrauen trug.

Und dann erinnerte ich mich, dass er ihn an meiner Halskette befestigt hatte, um mich, wie er gesagt hatte, gegen seine Magie immun zu machen. Oder wie auch immer man nennen wollte, was auch immer es an ihm war, was mir Übelkeit verursachte.

IoSkandi. Ich hatte die Männer, die jetzt von uns entfernt standen, dieses Wort äußern hören – und hörte es noch immer. Ich hatte Nihko, Prima, Herakleio und die Metri es äußern hören.

Ich hakte den Augenbrauenring schweigend wieder an mein Lederband, legte es erneut um meinen Hals und verknotete es. »Gehen wir«, sagte ich kurz angebunden zu Del. »Wir verschwenden Tageslicht.«

»Warte.« Sie ergriff mein Handgelenk und hielt mich in meiner Vorwärtsbewegung auf. »Was ist los?«

Ich blieb jäh stehen. »Was soll los sein?«

»Etwas hat dich verärgert.«

»Ich bin nicht verärgert. Ich bin *irritiert*.«

»Fein.« Die nordische Bascha besaß unendliche Geduld. »Warum bist du irritiert?«

»Sagen wir einfach, dass ich keine Geheimnisse mag.«

»Und du willst wissen, warum sie den Ring nicht nehmen wollen.«

»Ich weiß, warum sie den Ring nicht nehmen wollen. Zumindest habe ich eine Ahnung.«

»Und zwar?«

»Nihko.« Ich ließ es wie einen Fluch klingen. »Ich möchte wissen, was dieser ganze ioSkandi-Unsinn soll und was dieser Ring *wirklich* bewirken soll und bedeutet.«

»Vielleicht sollten wir ihn fragen.«

»Das habe ich vor – wenn ich jemals zum Schiff hinab gelange.«

Sie nahm ihre Hand bereitwillig von meinem Handgelenk fort. »Dann solltest du auf alle Fälle gehen.«

Ich seufzte. »In Ordnung ... Schau, Bascha, es tut mir Leid. Es ist nicht dein Fehler. Aber diese ganze magische mythische Geheimniskrämerei steht mir bis hier.« Ich zeigte auf meine Augenbrauen. »Ich spreche die Sprache nicht, sodass ich nicht die leiseste Ahnung habe, was diese Leute über uns sagen. Eine überhebliche alte Frau, die vielleicht meine Großmutter ist oder auch nicht, hält mich in ihrem Haus so gut wie gefangen. Und ein junger Stutzer, der vielleicht mein Verwandter ist oder auch nicht, versucht, obgleich zig hundert Mal fortgeschickt, sich an meine Frau heranzumachen.« Ich hielt inne und formulierte es dann sofort neu. »Sich an *eine* Frau heranzumachen. Die mir zufällig viel bedeutet.«

»Danke«, sagte sie ernst. »Aber warum glaubst du, dass Herakleio versucht, sich, wie du es ausdrückst, an mich heranzumachen?«

»Ich weiß es einfach«, sagte ich düster.

Del ist meine Stimmungen gewohnt. Manchmal übergeht sie sie, andere Male reizen sie sie. Diese war eine der Gelegenheiten, bei denen sie eine Erklärung verlangte. »Woher weißt du es?«

Ich schüttelte den Kopf. »Ich weiß es einfach.«

»Hat es etwas mit dem Schlüssel zum Mann zu tun?«

»Nein, es hat nichts mit dem Schlüssel zum Mann zu tun. Es hat etwas damit zu tun, jung zu sein, und damit, dass du jung bist und ich ... nun, *älter* bin.«

»Ich könnte mich darüber lustig machen ...«, begann sie.

»Das könntest du.«

»... aber ich werde es nicht«, beendete sie ihren Satz. »Ich glaube, dies ist etwas, womit du allein fertigwerden musst.«

Ich beobachtete bestürzt, wie sie die letzten wenigen Schritte zum Anfang des Pfades tat, sowie den ersten Schritt hinab. »Allein damit fertigwerden? Was meinst du damit, dass ich damit allein fertigwerden muss?«

Ich folgte ihr. »Kannst du mir nicht wenigstens sagen, dass du mich nicht für alt hältst, und dass ich ein Narr bin? Könntest du nicht sogar *lügen*, nur damit ich mich besser fühle?«

Sie warf mir einen Seitenblick zu, während sie den Pfad hinabschritt. »Wäre es eine Lüge, wenn ich sagte, du seist ein Narr?«

»O Del, komm schon. Tu mir den Gefallen.«

»Du wirst glauben, was auch immer du zu glauben beschließt, gleichgültig was ich sage.«

»Nun, das mag stimmen«, räumte ich ein, »aber du könntest es dennoch sagen.«

»Ich spare meinen Atem lieber.«

»Wofür?«

»Um hinab zu gelangen.«

»Er *ist* jung.«

»Ja.«

»Er *sieht* gut aus.«

»Wahrhaft göttlich.«

»Und vielleicht finden einige Frauen seine Haltung sogar anziehend.«

»Einige schon.«

»Er ist reich – oder wird es sein.«

»Das ist er, und das wird er sein.«

»Also warum solltest du dann bei mir bleiben, wenn du die Chance hättest, bei ihm zu sein?«

»Wahrscheinlich weil du mir niemals einen handhabbaren Grund gegeben hast, dich zu verlassen.«

Das war eine neue Formulierung. »Einen ›handhabbaren Grund‹?«

»Du gibst mir ständig Gründe, dich zu verlassen. Aber keiner dieser Gründe war so gravierend, dass ich daraufhin gehandelt hätte.«

»Oh.« Wir schritten rasch voran, beständig die Klippe hinab, ließen den Anfang des Pfades hinter uns. »Also Gründe, aber keine ›handhabbaren‹ Gründe.«

»Bis jetzt«, sagte sie sehr deutlich.

»Oh, komm schon. Hast du mir etwas vorzuwerfen?« Ich wich einem Molah mit Reiter aus, die den Pfad hinaufstolperten. »Hoolies, ich bin nicht mehr das, was ich mit siebzehn war, oder auch nur, was er mit vierundzwanzig ist.«

»Mehr.«

»Mehr? Mehr was?«

»Mehr als du mit siebzehn warst. Mehr als er mit vierundzwanzig ist.«

»Inwiefern?«

»Einerseits«, sagte sie, »hegt er keine Selbstzweifel.«

»Das ist eine Art, es auszudrücken!«

»Und ich bezweifle, dass er seine Anziehungskraft auf Frauen in Frage stellt.«

»Das sehe ich genauso.«

»Und ich bezweifle nicht, dass er *denkt*, er könnte mich haben, wenn er mich wollte.«

»Kein Scherz!«

»Aber es ist wirklich unwichtig, was er denkt, Tiger. Über mich oder sonst etwas.«

»Wirklich?«

»Wichtig ist, was *ich* denke.«

»Nun, natürlich ist es ...« Ich brach ab, um einem Arbeiter auszuweichen, dessen Last gefährlich schwankte, ging vorsichtig um ihn herum.

Del marschierte weiter. »Und wenn er mich in dem Maße anzöge, wie du anscheinend glaubst, dass es sein könnte – oder sein sollte – ganz zu schweigen davon, dass ich lieber bei ihm als bei dir wäre, würde ich es dir sagen.«

Ich holte sie wieder ein. »Das würdest du.«

Sie blieb stehen und wandte sich zu mir um, wodurch auch *ich* stehenbleiben musste. Wieder. »Ich verspreche dir etwas«, sagte Del. »Ich schwöre dir hier und jetzt, auf diesem dreckigen Pfad, auf dem mir der Dung fast bis zu den Knien reicht, dass du, wenn ich dich zu verlassen beschließe, wenn der Tag kommt, an dem ich das Gefühl habe, dass ich dich verlassen muss, für einen anderen Mann oder um einfach nur zu gehen, dass du der Erste sein wirst, der es erfährt.«

Ich sah sie durchdringend an. »Gehört das zum Schlüssel zur Frau?«

Dels Mundwinkel zuckten. »Das weiß ich nicht.«

»Oh, nun, in Ordnung. Ich verstehe – Schlüssel.« Ich sah zu meinen vom Dung bespritzten Beinen hinab. »Das ist widerlich.«

»Ja«, stimmte sie mir zu, »das ist es. Und je eher wir unten ankommen, desto eher können wir alles abwaschen.«

»Machen wir ein Wettrennen«, schlug ich vor.

Aber Del war von diesem Vorschlag nicht ausreichend eingenommen, um darauf einzugehen, sodass wir den Pfad weiterhin in erheblich geziemenderem Tempo hinabgingen.

Was bedeutete, dass wir uns noch widerlicher fühlten, als wir unten ankamen.

Wie vielleicht zu erwarten, eilten Del und ich gezielt zum Hafen, nachdem wir die Docks erreicht hatten, in der Absicht, uns bis zu den Knien im Meerwasser zu versenken. Ich dachte daran, ein gutes, belastbares Seil zu suchen, an das ich mich hängen könnte, da ein zu tiefes Eintauchen damit enden könnte, dass ich ertränke, und daher war ich überaus bestürzt, als eine Ansammlung schreiender Männer auf uns zulief. Ich wünschte mir nicht erst zum hundertsten Male, ein Schwert zu besitzen. Dels Haltung nach zu urteilen, ging es ihr genauso. Aber wir hatten keine Waffen, nicht einmal einen Dolch zum Schutz. Was mich wieder daran erinnerte, dass Dels Vorschlag der Metri gegenüber, sie zu verdingen, mit mir im Kreis zu tanzen, zu einem bestimmten

Zweck gemacht worden war und nicht, um mich aufzuregen.

Inzwischen fanden wir uns ebenso von Männern umringt, die unsere Aufmerksamkeit erheischten wie oben am Pfad. Nur dass sie uns dieses Mal Wasser aus Tonflaschen, die an Seilen über ihren Schultern hingen – und ihre Waschdienste – verkaufen wollten. Regenwasser, vermutete ich, in vielen Dachzisternen, Wannen und Schüsseln gesammelt, da Skandi, wie man mir gesagt hatte, keine Quellen, Seen oder Flüsse besaß. Und selbst der Regen war rar, wurde daher gehortet und war es also wert, an Menschen verkauft zu werden, die sich den Molah-Dung von Beinen und Füßen waschen wollten.

Ich sah mich um. Keiner der Arbeiter und Sklaven und anderen Fußgänger säuberte sich im Hafen. Tatsächlich säuberte sich niemand von ihnen überhaupt. Offensichtlich dachten sie, dass sie ohnehin erneut schmutzig würden, wenn sie den Pfad wieder hinaufstiegen, sodass sie sich die Mühe gar nicht erst machten. Del und ich wirkten vermutlich wie Fremde. Weichlinge.

Damit hatten sie jedoch gar nicht so unrecht. Ich *hätte* für das Regenwasser und die Trockentücher, die über ihren Armen hingen, bezahlt, wenn ich Geld besessen hätte.

Ich hatte eine mit Neugier vermischte Eingebung. Ich löste das Band um meinen Hals, klemmte mir den Silberring zwischen zwei Finger und hielt ihn dem nächsten Mann hin.

Er schaute, untersuchte den Ring und wich dann jäh zurück. Ich sah die inzwischen vertraute Geste, hörte das inzwischen vertraute Zischen und Flüstern, vermischt mit unbesonnen ausgestoßenen Beschwörungen von … etwas. Sie stolperten wie ein Mann übereinander, um sich von uns zu entfernen.

Ich befestigte die Kette mit den Krallen wieder um meinen Hals. »Suchen wir ein Schiff mit einem blauköpfigen Ersten Offizier.«

Dieses Mal war es anders. Anstatt die Planke vom Schiff zum Ufer hinabzuwanken, marschierte ich die Planke *hinauf*, pflanzte meine Füße darauf. Ja, es war eine gefährliche Lage. Es musste mich nur jemand von der Planke stoßen, um mich ins Wasser zu befördern, aber ich war zornig genug, dass es mich nicht kümmerte.

Außerdem war Del da, die mich gewiss wieder herausfischen würde, wenn es passierte.

Oben begegnete mir ein vertrautes Gesicht – und der dazugehörige Körper. Nicht der Erste Offizier, aber ein Mitglied der Crew. Er war überrascht, uns zu sehen. Aber seine Miene wurde kühl abschätzend, als ich nur ein Wort sagte: »Nihkolara.«

Nihko wurde geholt. Seine Miene spiegelte ebenfalls Überraschung wider, obwohl sie kurz darauf durch eine ausdruckslose Maske ersetzt wurde. Er verschränkte die Arme vor der Brust und forderte uns weder auf, an Bord zu kommen, noch hieß er uns gehen.

»In Ordnung«, sagte ich, »ich gebe auf. Sie haben mir gesagt, dass ich Sie aufsuchen solle, wenn ich es leid wäre, meinen Magen zu entleeren. Nun, ich habe meinen Magen nicht mehr entleert, seit Sie diesen Ring an meiner Halskette befestigt haben, und ich möchte wissen warum.«

Nihko Blaukopf lächelte.

»Und ich möchte wissen, warum alle Leute jedes Mal, wenn ich diesen Ring als Zahlungsmittel zu benutzen versuche, eilig abwehren und einander Worte zuflüstern, von denen ich nur vermuten kann, dass es Gebete sind – oder Flüche.«

Nihko Blaukopf verging das Lächeln. »Sie haben den Ring als Zahlungsmittel benutzt?«

»Ich habe es versucht«, berichtigte ich ihn. »Wir haben nichts anderes. Es ist gutes Silber. Wo ich herkomme, ist Silber in jeder Form etwas wert.«

»Oh, dieser Brauenring ist weitaus mehr als *etwas* wert«, erwiderte er. »Niemand auf der Insel wird ihn als Bezahlung oder als Zahlungsversprechen annehmen, oder überhaupt als etwas anderes, als er ist.«

»Und was *ist* er, Nihkolara?«

»Meiner«, sagte er schroff.

»Lösen Sie das Geheimnis«, fauchte ich. »Wir sind es leid. Geben Sie mir einige offene Antworten.«

»Sie haben Ihre Antwort, sei sie offen, verstellt oder gewunden. Dies ist kein Geld. Man kann nichts damit kaufen, was irgendein Mann oder eine Frau auf Skandi Ihnen geben würde. Es erkauft nur ein gewisses Maß an Frieden für Sie selbst, körperlich und geistig.«

Ich riss den Ring vom Band und hielt ihn hoch. Er glitzerte im Sonnenlicht. »Und wenn ich ihn zurückgebe?«

»Das können Sie gewiss tun«, antwortete Nihko ruhig.

»Und dann?«

Er war aufrichtig. »Ihr Glück wird sich in Pech verwandeln.«

Ich schnippte den Ring in blitzendem Bogen in Richtung Wasser. »Wirklich?«

Nihko streckte rasch eine Hand aus, fing den Ring aus der Luft – »Narr!« – und ahmte dann geschickt meine Schnippbewegung nach.

Etwas prallte gegen meinen Brustknochen. Ich klappte zusammen, der Luft und des Bewusstseins beraubt und taumelte rückwärts gegen Del. Sie schrie einmal auf, als ich auf ihrem Fuß landete, griff in die Luft, packte mich, und dann befand sich die Planke seltsamerweise nicht mehr unter uns.

Nicht schon *wieder* … Ich drehte mich in der Luft,

griff nach dem Rand der Planke, bekam sie zu fassen. Umklammerte Holz, grub die Finger so tief hinein, dass meine Fingerspitzen flach wurden und die Nägel brachen. Ich hing einen Augenblick da, baumelte über dem Wasser, hörte das Platschen, als Del hineintauchte. Dann zog ich mich ein Stück hoch, gerade als Nihko einen Fuß auf die Planke setzte, um sein Werk zu betrachten.

Der Atem pfiff in meinen Lungen. Es war nicht die Angst zu ertrinken. Dafür hatte ich keine Zeit. Es war Schmerz, es brannte, es war das Fehlen der Selbstkontrolle über diese höchst einfache Aufgabe: die Fähigkeit, ohne bewusste Mühe zu atmen.

Mein Kinn befand sich auf gleicher Höhe mit der Planke. Ich sah aus den Augenwinkeln Bewegung. Nihko erkannte jetzt, dass ich nicht mit Del ins Wasser gestürzt war. Er hob die Hand. Würde eine zweite Geste meine Finger vom Rand der Planke lösen?

Dieses Mal nicht, du Bastard.

Ich schwang mich unter die Planke, ließ los, drehte mich und ergriff die Planke erneut, dieses Mal auf der anderen Seite. Ich spannte kurz die Schultern an und zog mich dann hoch, während ich gleichzeitig ein Bein hinauf und hinüber schwang. Die Zehen griffen, und dann auch der Fußballen. Ich nutzte den Schwung. Richtete mich auf, streckte die Hand aus, ergriff den nächsten Knöchel und zog so fest ich konnte.

Nihko fiel. Er landete hart auf der Planke, rollte vom Rücken auf die Seite und schlug dann wild um sich, als er hinüberkippte. Ich dachte kurz daran, was geschehen könnte, wenn er an seiner Seite der Planke baumelte, während ich ihm gegenüber baumelte. Und ich beschloss, dass mir das nicht allzu sehr gefiele.

Als er also abwärts schwang, ließ ich mich erneut vom Rand der Planke herab und trat ihm in die Eingeweide. Sein ganzer Körper verkrampfte sich, während die Luft aus seinen Lungen wich, und seine Hände lösten sich von der Planke. Die Wucht seines flach auf dem Wasser auftreffenden Körpers durchnässte mich vollständig. Aber es war das beste Bad, das ich jemals gehabt hatte.

Ich hing noch einen Moment dort, genoss den Anblick des sich mühsam an die Wasseroberfläche kämpfenden Nihko und bemerkte dann, dass Dels vom Meerwasser nasser Kopf nicht allzu weit entfernt war. »Bist du in Ordnung?«, rief ich.

Sie winkte bestätigend, während sie Wasser trat.

Erleichterung. Ich biss die Zähne zusammen, schwang mich zum Rand der Planke und hakte einen Fuß um das Holz. Ein Tritt mit meinem freien Bein verlieh mir ein wenig zusätzlichen Schwung, und ich zog mich endgültig hoch. Es war ein ungelenkes Manöver, das mich mit dem Gesicht nach unten auf die vibrierende Planke beförderte, aber ich war letztlich oberhalb des Wassers anstatt darin.

Dann sah ich den Fuß nur Zentimeter vor meiner Nase. Und die schimmernde Spitze einer Schwertklinge, die mir aufzustehen bedeutete.

Ich schaute hoch. Sah das breite Lächeln in dem sommersprossigen Gesicht, das windzerzauste rote Haar, das Gold und Glas in ihren Ohren und um ihre Kehle.

»Eines Tages«, sagte Prima Rhannet, »werden Sie schwimmen lernen müssen. Das könnte Ihnen einige kleinere Schwierigkeiten ersparen.«

Da sie es anscheinend wollte, erhob ich mich. »Vielleicht.«

Das Schwert wurde angehoben. Ich sah das Blitzen des Lichts auf der Klinge, sah die Spitze zustoßbereit angehoben, wusste, was sie vorhatte. Ich würde natürlich zurückspringen, um meine Haut zu retten, und dabei würde ich von der Planke ins Wasser geraten.

Dieses Mal nicht, du Hexe.

Ich schlug die Klinge mit einem Unterarm abwärts, trat auf Prima zu, warf sie von der Planke und fing das Schwert auf, als es ihren Händen entfiel.

Es war verdammt Zeit, dass ich wieder eines in Händen hielt.

8

Die Mitglieder von Primas Crew griffen mich natürlich an. Aber ich war bereit für sie. Ich wartete an der Stelle oben an der Planke, wo sie am Schiff befestigt war. Sie war hier stabiler, nicht so sehr der Bewegung des Meeres oder dem Gewicht der Männer auf dem Holz ausgesetzt. Ich hatte meinen Standplatz erwählt, und jetzt verteidigte ich ihn.

Es fühlte sich herrlich belebend an, wieder ein Schwert in Händen zu halten. »Kommt schon«, forderte ich die Männer heraus und lachte aus reiner Freude an der Befähigung und dem Versprechen des Kampfes. »Greift an.«

Das taten sie.

Vielleicht wird man eines Tages darüber schreiben, wie ein einzelner Mann sieben andere besiegte. Der Vorteil, könnte man meinen, lag bei ihnen. Sie kannten das Schiff, kannten einander, verstanden den Mechanismus der Planken zwischen Schiff und Dock besser als ich. Aber sie waren alle keine Schwerttänzer, alle nicht vom Shodo von Alimat ausgebildet, alle nicht dem Schwert geboren.

Ich hoffe, dass man darüber schreiben wird, weil ich mitten im Kampf nicht sehen konnte, was geschah. Ich wusste nur, dass ich sie einen nach dem anderen besiegte, ihre Abwehr sprengte, ihre Klingen zerschmetterte, ihre Haut verwundete, die meinem Schwert zu nahe kam. Es war Prima Rhannets Klinge, für mich entschieden unausgewogen, aber das ist ein rein technisches Detail. Die Waffe war für diesen Zweck, für meine Bedürfnisse des Augenblicks, durchaus geeignet.

Als ich drei der Männer entwaffnet hatte, zogen sich die übrigen zurück, um die Möglichkeiten neu zu bedenken.

Ich lachte sie aus, noch immer gefährlich balancierend. »Kommt schon!« Ich triumphierte, unsäglich erleichtert, weil ich das durch unsere Anwesenheit auf Akritara hervorgerufene, vorahnungsvolle Kribbeln los geworden war und mich rein auf den Kampf des Körpers konzentrieren konnte. Das hatte ich gebraucht. »Ich bin ein Mann, richtig? Ich kann nicht schwimmen, dies ist nicht mein Schwert, und ich bin nicht wirklich in der richtigen Verfassung – was hält euch also auf? *Greift an*!«

Es genügte, einen von ihnen heranzulocken. Drei seiner Mannschaftskameraden lagen blutend auf dem Deck, obwohl man sah, dass keiner an seinen Verletzungen sterben würde. Er folgte ihnen innerhalb weniger Augenblicke und barg ein verletztes Handgelenk. Sein Schwert war, wie schon die anderen, durch meines über die Reling ins Wasser befördert worden.

»Ich bin es nur.« Ich grinste wie ein sandkranker Narr. »Natürlich ist dies mein Lebensunterhalt ... Tatsächlich ernähre ich mich seit fast zwanzig Jahren davon. Ich bin wahrscheinlich ein *wenig* besser darin als ihr. Vielleicht. Was meint ihr?« Ich machte eine weitschweifige Geste. »Warum wollt ihr es nicht herausfinden? Drei gegen einen? Das genügt bestimmt, mich zu besiegen. Nicht wahr?« Ich winkte mit dem Finger, forderte sie auf, näher zu kommen. »Ihr seid alles starke Männer ... Ihr seid ausreichend viele, oder? Gefürchtete Renegadas, die Kehlen durchschneiden. Was sollte euch aufhalten? Was sollte euch also davon abhalten, mich zu besiegen?« Ein weiterer Mann kam heran, kam näher. »So, nun, *das* ist besser!«

Die verbliebenen beiden Männer verteilten sich, näherten sich schräg von der Seite. Ich hatte gehofft, sie dazu zu verleiten, mich anzugreifen. Drei gegen einen kann ein wenig knifflig sein, aber ich war im Vorteil. Sie konnten ein Schiff zweifellos weitaus besser segeln als ich, aber es gibt nicht viele, wenn überhaupt jemanden, der besser mit einem Schwert umgehen kann.

Wir tanzten. Oh, es war kein richtiger Tanz. Es gab keinen Kreis, kein Ritual, kein Verständnis für die Schönheit der Muster, der Bewegungen, aber die Absicht war die gleiche: den Gegner zu besiegen. In diesem Falle hatten sie einen und ich drei Gegner, aber das gewünschte Ende war dasselbe.

Sie griffen an. Ich nahm sie mir einen nach dem anderen vor, stieß zu, schnitt ein, durchbohrte, schlitzte auf, trieb sie zurück. Sie stolperten über ihre eigenen Füße, übereinander, über ihre bereits auf dem Deck liegenden Kameraden und entdeckten, dass ein dem Schwert Geborener dieses Schwert stillschweigend versteht, versteht, wie es geführt zu werden verlangt. Ein Schwert ist nicht einfach eine Waffe, nicht einfach ein Hilfsmittel, um einen Menschen zu töten, sondern hat eine eigene Seele und eigene Bedürfnisse. Es wird nicht gestaltet, um betrachtet zu werden, noch um von Unfähigen geführt zu werden. Ein Schwert ist in Händen eines schwächeren Schwertkämpfers tot, und es wird ihn ebenso oft verletzen, wie es ihm helfen wird. Aber in den Händen eines Mannes, der es versteht, der sein Verlangen teilt, erwacht es zum Leben.

Ich spürte die Planke unter meinen Füßen poltern und vibrieren. Ich hatte es schon seit einer Weile erwartet. Nihko und sein Kapitän hatten mehr als genug Zeit gehabt, sich gegenseitig aus dem Wasser zu ziehen. Also vollendete ich eifrig meine Aufgabe, fügte den bereits auf dem Deck liegenden Männern drei weitere blutende Kameraden hinzu, noch während ich mich ihrer Schwerter entledigte, und fuhr dann ausgewogen und bereit herum. Prima Rhannet blieb jäh stehen und wankte außer Reichweite zurück. Dort stand sie, zornig, zwei lange Schritte entfernt.

»Er wird sie töten«, versprach sie.

Ich schaute an ihr vorbei, wie sie es beabsichtigt hatte. Nihkolara stand auf dem Dock am Ende der Planke. Seine linke Hand ruhte auf Dels Nacken. Genau wie ich es erwartet hatte. Ich hatte gewusst, dass ich die Crew besiegen könnte – nun, ich hatte es zu wissen *geglaubt* –, aber ich war nicht so töricht anzunehmen, der Sieg wäre allumfassend. Nicht wenn Dels Leben auf dem Spiel stand. Aber es sind sowohl kleine als auch große Dinge nötig, um zu siegen, außerhalb des Kreises ebenso wie innerhalb.

Dels tropfnasse Kleidung lag eng an ihrem Körper an, mehr Hülle als Tunika. Helles, jetzt ungeflochtenes Haar war glatt aus dem Gesicht gestrichen und offenbarte ihre Schädelknochen und die bittere Erkenntnis, dass sie wieder einmal als Sicherheit für mein Verhalten missbraucht wurde. Ich dachte daran, was seine Berührung mir angetan hatte: Sie hatte einen nässenden Ausschlag um mein Handgelenk verursacht, die Haut an meiner Kehle verbrannt, den Herzschlag in meiner Brust angehalten. Ich dachte daran, was diese Berührung – wem auch immer – noch antun könnte.

Ich versenkte die Schwertspitze in das Holz der Planke. »Ich wollte nur eine Erklärung«, belehrte ich Prima wahrheitsgemäß.

Triefendnasses Haar, aller Ringel und Locken beraubt und zur Farbe alten Bluts verdunkelt, strömte über ihre Schultern. Der dünne Stoff ihrer Kleidung, die an der Haut klebte, unterstrich noch, wie üppig sie gebaut war. »Wofür?«

»Ioskandi, ioSkandi*er*«, sagte ich. »Was es ist, was es bedeutet – und warum die Berührung seiner Hand jemandem etwas antun kann.«

Prima entblößte die Zähne. Sehr widerwillig sagte sie: »Haben Sie noch nie etwas von Magie gehört?«

Ich wölbte die Augenbrauen. »Womit Sie sagen wollen, dass Nihko Magie besitzt.«

»Nihko *ist* Magie«, fauchte sie angespannt.

»Ich dachte, Nihko sei – oder war – ein Priester.«

»IoSkandier«, sagte sie. »Priester. Magier.«

»Beides?«

Prima Rhannet lachte. »Er wird für Sie beten«, versprach sie, »noch während er Sie tötet.«

»Wie wirtschaftlich. Priester und Magier zum Preis von einem.« Ich warf die Klinge lächelnd beiseite, bevor sie deren Rückgabe fordern konnte. Stahl blitzte auf dem Weg zum Wasser auf. Wie erwartet, erzürnte sie diese Handlung. »Nun, Kapitän. Jetzt werden Sie und ich vermutlich darüber beraten müssen, wie wir uns alle neue Schwerter beschaffen können.«

Wieder an Bord eines Schiffes, das ich niemals wiederzusehen gehofft hatte, ganz zu schweigen davon, es erneut aufzusuchen, waren Prima und ihr Erster Offizier voll von kaltem Zorn darüber, dass ich so vieles in so kurzer Zeit erreicht hatte, obwohl sie letztlich wieder die Oberhand hatten. Ich hatte sie den Stolz und die Selbstsicherheit ihrer Crew gekostet, welche die Begegnung überlebt hatte, auch wenn die Decks jetzt blutbefleckt waren. Ich hatte sie jede an Bord verfügbare Klinge gekostet. Und ich hatte ihnen bewiesen, dass die einzige Art, wie sie mich wirklich besiegen konnten, der Einsatz von Zwang oder Magie war. Keine erfreuliche Erkenntnis oder Aussicht für Menschen, die von Natur aus allem überlegen zu sein glaubten.

Ich lehnte mich mit verschränkten Armen an die Reling, entspannter, als ich es seit Wochen gewesen war. Es gibt Menschen auf der Welt, die um jeden Preis siegen wollen und jedes Mittel benutzen, um diesen Sieg zu gewährleisten. Aber Prima Rhannet und Nihkolara waren nicht so skrupellos, wie sie mich vielleicht glauben machen wollten. Prima hatte mehr als einmal gesagt, dass sie Menschen nur töteten, wenn es keinen anderen Weg gab. Nun wusste ich, und sie wussten, dass *ich* wusste, dass sie wussten, dass ich nicht so leicht zu besiegen war, wie sie geglaubt hatten – und dass sie mich, wenn sie mich nicht wirklich töten wollten, besser nicht ganz so leichtfertig abtun sollten.

Prima betrachtete mich stirnrunzelnd, während sie das Deck abschritt. Sie war nass, trocknete aber allmählich wieder, und ihr windzerzaustes Haar hatte sich auch zu kringeln begonnen.

»Also«, sagte ich heiter, »was geschieht als nächstes?«

Sie blieb stehen. »Sie gehen nach Akritara zurück.«

»Wollen Sie nicht einmal darüber nachdenken, uns irgendwohin zu bringen?«

»Nein.«

»Warum nicht?«

»Geschäfte«, sagte sie kühl, »mit der Metri.«

»Immer noch?«

»Immer noch.«

Ich fluchte kurz, was Prima und ihren Ersten Offizier offensichtlich belustigte.

»Zurück«, sagte der Kapitän, »nach Akritara.«

Ich täuschte Entsetzen vor. »Können wir das tun? Wir sind immerhin den ganzen Weg hier herab gelaufen ...«

Nihkolara stieß einen angewiderten Laut aus. »Und nach dem, was man Ihnen über das Beschmutzen – und über das Reinigen – gesagt hat ...«

»Und da ich kein Geld hatte, habe ich versucht, mit diesem Ring in Ihrer Hand zu handeln«, beendete ich meinen Satz, seine Bemerkung vergnügt missachtend. »Aber niemand wollte uns in seine Nähe lassen, ganz zu schweigen davon, uns auf Molah-Rücken herabzubringen oder uns hier unten die Füße zu waschen.«

Nihko atmete tief, geräuschvoll und mit äußerstem Missbehagen ein.

»Sie Narr«, sagte sein Kapitän kühl. »Sie haben vielleicht alles verdorben.«

»Wie das?«, fragte ich. »Hinter was sind Sie und der Priester-Magier genau her?«

»Schwerter«, erwiderte sie scharf. »Dank Ihnen.«

»Ah. Nun denn, da Sie von Schwertern sprechen ...«

Prima unterbrach mich. »Die Metri hat mir ausrichten lassen, dass sie mich verdingen will, Ihnen – und ihr – ein Schwert zu besorgen.« Ihr Blick zuckte zu Del. »Aber das wird die Metri jetzt weitaus mehr kosten als zuvor, weil sie uns für unsere Verluste entschädigen muss – dank Ihrer Torheit –, und dann werden Sie ihr noch *mehr* ihrer Zeit schulden.« Ihr strahlendes Lächeln kam unerwartet und war heimtückisch süß. »Haben Sie darauf gehofft?«

Die Heiterkeit verging. Ich starrte sie an.

Das gefiel ihr. Ihre Stimmung schlug in ein Siegesgefühl um. »Sie werden nach Akritara zurück begleitet, wo die Metri von Ihrem Verhalten erfahren wird. Sie bestimmt die Strafe ...«

»Warten Sie«, unterbrach ich sie jäh. »Strafe gehört nicht zum Plan.«

»Wie *lautet* der Plan?«, frage Prima boshaft deutlich. »Haben Sie einen? Oder hoffen Sie nur, Vorteil aus einer sterbenden alten Frau zu ziehen, die sich so verzweifelt einen angemessenen Erben wünscht?«

»*Sie* sind diejenigen, die Vorteil aus *uns* ziehen!«, schoss ich zurück.

»Ja«, stimmte mir der Kapitän offen zu. »Wir sind Piraten. Das ist unsere Beschäftigung.«

Als mir nicht sofort eine angemessen vernichtende Erwiderung einfiel, wandte sich Prima ab. An Nihko gewandt fragte sie: »Ist er zu beschmutzt, um ausgelöst zu werden?«

Er sah kurz Del und dann mich an. Lange. »Nein«, sagte er schließlich. »Aber es wird sich als aufwendig erweisen, ihn angemessen zu säubern, sodass er wieder in den Häusern wandeln kann. Es wird der Metri nicht gefallen.«

»Werden die Priester es tun?«

Er zuckte die Achseln. »Sie ist die Stessa Metri, und sie werden ihren Auftrag annehmen ...«

»Und ihr Geld?«, fragte ich honigsüß.

»... wenn die erforderlichen Rituale zu Hilfe genommen und ausgeführt werden.« Nihkos Blick zuckte zu mir. »Vorausgesetzt, er fügt ihrem Namen und Haus nicht noch mehr Schaden zu, als es bereits geschehen ist.«

»Hören Sie«, sagte ich, »ich bin es allmählich leid ...« Und wurde jäh auf die Knie gezwungen, obwohl mich niemand berührte.

»Das reicht«, zischte Nihkolara, vor Anspannung zitternd. »Wenn Sie nicht schweigen, sofern es uns dienlich ist, werde ich Ihren Mund dauerhaft versiegeln.«

Meine auf das harte Holz gedrückten Knie fühlten sich höchst unwohl. Aber ich hatte nicht die Zeit oder Neigung, darauf zu achten. Ich räusperte mich versuchsweise und versicherte mich so, dass noch nichts dauerhaft versiegelt war. »Das können Sie wohl tun?«

»Sie begreifen noch nicht annähernd, was ich tun kann«, sagte er.

»*Das* ist ermutigend.«

Er schnippte etwas in meine Richtung. Da ich jetzt wachsam darauf achtete, was er als nächstes plante, duckte ich mich und schloss fest die Augen. Was auch immer meine Stirn traf, prallte ab und rollte kurz über das Deck. Ich öffnete die Augen und sah es dann deutlich: der im Sonnenlicht schimmernde, abgelegte Augenbrauenring.

»Priester haben im Allgemeinen Geschick darin, barmherzig zu sein«, stellte Nihko kühl fest. »Aber nehmen Sie sich vor meiner Barmherzigkeit in Acht.«

»Wissen Sie«, erwiderte ich im Plauderton, »ich bin hier mit Ihnen zusammen und empfinde überhaupt keine Übelkeit.«

»Dem kann abgeholfen werden«, schlug er vor. »Soll ich Sie hier und jetzt Ihr Innerstes ausspeien lassen?«

»Magie«, sagte Del nachdrücklich und legte mir eine Hand auf den Arm, um eine mögliche Frage oder Bemerkung zu verhindern. »Magie, Tiger. Sie hat dich schon immer beeinflusst.«

Ich wölbte die Augenbrauen. »Magie beeinflusst viele Menschen. Darum geht es doch dabei.«

»Nein. Ich meine, wie sie dich beeinflusst, vieles davon. Du hast schon oft gesagt, sie lässt dich dich seltsam fühlen, als juckten deine Knochen.« Sie hielt wohlerwogen inne. »Und wir wissen, wie sie auf deinen Magen wirkt.«

Ich sah sie kurz stirnrunzelnd an und zuckte dann die Achseln. »Ich bemerke sie, auf die eine oder andere Art.«

»Es bedeutet nichts«, sagte Nihko leichthin.

Del sah ihn an. »Nein?«

»Magie *ist* einfach«, erklärte er. »Und einige Menschen spüren sie.«

»Wieso das?«, fragte ich.

»So wie manche Menschen bestimmte Nahrungsmittel nicht vertragen«, erklärte er sachlich. »Oder wie jene armen Seelen, die nicht auf dem Meer sein können, ohne ihren Magen zu entleeren.«

»Oder sich keine Katzen halten können«, beteiligte sich Prima Rhannet an der Erklärung – mit einem arglosen Blick zu Del. Ihre Miene drückte etwas aus, was ich lieber nicht weiterverfolgen wollte.

»Bei Tiger ist es anders«, sagte Del. »Magie bringt ihn ernsthaft durcheinander. Als streite sie mit ihm.«

Nihko schüttelte den Kopf. »Das ist unbedeutend.«

»Tatsächlich«, sagte der Kapitän, »nicht bedeutender,

als wenn ein Mann behauptet, eine Frau sei einmal im Monat durcheinander, weil sie eine Frau *ist*.«

Ich wusste es besser, als dass ich darauf reagiert hätte. »Und ich soll Ihnen glauben?«

»Ich bin ein Priester-Magier«, sagte Nihkolara verheerend bescheiden. »Ich habe ein gewisses Maß an Erfahrung mit solchen Dingen.«

»Und wir haben ein gewisses Maß an Erfahrung mit *Ihnen*«, erklärte ich. »Warum sollten wir irgendetwas glauben, was Sie sagen?«

»Wegen der Alternative«, erwiderte Prima.

»Welche Alternative – dass Sie uns töten?«

»Nein«, sagte sie ernst, »weil ein Priester-Magier zu sein, in Skandi bedeutet, dass man wahnsinnig ist …«

Ich keuchte unfein. »*Was* …?«

»… und Wahnsinn wird auf Skandi nicht geduldet.« Ihr Blick war ruhig. Sie vermied es, ihren Ersten Offizier anzusehen. »Solche Menschen sind zu gefürchtet, um rundweg getötet zu werden, also schickt man sie fort. Wie es Nihko erging.«

»Und ich dachte, er sei in Schwierigkeiten geraten, weil er mit der falschen Frau geschlafen hat.« Nihko war von meiner Belustigung auf seine Kosten wenig erfreut. »Wohin fortgeschickt?«, fragte ich und genoss seinen Gesichtsausdruck.

»IoSkandi«, antwortete der Erste Offizier mit unendlicher Verachtung für mein Unwissen.

»IoSkandi ist eine Art Quarantäneinsel«, erklärte Prima Rhannet an mich Unwissenden gewandt so freundlich, als bemitleide sie ein Kind. »Dorthin werden Wahnsinnige geschickt, um bis zu ihrem Tod dort zu leben.«

Ich sah Nihko an. »Sie bewahren für jemanden, der wahnsinnig oder tot sein soll, unendliche Ruhe.«

Del sprach, bevor er antworten konnte. »Warum?«, fragte sie ihn angespannt. »Warum sind Sie nicht gestorben?«

Nihkolara sagte nur: »Ich bin ein Ikepra.«

»Ich dachte, Sie hätten gesagt, das bedeute, dass Sie – Abschaum sind«, warf ich barsch ein. »Ein Entweihter.«

»Menschen mit Macht sind dafür bekannt, das zu sein, weil sie wahnsinnig werden«, sagte er, »und werden nach IoSkandi geschickt. Dort überleben sie, um die Macht, wenn möglich, bewusst zu erwecken, damit sie sie zu ihrer eigenen Rettung kontrollieren können. Wenn sie es nicht können, sterben sie daran. Jene, die überleben, lernen die wahre Natur der Magie kennen und wie man damit lebt.«

»Und?«

»Jene, die sie verleugnen, jene, die ioSkandi und die Priesterbrüder verlassen, sind Abschaum.«

»Und doch sind Sie gegangen.«

»Und wurde so von meinen Priesterbrüdern, den Magiern, zum Abtrünnigen erklärt. Wie ich von den Inselbewohnern für *io* – wahnsinnig – erklärt wurde.«

»Und noch mehr gefürchtet sind, weil Sie sich nicht an ihrem angemessenen Platz aufhalten.« Del nickte. »Sie passen nicht. Sie leben *draußen*, ohne Regeln, ohne Rituale.« Sie sah mich kurz an und benutzte dann das südliche Wort. »Borjuni.«

Er zuckte die Achseln. »Ikepra.«

Aber Borjuni waren einfach Menschen ohne Moral. Keiner von ihnen besaß Magie oder Priesterwürde. In Skandi, wo elf besondere Familien als von den Göttern abstammend betrachtet wurden, war das, was Nihko als Mitglied einer jener Familie – als Wahnsinniger, Priester-Magier *und* Ikepra – repräsentierte, weitaus schrecklicher als südliche Banditen.

Jetzt verstand ich, was die abwehrenden Gesten, die geflüsterten Bemerkungen, die Ablehnung und den offenen Abscheu vor dem Gedanken, den Augenbrauenring als Tauschobjekt anzuerkennen, bewirkt hatte. Und doch schien die Lösung offensichtlich. »Sie könnten fortgehen. Allen Unerfreulichkeiten aus dem Weg gehen.«

Nihkolara zuckte die Achseln. »Das tue ich auch. Jedes Mal, wenn das Schiff meines Kapitäns davonsegelt.«

»Aber Sie kommen zurück. Ich meinte, *für immer* fortzugehen«, verdeutlichte ich meinen Gedanken. »Nur ein Narr würde bleiben.«

»Ein Narr.« Nihko lächelt. »Oder ein Wahnsinniger.«

Ich schüttelte den Kopf. »Sie wollen uns also glauben machen, Sie besäßen diese Macht noch immer, obwohl Sie aus der Bruderschaft ausgeschlossen wurden.« So wie ich von den Eiden und Ritualen des Schwerttanzes ausgeschlossen worden war.

»Er besitzt Macht«, sagte Prima barsch. »Sie haben sie erfahren. Das Exil muss einen Menschen nicht seiner Fähigkeiten berauben.«

Wie mich die Tatsache, dass mir der Kreis verweigert wurde, auch nicht *meiner* Fähigkeiten beraubt hatte.

»Aber er hat sie verleugnet«, beharrte ich, was etwas völlig anderes war. Ich hatte mein Schwertkönnen niemals verleugnet. Dann sah ich Nihko durchdringend an. »Oder hat sie Sie verleugnet?«

In seinen Augen blitzte kurzzeitig etwas auf, eine tiefe, beständige und so verwirrende Empfindung, dass ich ihre Zusammensetzung nicht einmal annähernd bestimmen konnte.

»Sagen Sie es ihm«, forderte Del den Ersten Offizier auf, als hätte sie die Teile eines unsichtbaren Puzzles an sich genommen und sie zusammengefügt, noch während wir dort standen. »Sie haben diese Magie mehr als einmal bei ihm angewandt und ihm die Mittel gegeben, seine Empfindlichkeit zu kontrollieren, sobald er in Ihre Nähe kommt.« Sie deutete mit dem Kopf auf den auf dem Deck glitzernden Augenbrauenring. »Wenn Sie ein Priester im Dienste der Götter sind –

oder waren –, welche Götter auch immer das sein mögen, so ist es Ihre Pflicht, die Menschen, deren Leben in Gefahr ist, darüber in Kenntnis zu setzen, *was* es in Gefahr bringt.«

Prima Rhannet atmete ruhig, aber geräuschvoll ein. »Sie sehen zu viel.«

»Nun, ich bin blind«, sagte ich knapp. »Warum erklären Sie es mir nicht?«

Das tat Nihkolara dann. »Die Macht wird ihr Gefäß niemals verleugnen, wenn sie erst verstanden, anerkannt und heraufbeschworen wurde. Aber das Gefäß kann *sie* vielleicht verleugnen.«

»Und?«

»Binden Sie einen Faden so fest um Ihren Finger wie möglich und belassen Sie ihn dort«, sagte er, »beständig. Was ist das Ergebnis?«

Del sagte: »Der Finger wird gefühllos.«

Prima sagte: »Er stirbt ab.«

Ich sah Nihko an. »Und Sie sind nicht tot.«

»Noch werde ich vor der Zeit sterben«, stimmte er mir zu, »wenn die Götter beschließen, dass ich mein Schicksal erfüllt habe.«

»Wenn Sie sich also, während wir hier stehen, das Genick brächen, würden Sie nicht sterben.«

Wieder war Verachtung in seinen Augen zu lesen. »Ich bin nicht unsterblich«, sagte er. »Aber ich werde mir nicht absichtlich einen Faden um den Finger binden, damit er gefühllos wird und abstirbt.« Er hielt inne. »Und Sie würde ich nicht nahe genug heranlassen, damit Sie mir das Genick brechen könnten.«

»Wirklich?« Ich grinste ihn breit an. »Habe ich Sie deshalb mehr als einmal von den Füßen geholt?« Ich deutete betont auf seine nasse, erst allmählich trocknende Gestalt. »Und Sie ins Wasser befördert?«

Del nahm plötzlich eine Haltung ein, die uns allen gleichzeitig die reine Macht ihrer Anwesenheit bewusst machte. Es war eine ihr in gutem Maße innewohnende Magie und eine Macht, die ich verstand und bewunderte.

An Nihkolara gewandt, sagte sie: »Sie haben sich stets auf die Magie verlassen, um diesen Mann besiegen zu können. Was sind Sie ohne sie?«

Prima wölbte bestürzt die sonnengebräunten Augenbrauen. »Oh, oh«, murmelte sie vieldeutig. »Die Gefährtin des Tigers verteidigt ihren Mann. Er *hat* Sie gut ausgebildet.«

»Oh, halt«, rief Del kühl. »Sie beschwören solche Vorstellungen herauf, um zu provozieren, und das ohne Grund. Sie würden genau dasselbe für Nihkolara tun, und es wäre nichts von Männern und Frauen über den Zufall des Geschlechts hinaus darin inbegriffen. Sie schlafen nicht mit ihm. Er *kann* nicht mit Ihnen schlafen. Zählt die Verbindung zwischen Kapitän und Erstem Offizier – zwischen Freunden – weniger, weil der Beischlaf nicht dazugehört?«

Röte überzog Prima Rhannets Gesicht, füllte die Zwischenräume zwischen den Sommersprossen aus und schwand dann wieder so vollständig, dass man *nur* noch Sommersprossen sehen konnte, sowie das zornige Glitzern in ihren Augen. Und doch antwortete sie nicht, weil es keine siegreiche Antwort gab.

O ja. Sie würde Nihkolara mit ihrem Leben verteidigen, und er sie mit seinem.

Nihko erkannte eine Herausforderung ungeachtet des Geschlechts. »Aber ich *besitze* die Magie«, sagte er kühl als Antwort auf Dels ursprüngliche Frage, »und nur ein Narr weigert sich, einen Vorteil zu nutzen.«

»Ein Narr«, sagte ich, »oder ein Wahnsinniger.«

Nihko machte auf dem Absatz kehrt und ging davon.

Prima war starr vor unterdrücktem Zorn. »Vielleicht ist es an der Zeit, Ihnen beiden die Krallen zu ziehen.«

Ich spreizte die Hände. »Falls Sie es vergessen haben,

Kapitän: *Keiner* von uns besitzt eine Klinge, mit der man so etwas tun könnte.«

Was uns wieder zum Anfang führte.

Prima reckte das Kinn in die Luft. »Sie werden Schwerter bekommen«, sagte sie, »wie die Metri es vorgeschlagen hat. Aber wenn Sie Nihko bedrängen, könnten Sie sehr wohl entdecken, dass eine Klinge gar keine Waffe ist.« Sie sah uns beide mit hartem Blick an. »Und jetzt verlassen Sie mein Schiff.«

Wir verließen ihr Schiff. Aber erst nachdem ich den Augenbrauenring vom Deck aufgehoben hatte. Nur ein Narr weigert sich, einen Vorteil zu nutzen.

Und ich bin auch kein Wahnsinniger.

9

Bevor Del und ich noch das Eingangstor des vorderen Hofes erreicht hatten – desjenigen, neben dem Herakleio und ich, dem Vorschlag der Metri gemäß, nur in Gips gekleidet zur Schau gestellt werden sollten –, begegnete uns Simonides. Seine Miene war wie versteinert, als er eine Hand zu einer Geste hob, die man nicht anders deuten konnte denn als *Stehenbleiben.*

Wir blieben stehen.

Woraufhin Männer aus allen Ecken des Hofes eifrig herbeiströmten. Zuerst wurde ein Läufer ausgelegt und dann wurde ein fein gewobener Teppich darauf ausgerollt. Während einige damit beschäftigt waren, kamen andere mit Amphoren, Seifen, Öl und Leinentüchern zu Del und mir. Ein weiterer Mann, mit geschorenem Kopf, aber ohne Tätowierungen oder Ringen in der Haut – und daher nicht wahnsinnig, wie ich annahm, sondern nur heilig; obwohl ein gewisser, nachdrücklicher Grad an Heiligkeit seinen eigenen gewichtigen Wahnsinn in sich birgt – wartete im Schatten eines Baumes. Weitere Männer brachten Stühle, auf die uns zu setzen man Del und mich anwies.

Wir setzten uns hin.

Während Simonides die Vorgänge peinlich genau überwachte und der Priester unter dem Baum leise etwas vor sich hin murmelte, während Del und ich einander verwirrt und erstaunt ansahen, wurden unsere Beine von den Knien abwärts fast wund geschrubbt, mit besonderer Aufmerksamkeit für unsere Fußsohlen. Zuerst eine harte Seife, gefolgt von einer Duftseife, gefolgt von klarem Wasser zum Abspülen, gefolgt von Öl, das, wie ich vermutete, geweiht war, da die Ölmänner zuerst zu dem murmelnden Priester schauten und auf ein bestätigendes Nicken warteten, bevor sie das Öl ausgossen.

Es war überhaupt nicht unerfreulich, üppiges Öl in meine Haut einmassiert zu bekommen, nur dass ich mich ein wenig versteifte, als die Hände des Mannes auf meine Knie zuwanderten. Ein Seitenblick zu Del zeigte mir eine gedankenverlorene Miene, aber sie schien nicht vollkommen unzufrieden darüber, in welche Richtung die Hände ihres Ölmannes wanderten.

Vielleicht war es an der Zeit, dass ich mir meine *eigene* Flasche Öl kaufte.

Als dieses Ritual beendet war, wurden wir angewiesen aufzustehen und auf den Teppich zu treten, der über dem Läufer ausgelegt war. Simonides begleitete uns mit ernster Bedachtsamkeit auf den tiefliegenden Eingang zu. Ich schaute über die Schulter zurück, während wir aus dem Sonnenlicht in den Schatten traten, sah den Teppich- und den Läufermann alles wieder einrollen. Und dann kam der Priester unter dem Baum hervor, um *sein* Ritual zu beginnen.

»Deshalb wollten Sie also nicht, dass wir laufen«, sagte ich zu Simonides.

Simonides schwieg, öffnete nur die Tür, trat beiseite und bedeutete uns einzutreten.

»Nun, sehen Sie«, erklärte ich ihm, während ich an ihm vorbei das Haus betrat, »zumindest haben wir allen an ihrem Nachmittag etwas zu tun gegeben.«

Del kicherte belustigt. Simonides gewährte uns eine fast trauervolle Miene. »Die Metri schickt mich, um Ihnen zu sagen, dass Sie sie in ihrem Schlafzimmer aufsuchen sollen.«

Ich blieb jäh stehen. »In ihrem Schlafzimmer?«

»Sie liegt zu Bett.«

»Das ist ein wenig zu viel«, sagte ich zu dem Diener. »Warum liegt sie im Bett, und warum wird von mir erwartet, sie aufzusuchen, während sie im Bett liegt?«

»Sie hat mir ausrichten lassen, dass ich Ihnen ausrichten lassen soll …«

Durch seine umständliche Art zu sprechen gereizt, unterbrach ich ihn grob. »Sparen Sie sich Ihren Atem, Simonides – zeigen Sie mir einfach die richtige Richtung.«

Er sagte ruhig: »Sie wünscht, ihren Enkel zu sehen.«

Die Einfachheit dieser Feststellung erschütterte mich. Selbst Del bemerkte den tieferen Sinn und sah mich sofort an. Ich nickte, schwieg aber und ließ auch meine Miene ausdruckslos. Simonides führte mich in die Tiefen des Hauses, während Del taktvoll etwas über den Wunsch, ein Nickerchen zu machen, murmelte, und schließlich wurde mir Einlass in die Privatgemächer der Metri gewährt.

Sie lag tatsächlich im Bett, durch eine großzügige Anordnung bestickter Kissen in eine sitzende Haltung gebracht. Das ergrauende Haar war aus seinen vielfältigen Zöpfen und Schlingen sowie von schmückendem Tand befreit worden, sodass es über die Kissen, ihre Schulter und die Decke strömte. Es ließ die Strenge ihrer Züge weicher wirken. Ich sah zum ersten Mal hinter die Metri, hinter die Frau, die selbsternannt von den Göttern abstammt, die einer und in eine der Elf Familien geboren war, die alle zusammen den Weinhandel Skandis beherrschten, und die so verzweifelt jede Facette ihres Reiches unter Kontrolle behalten musste, selbst ein einzelnes Individuum, das lediglich ihr Verwandter sein *könnte*. Sie war in diesem Augenblick einfach eine alternde Frau, die auf den Tod zuschritt und wusste, dass die ihr verbleibende Strecke kürzer war als die anderer.

»Bin ich so unmenschlich, dass Sie das Gefühl haben, gehen zu *müssen*?«

Das war nicht der von mir erwartete Beginn des Gesprächs. Im Bett, mit gelöstem Haar, den Körper in eine Decke und Leinen gehüllt, hatte ich erwartet, eine dem Eindruck der Schwäche entsprechende Stimme zu hören. Aber ihre Stimme war dieselbe wie vorher, ihr Tonfall demjenigen gleich, den sie gewöhnlich benutzte: fest, klar und in seiner gekonnten Nachdrücklichkeit übergenau.

Sie war einerseits vielen der Tanzeers nicht unähnlich, die mich verdingt hatten, für sie zu tanzen. Streng, hart, stolz, besitzergreifend, aber auch mit einem Sinn für Realität. Was getan wurde, wurde aus Notwendigkeit getan, nicht aus einer Laune heraus. Aber sie war ihnen andererseits auch so unähnlich wie nur möglich: eine Frau, und möglicherweise die Mutter meiner Mutter. Sie war mir geistig fremd, wie auch in großen und kleinen Herzensaspekten, aber sie war möglicherweise eine Frau, deren Knochen meine Knochen waren und deren Blut mein Blut war.

Diese Frau hatte keinen Anteil an meiner Entwicklung, nicht im mindesten, aber sie konnte sehr wohl *in* mir sein. Wenn dem so war, stammte ich ebenso von ihr ab wie von den Salset. Und ohne die Erziehung durch den Stamm hätte ich heute nicht hier gestanden und diese Frau mir gegenüber von Bedürfnissen und Erwartungen sprechen hören.

Wenn ich sie verließ, wenn ich von *hier* fortging, verließ ich auch mich selbst.

Ich sagte, ganz ohne Bewertung: »Sie haben keinerlei Absicht, mich zu Ihrem Erben zu erklären.«

Sie wölbte eine Augenbraue. »Nein?«

»Ich bin ein Werkzeug. Ein Breitbeil, mit dem der Junge geprägt werden soll, den Sie zu Ihrem Erben ernennen *werden*.«

Sie lächelte. »Oder vielleicht eine Lanzenspitze, um ihn dort zu treffen, wo er am verwundbarsten ist.«

»Sie geben es zu?«

»Ich gebe nichts zu«, sagte die Metri. »Ich verspreche nur, dass ich tun werde, was ich stets getan habe: was auch immer, meiner Auffassung nach, für die Aufgabe notwendig ist.«

»Und Herakleio ist meine Aufgabe.«

»Herakleio ist die Aufgabe, die ich für Sie auserwählt habe, da Sie selbst sich keine erwählt haben.«

Das traf, wie sie es zweifellos auch beabsichtigt hatte. »Wie bitte?«

»Was sind Sie anderes als ein Mann, dessen Heim das ist, was er aus einem in den Sand gezogenen Kreis macht? Kein Mörtel, keine Ziegelsteine, nur Luft. Und Träume.«

»Und Können.«

»O ja, Können ist vorhanden. Und ich glaube, es ist dem Können nicht allzu unähnlich, das ich jeden Tag zur Veredelung meines Namens anwende.«

»Nun, dann haben wir ein gemeinsames Ziel«, erwiderte ich. »Ich habe einen eigenen Namen.«

»Chula«, sagte sie sanft.

Hätte ich nicht bereits gestanden, wäre ich jetzt aufgesprungen. So konnte ich nur die Scham, den Schreck und den Zorn zügeln, die ihr Tonfall und das Wort hervorgerufen hatten, indem ich qualvoll stillstand. Denn wenn ich mich bewegte, wenn ich spräche, wenn ich auch nur blinzelte …

Sie ließ mir keine Zeit, mit etwas anderem als zitterndem Schweigen zu antworten. »Sie besitzen tatsächlich Können«, erklärte die Metri mit einer Ruhe, die die Macht ihrer Persönlichkeit in keiner Weise schmälerte, »und zwar ein Können, das nur wenige Männer besitzen, die Fähigkeit einfach aus der Luft Mauern zu errichten und darin zu verweilen, während sie jene

Mauern gegen jeden Feind verteidigen.« Eine Hand regte sich leicht auf der Bettdecke. Finger verkrampften sich, wurden kurzzeitig zu Fäusten geballt. »Ich habe Sie gefragt, was Sie seien. Ich habe *gesagt*, was Sie sind, und ich sage außerdem: Ihnen wurde keine Verantwortung übertragen, noch haben Sie Verantwortung über das hinaus übernommen, was nötig ist, um Sie – und ihre Frau – am Leben zu erhalten.«

Ich bedachte sie mit einem grausigen Lächeln. »Für mich reicht das!«

»Dass Sie nicht mehr Verantwortung übernommen haben, bedeutet aber nicht, dass Sie nicht mehr annehmen können. Und so übergebe ich Ihnen Herakleio, damit Sie beide die Erfordernisse der Verantwortlichkeit lernen. Denn Verantwortung zu erkennen und anzuerkennen ist das Merkmal des Erwachsenseins.«

Ich wollte grinsen, aber ich tat es nicht. Sie war todernst, und das schuldete ich ihr. »Tatsächlich?«

»Und weil der Junge, den ich Ihnen als Ihre Aufgabe übergeben habe, sehr wohl Ihr Verwandter sein könnte.«

Ich studierte ihre Miene genau. »Sie geben zu, dass ich ein Werkzeug bin – und anscheinend noch dazu ein verantwortungsloses –, und beharren dennoch darauf, dass ich noch immer ein Stessa sein könnte? Warum? Was gewinnen Sie damit?«

»Macht«, antwortete sie schlicht.

Nun, *das* war die Wahrheit. »Herakleio glaubt nicht mehr als Sie, dass ich Ihr Enkel bin.«

»Was er glaubt, ist unwichtig. Nur was ich tue, ist wichtig.«

»Aber einen Fremden, einen Ausländer, zum Erben des Stessa-Vermögens zu ernennen, ist keine Möglichkeit.«

Sie schüttelte den Kopf. »Sie verstehen noch immer nicht.«

»Dann erklären Sie es mir.«

»Sie sind vielleicht wirklich nicht mein Enkel. Sie *sind* ein Fremder, ein Ausländer, in allem, außer vielleicht im Blute. Aber nichts von alledem schließt Sie aus einer Erbschaft aus.«

Ich blinzelte. »Sie haben Recht. Ich verstehe nicht.«

Ihr Blick hielt meinen fest. »Ich muss einen Erben ernennen. Der Erbe ist Erbe. Die Benennung ist wichtig.«

Ich schüttelte zögernd den Kopf. »Sie und ich wissen sehr genau, was ich bin. Ein südlicher Barbar, der sich mit einem Schwert im Kreis den Lebensunterhalt verdient ... Ein Mann, der sich sein Heim mit Mauern aus Luft gestaltet. Das befähigt mich, für Sie zu tanzen, aber nicht, Ihr Haus, die Weinberge oder die Wirtschaft der Stessas – Stessoi – zu führen, welche die Wirtschaft Skandis beeinflussen.«

Die Metri lächelte. »Ein Mann, der die Mechanismen des Ehrgeizes begreift, ist befähigt zu tun, was immer er tun will. Er findet Möglichkeiten, mit solchen Dingen umzugehen, die er nicht kennt, und lernt von jenen, die sie kennen.«

»Und?«

»Und«, fuhr sie freundlich fort, »daher fühle ich mich bemüßigt, Sie zu fragen, ob ich so unmenschlich bin, dass Sie das Gefühl haben, Sie *müssten* einen Platz in meinem Haus verlassen, eine Stellung, für die Sie ebenso befähigt sind wie jeder andere Mann, den ich kenne, der lernen wird, weil es in ihm steckt zu lernen, und der seine Schuld abtragen will.«

Ich streckte einen Finger in die Luft. »Sie vergessen eines: Ich war gerade unten an den Docks, um die Möglichkeit zu überprüfen, Prima Rhannet davon zu überzeugen, uns von hier fortzubringen. Da Sie mir so zuvorkommend erklärt haben, wie es kommt, dass niemand sonst auf der Insel es tun wird.«

»Sie können Prima Rhannet nichts anbieten, was sie

von einem solchen Unternehmen überzeugen wird, wenn ich die gegenteilige Überzeugung bei ihr bewirken kann.« Ihr Blick war sehr ruhig. »Es sei denn Ihre Frau.«

»Del hat mit alledem nichts zu tun!«

»Zahlungsmittel werden auf vielerlei Arten geprägt«, sagte sie, »deren geringste nicht die ist zu wissen, was der andere akzeptieren wird. Sie schulden mir etwas. Ich habe gesagt, dass Sie diese Schuld begleichen können, indem Sie Herakleio lehren, ein Mann zu werden. Aber Sie besitzen nichts auf der Welt, was Prima Rhannet akzeptieren wird, außer der Gesellschaft Ihrer Frau.«

Ich schüttelte erneut den Kopf und verdrängte meinen Zorn, damit ich mich deutlich verständlich machen konnte. »Del ist kein Zahlungsmittel. Del ist kein Handelsobjekt. Del ist in keiner Weise ein Objekt, noch für irgendwelchen Handel verfügbar.«

Das Lächeln der Metri schloss ihre Augen nicht mit ein. »Was auch immer es ist, was ein anderer schmerzlich ersehnt, es ist tatsächlich ein Zahlungsmittel, ein Handelsobjekt und ein Objekt schlechthin. Verfügbarkeit ist der einzige Faktor, der verhandlungsbedürftig bleibt, sowie eine nachfolgende Vereinbarung.«

»Das erkenne ich nicht an.«

»Sie können die Wahrheit leugnen, wenn Sie das möchten. Aber das ändert nichts von alledem.«

Ich wich zurück und hob in einer Geste äußerster Abwehr beide Hände. »Diese Unterhaltung ist beendet.«

Sie wartete, bis ich die Tür erreicht hatte. »Und die Prüfung ebenfalls.«

Ich erstarrte und fuhr dann jäh herum, noch während ich die Tür öffnete. »Dies war eine Prüfung?«

»Alles ist Prüfung«, sagte die Metri rätselhaft. »Jeden Tag, wenn ich aufstehe und den Göttern für den Tag danke, begreife ich, dass die mir verbleibenden Stunden, bevor ich mich zurückziehe, in sich selbst erneut Prüfungen bedeuten, Prüfungen meiner Kraft, meiner Loyalität und Ergebenheit, meines Willens sicherzustellen, dass der Name der Stessa überlebt, wie er überleben sollte: als ein fleischgewordener Teil der Götter selbst. Denn sie brachten eine Frau hier auf die Insel, die ein Kind gebar, das ihr eigenes Kind gebar – und noch ein weiteres wurde von dieser Frau geboren, bis der Tag kam, an dem ich von meiner Mutter geboren wurde. Es ist ein Erbe. Es ist ein Vermächtnis. Es ist eine *Verantwortung*: dafür zu sorgen, dass ein kleiner, fleischgewordener Teil der Götter auf der Welt bestehen bleiben kann, leben kann, damit die Welt aufgrund des Verlusts kein geringerer Ort wird.« Dann beugte sie sich vor, mir zu, fort von den Kissen. Sie fragte angespannt: »Wer weiß, ob die übrige Welt nicht ebenfalls dunkel wird, wenn eine einzige Kerze ausgeblasen wird?«

»Aber …« Aber. Dies war eine Debatte, für die ich nicht gut gerüstet war. Und doch existierte das Argument an sich, weil es existieren *konnte*.

Niemand wusste es.

Jedes Mal, wenn ich beim Einschlafen die Augen schloss, überließ ich mich dem Vertrauen darauf, dass ich wieder erwachen würde. Weil ich jeden und jeden Tag erwacht *war*.

Aber wer wusste, ob ich morgen wieder erwachen würde?

Konnte man darauf wetten?

Nein. Nur daran *glauben*. Nur vertrauen.

Es war bloß Glaube.

Sie lehnte sich wieder zurück, während plötzlich alle Farbe aus ihrem Gesicht wich. Sie presste eine Hand auf ihre Brust, während sie mühsam nach Atem rang. Ihre Lippen und Fingernägel wurden blau. Dies war keine Frau, die Krankheit oder Schwäche vortäuschte, um mein Mitleid zu erregen. Ich hatte diesen Blick schon früher bei Menschen mit schwachem Herzen gesehen.

»Ich werde Simonides rufen«, sagte ich barsch und verließ eilig den Raum.

Herakleio fand mich draußen auf der Terrasse, wo ich die Körper und Geist vorbereitenden, rituellen Bewegungen ausführte. Ich hatte sein Kommen erwartet – und seine Anklagen. Ich ließ ihn sie äußern, ohne ein Wort einzuwenden, weil er sie äußern musste. Und ich sie an seiner Stelle vielleicht ebenso geäußert hätte.

Als ihm der Atem ausging und ich die Ruhe wiederfand, sprach ich ihn schließlich offen an. »Sie haben gesagt, sie sei nicht in unmittelbarer Gefahr.«

»Ja, das habe ich gesagt.« Er spie die Silben fast aus. »Und nein, sie ist nicht in *unmittelbarer* Gefahr, sagt der Arzt. Sie sollte noch ein Jahr oder länger leben. Aber sie ist eindeutig krank und wird schwächer.«

»Weshalb Sie jetzt zu mir gekommen sind: Sie betrachten mich als Bedrohung. Und zwar als *unmittelbarere* Bedrohung.«

Er sah mich finster an. »Und das sind Sie auch.«

»Wenn sie mich nicht bereits zu ihrem Erben erklärt hat, bin ich überhaupt keine Bedrohung.« Ich war gelöst und entspannt. Der Schweiß trocknete vom Wind auf meiner Haut. »Hat sie das getan?«

Er blieb mir feindlich gesinnt, wenn er jetzt auch ein wenig milder gestimmt war. »Sie hat es nicht getan.«

Ich hob das über die niedrige Mauer gelegte Tuch auf, rieb mir damit übers Gesicht und sprach hindurch. »Dann sind Sie sicher. Akritara, die Weinberge, die Macht und der Reichtum … das alles soll immer noch Ihnen gehören.«

Da wandte er den Blick von mir ab, schaute angestrengt über das Land, das zum Horizont hin abfiel und auf die Meilen entfernte Vorderseite der Klippe zulief.

»Ich will es«, sagte er angespannt, »aber ich will noch mehr, dass sie lebt.«

Prima Rhannet hatte es eines Nachts in ihren Becher versunken gesagt: Es war Sonniges in ihm – und Hartes. Sie hatte nicht gesagt, dass auch Tränen in ihm waren.

Ich schlang mir das Tuch über eine Schulter und setzte mich auf die Mauer. »Die Wahrheit, Herakleio, im Namen einer alten Frau, die wir beide respektieren: Meine Anwesenheit hier hat nichts mit der Hoffnung darauf zu tun, Sie als Erben zu ersetzen. Ich wusste überhaupt nichts über Skandi, ganz zu schweigen davon, dass es hier Stessoi oder Metris oder auch nur Weinberge und zu erbenden Reichtum gibt.«

Er sah mich nicht an und strich sich auch nicht das windzerzauste Haar aus dem Gesicht, weil eine solche Geste den Schild beseitigt hätte. »Warum sind Sie dann gekommen?«

»Um herauszufinden ...« Ich brach ab, durchdachte es noch einmal und begann erneut. »Um herauszufinden, ob es in meinem Leben ein Zuhause gibt, in dem die Mauern aus Ziegelsteinen und aus Mörtel bestehen anstatt aus Luft.«

Herakleio drehte sich jäh in den Wind, um mich anzusehen. »Das habe ich *sie* sagen hören!«

Ich nickte. »Sie hat es heute früh zu mir gesagt, bevor sie krank wurde.«

Er machte eine alles umfassende Geste. »Und so sind Sie hergekommen und haben herausgefunden, dass diese Mauern aus mehr als Ziegelsteinen und Mörtel bestehen, nämlich auch aus Geld und Macht!«

»Aber ich habe nicht notwendigerweise mein Zuhause gefunden«, sagte ich. »Ich habe *ein* Zuhause gefunden. Das Zuhause der Metri. Ihr Zuhause.«

Er schüttelte heftig den Kopf. »Aber Sie wollen es. Jetzt, da Sie es wissen, wollen Sie es.«

Ich atmete tief ein, ließ den Atem meine Brust erfüllen

und stieß ihn dann in einem geräuschvollen, ergebenen Seufzen wieder aus. »Ein Teil von mir wünscht sich, dem zu *entstammen*. Ja.«

»Sehen Sie!«

»Aber etwas zu entstammen ist nicht dasselbe, wie etwas zu sein«, erklärte ich. »Da gibt es einen Unterschied, Herakleio. Sie entstammen den Stessoi, und Sie *sind* ein Stessa. Sie *sind* diese Mauern. Ihre Knochen sind daraus gemacht. Es ist Ihr Zuhause.«

Er war zweifellos verwirrt.

»*Ich* bin mein Zuhause«, sagte ich. »Wo ich hingehe, ist mein Zuhause. Meine Mauern sind aus Luft gebaut. Es gibt keine Substanz – keine Ziegelsteine, keinen Mörtel – außer der Substanz, die ich ihnen verleihe, und das ist Luft. Ein in den Sand gezogener Kreis.« Ich zuckte die Achseln. »Ein Mensch, der in ein Haus hinein und einem Haus geboren wurde, begreift nicht wirklich, was es bedeutet, ein Haus zu *sein*. Weil es nicht nötig ist.«

»Aber«, sagte er, »Sie haben diese Frau darin.«

Diese Frau. Nicht *eine* Frau. Diese. Ausdrücklich.

Herakleio verstand die Semantik besser, als ich geglaubt hatte.

»Weil sie darin sein will«, sagte ich schließlich. Und das war in sich so anders als das, was ich noch drei Jahre zuvor gesagt hätte, als mein ganzes Sein glaubte, eine Frau befinde sich in eines Mannes Zuhause, weil er sie hinein*geholt* hätte.

»Baut sie jene Mauern auch aus Luft?«

»Die Mauern meines Zuhauses?« Ich schüttelte den Kopf. »Del ist mein Ziegelstein. Mein Mörtel.«

Seine Anspannung nahm noch ein wenig zu. »Und wenn Sie ihr Zuhause verließen – würden jene Mauern dann einstürzen?«

Dieses Mal war es an mir, angestrengt zum Horizont hinüber zu blicken. »Ich weiß es nicht.«

Für ihn, für diese Frage, genügte die Antwort.

10

Eine Steinspitze riss ein Loch in den Himmel, schoss aufwärts wie eine die Götter herausfordernde Faust. Ich schwebte auf dem vordersten Knöchel dieser Faust und war mir des Atems jener Götter bewusst, der meine Haut liebkoste.

Liebkosung. Keraka. Die lebendige Verkörperung der von Göttern Abstammenden, durch Zauber oder Wunsch in die Haut des Säuglings eingebrannt, noch bevor er die Welt kennen gelernt hatte, sich noch sicher im Leib der Mutter befand. Alle Farben des Weins, alle Gestaltungen des Geistes befleckten die zerbrechliche Hülle, noch bevor die Sonne sie erwärmen konnte.

Aber es befanden sich keine auf meinem Körper. Ich war frei von dem auch Liebkosung genannten Makel, war nicht mehr als ein Fremder, ein Ausländer, dem das Wissen der Göttergesandten, die Gaben der Stessoi, das Geburtsrecht der Elf fehlten.

Was war ich anderes, als ein aus einem Leib Geborener, der allen anderen als der Frau und dem Mann, die zusammen ein Kind gezeugt hatten, unbekannt war, die ihn aber nicht ernähren konnten oder wollten, sodass er als Sklave in den Hyorts der Salset aufgezogen wurde?

Die Spitze unter mir erbebte. Bloße Füße klammerten sich an den Stein. Der Wind trieb mir in die Augen, machte mich tränenblind.

Skandi, sagten sie, war einst verfestigter Rauch – und ist dann wieder auseinandergebrochen.

Wenn ich die Spitze nicht verlieren und mich nicht von der Faust abschütteln lassen wollte, würde ich mich opfern müs-

sen. Nicht um zu sterben, sondern um zu überleben. Nicht um den Körper zu zerstören, sondern um ihn zu bewahren.

Der Wind genügte, wenn ich mich von ihm tragen ließ.

Die Kraft genügte, um zu fliegen, wenn ich mir erlaubte, es zu versuchen.

Ich streckte mich, beugte mich vor, spürte den Wind an meinen Handflächen. Schloss die Augen, um sehen zu können.

Wurde emporgehoben …

»Tiger?« Eine Hand legte sich auf meine mit einem Schweißfilm überzogenen Schultern. »Tiger … wach auf.«

Die Spitze stürzte ein, zerfiel unter mir zu Staub, riss mich mit hinab …

»Tiger.«

… und alle Knochen wurden zerschmettert, der Körper zermalmt …

»Tiger, wach auf!«

Ich wankte, drehte mich um, setzte mich auf, während sich die Finger fest wie Draht um meine Muskeln krampften. Ich starrte in die Dunkelheit, mir des Lärms meines Atems, des Protests meines Herzens bewusst.

Das Herz der Metri schien kränklich. Und ich war vielleicht ihr Enkel.

»Was ist los?«, fragte Del.

Rund um mich herum lag das zerbrochene Gestein der Spitze.

Da stand sie auf, kroch über mich hinweg, stieg aus dem Bett, tastete in der Dunkelheit umher und stieß einen knappen Fluch aus, während sie erneut umhertastete. Aber ich hörte das metallische Streichen-und-Kratzen, roch den Geruch, sah den ersten Funken aufflammen, als sie Feuerstein und Eisen benutzte, um die Kerze in ihrem Tonhalter anzuzünden.

Sie hielt den Kerzenhalter so hoch, dass sich das Licht über mich ergoss. »Götter«, flüsterte sie, »was ist *los* mit dir?«

Da blinzelte ich und schüttelte den Kopf, um die Vision zu vertreiben. »Ein Albtraum.«

»Du wirkst vollkommen erschreckt«, sagte Del zweifelnd. »Ungefähr wie der Hengst, wenn er wirklich einen Geist gesehen zu haben scheint: die Augen ganz weiß und so starr, dass seine Knochen zu zerbrechen drohen.«

Zerbrochene Knochen.

»Nicht«, sagte ich, schwang meine Beine dann über die Bettkante und stellte die Füße flach auf den Boden. Dort hockte ich, die Ellenbogen auf die Oberschenkel gestützt, und rieb mit den Handballen über meine Augen. »Nur – ein Albtraum.«

Del stellte den Kerzenhalter auf die Wäschetruhe und setzte sich dann neben mich. »Was hast du geträumt?«

Ich schüttelte den Kopf. »Ich weiß es nicht.« Dann schaute ich auf, blickte noch immer blinzelnd in die Flamme. »Ich musste in letzter Zeit über ziemlich vieles nachdenken.«

»Magie«, sagte sie grimmig.

Ich wollte widersprechen – ich dachte nicht viel über Magie nach –, ließ es dann aber sein. Magie gehörte *tatsächlich* dazu. Nihkolara war mehr als ein Priester, und er hatte es bewiesen. Immer wieder, indem er einfach Hand an mich legte. Immer wieder hatte mein Körper mich gewarnt, *bevor* er mich berührte, und ich hatte mich geweigert zuzuhören.

Einige Menschen, so hatte der Priester-Magier gesagt, reagierten empfindlicher auf Magie. Sie machte sie krank, sagte er, wie bestimmte Nahrungsmittel oder Kräuter.

»Magie«, murrte ich und schloss die Hand um die Halskette mit ihrem Gewicht der Sandtigerkrallen und eines Silberrings.

Del schwieg eine ganze Weile. Dann, sehr ruhig: »Glaubst du, er hat Recht?«

Ich wusste, wen sie meinte. »Nein.«

»Im Herzen.«

Das pochende, sich verkrampfende Herz. »Nein.«

»In Ordnung – in deiner Seele.«

Ich lachte leise. »Wie viele Teile meiner Anatomie soll ich befragen, bevor du die gewünschte Antwort bekommst?«

»Wie wäre es mit deinem Ohrläppchen?«

Ich grinste, lehnte mich mit einer Schulter an sie, und sie erwiderte den Druck. »Unser blauköpfiger Erster Offizier trägt Ringe in seinen Ohrläppchen.«

Sie nickte. »Du schwörst stets, dass du nicht an Magie glaubst ...«

»Ich sagte, ich *mag* sie nicht. Das ist ein Unterschied.«

»Du willst damit also sagen, du glaubst nicht an *diese* Magie. Diese besondere Magie.«

»Ich glaube nicht notwendigerweise, dass ich sie besitze, nein.«

»Aber ...«

»Aber«, sagte ich sie unterbrechend, »wenn es stimmt, was Nihko sagt, bedeutet das noch nicht, dass ich sie besitze. Es bedeutet nur, dass ich empfindlich darauf reagiere.«

»Aber er hat dich ioSkandier genannt.«

»Nihko hat mich vermutlich vieles genannt.«

»Außer allem anderen. Du hast eine Geschichte persönlicher Erfahrung mit Magie. Soll ich dir die Vorfälle aufzählen?«

»Das sollten wir nicht tun«, schlug ich vor. Es würde wahrscheinlich sechs Bände füllen, das zu tun. »Aber auf Magie zu reagieren, bedeutet noch nicht, dass ich selbst irgendwelche Magie besitze.«

»Selbst nachdem du Chosa Dei beherbergt hast?«

»Einen Magier zu beherbergen, verleiht dem Körper nicht von selbst Macht. Er besitzt dann nur stellvertretend Macht.« Ich betrachtete meine Fingernägel, die häufig den Zustand meines Körpers angezeigt hatten, während ich von dem Magier heimgesucht gewesen war, der sich für einen Gott hielt. Sie waren heil, gewöhnlich, nicht schwarz oder gebogen oder ausgefallen. »Ich kann keine Zauber anwenden, Del. Das weißt du.«

»Du hast dein Jivatma mit Gesang zum Leben erweckt.«

»Du hast auch deines mit Gesang zum Leben erweckt«, erinnerte ich sie. »Macht dich das zur Magierin, oder ist das Werkzeug – in diesem Fall das Schwert – die Verkörperung der Magie?«

»Nein«, sagte Del entschieden. »Ich bin keine Magierin.«

»Siehst du, Bascha. Dir gefällt der Gedanke nicht mehr als mir.«

»Aber was wäre, wenn es wahr *wäre*? Dass du Magie besitzt?«

»Dann wäre ich vermutlich ein Magier.«

»Du sagst das so leichthin.«

Weil ich es tun musste, oder zugeben musste, wie sehr mich diese Aussicht ängstigte. »Möchtest du, dass ich es nur vorsichtig flüstere? Soll ich hinaus auf die Terrasse gehen, die rechte Faust mit dem Schwert in die Luft recken und wie ein melodramatischer Narr schreien: ›Ich habe die Macht!‹?«

»Nun«, sagte sie, »melodramatisch zu sein, ist vermutlich besser, als wahnsinnig zu werden.«

»Was genau das Problem ist«, erklärte ich. »Hier in Skandi wird jedermann mit Magie als wahnsinnig angesehen und zu seinem Platz auf der Quarantäneinsel fortgeschickt.«

»Hast du *davor* Angst?«

»Wovor, wahnsinnig zu sein? O Hoolies, manche Leute würden schwören, nicht einmal skandisches Blut nützt mir etwas – *wenn* ich welches habe …«

»O Tiger, natürlich bist du Skandier!«

»... einfach weil ich die Unverfrorenheit besitze anzunehmen, dass ich der Messias bin, der Sand in Gras verwandeln soll«, beendete ich meinen Satz. »Erinnerst du dich an Mehmet? Und den alten Hustapha? Dieser aus der tiefsten Wüste kommende Stamm sollte überaus bereitwillig glauben, dass ich derjenige bin, den sie verehren?«

»Und meinen Bruder«, sagte sie mürrisch. »Der, nach südlichem Glauben, das Orakel war.«

»Das die Ankunft des Jhihadi verkünden sollte.« Ich nickte. »Und so hat er mich angekündigt. Und schau, was es ihm eingebracht hat. Sie haben ihn ermordet.«

Del seufzte tief. »Dich würden sie wahrscheinlich auch töten.«

»Wenn wir in den Süden zurückgingen? O ja. Wenn die religiösen Eiferer mich nicht erwischten, wenn die Borjuni mich nicht – welche Belohnung auch immer auf meinen Kopf ausgesetzt ist – töteten, würden die Schwerttänzer mich gewiss zur Strecke bringen.«

»Abbu Bensir?«

»Ich habe die Kodexe Alimats entweiht, ganz zu schweigen davon, dass ich den Glauben und das Vertrauen unseres Shodo verriet«, sagte ich. »Abbu würde mich im Handumdrehen zum Duell herausfordern, nur dass kein Kreis gezeichnet, kein Tanz stattfinden, keine Ehrenrituale ausgeführt würden. Er würde einfach sein Bestes tun, mich so schnell wie möglich zu töten.«

»Und wenn es ihm misslänge?«

Ich zuckte die Achseln. »Dann würde jemand anders vortreten.«

Ihre Stimme klang sehr ruhig. »Aber wenn du Magie *besäßest*, könnte dich niemand besiegen.«

»Ich habe Magie«, erklärte ich entschieden. »Schwertmagie. Gib mir einfach eine Klinge, und ich werde sie führen.«

»Warum hast du dann solche Angst?«, fragte Del.

»Habe ich Angst?«

»Du hast dein Gesicht eben nicht gesehen, als ich die Kerze entzündete.«

»Albträume erwecken das Schlimmste in jedem, Bascha. Erinnerst du dich, mit wem ich schlafe? Ich könnte dir all die Male aufzählen, als *sie* Albträume hatte. Ich habe niemals behauptet, dass sie vor etwas Angst hätte ... wahrscheinlich weil sie mir dann einen Dolch in die Eingeweide gestoßen hätte.«

Del spottete. »Das hätte ich nicht getan.« Sie dachte darüber nach. »Vielleicht hätte ich dir einen Ellenbogen hineingestoßen.«

»Mindestens. Wie dem auch sei, Tatsache ist, dass ich nicht glaube, irgendwelche Magie zu besitzen, sei es nun skandische, südliche oder sogar nordische Magie – die ohnehin mit meinem Jivatma begraben wurde, unter jenen Felshaufen mitten in der Punja.«

»Du könntest es jederzeit wieder ausgraben.«

»Ich *will* es nicht ausgraben. Ich *will* keine Magie. Ich *will* kein Messias oder wahnsinnig oder etwas anderes sein, als ich bin, nämlich ein ...« Und ich hielt inne.

»Schwerttänzer«, beendete Del meinen Satz sanft und in fast kummervollem Tonfall. Weil sie verstand, was es für mich bedeutete zu wissen, dass ich etwas anderes war, als ich *gewesen* war, nachdem ich so lange daran gearbeitet hatte, mehr als ein Chula zu werden. »In Skandi«, sagte sie, »bist du vielleicht ein Enkel und Erbe von Reichtum, Macht und Stellung. Es ist keine Magie nötig, nicht mehr als ein Schwerttanz.«

»Du sagst mir, ich solle bleiben. Ich soll zulassen, dass die Metri mich zu ihrem Erben ernennt.«

»Ich weise auf Möglichkeiten hin.«

»Herakleio hat vielleicht auch noch etwas dazu zu sagen.«

»Herakleio ist ein Junge.«

»Herakleio ist ...« Plötzlich öffnete sich die Tür, und

da stand er. »... *hier*«, beendete ich meinen Satz. Und dann: »Es wäre schön, wenn Sie anklopfen würden.«

»Anklopfen ist Zeitverschwendung«, erwiderte er. »Kommen Sie auf die Terrasse heraus. Simonides hat Fackeln für uns aufgestellt.«

»Das muss bezaubernd sein«, sagte ich, »aber warum soll ich auf die Terrasse hinausgehen, und warum hat er dort draußen Fackeln für uns aufgestellt?«

»Um besser sehen zu können«, erwiderte er, »während wir tanzen.« Er hielt die hölzerne Übungsklinge in seiner kräftigen jungen Hand. Die grünen Augen schimmerten im Kerzenlicht haselnussbraun. »Kommen Sie heraus, Sandtiger. Die Metri möchte, dass Sie einen Mann aus mir machen. Vielleicht ist es an der Zeit, dass ich Ihnen erlaube, es zu versuchen.«

»›Versuchen‹?«, fragte ich trocken. »Wollen Sie damit andeuten, dass der Versuch für Sie scheitern könnte?«

Er lächelte. »Vielleicht bin ich schon ein Mann. Wollen wir hinausgehen und es ergründen?«

»Dazu ist mehr als ein Tanz nötig.«

»Natürlich«, stimmte er mir zu, »wie auch mehr als ein Mann im Bett einer Frau nötig ist, damit sie vollkommen begreift, was es bedeutet, eine Frau zu *sein*.«

Ich spürte, wie Del neben mir vollkommen erstarrte. Ähnliche Bemerkungen hatten mir während der ersten Tage unserer Beziehung viel Ärger eingebracht. Aber andererseits war sie diejenige gewesen, die mich verdingte, und hatte das Recht, mir solche Vorstellungen auszutreiben, wenn sie es für richtig hielt. Jetzt war sie ein Gast im Haus der Metri und würde die Gastfreundlichkeit nicht missbrauchen, indem sie den Verwandten der Frau beleidigte.

Es gibt noch mehr als nur sprachliche Möglichkeiten, jemanden zu beleidigen. Ich erhob mich und ergriff mein Übungsschwert von der Stelle, wo es an die Wand gelehnt stand. »Gut«, sagte ich. »Tanzen wir.«

Man stelle sich eine im Mondlicht schimmernde Eisplatte vor. Man stelle sich einen in eine Mauer rund um die Eisplatte verwandelten Felsenrand vor. Man stelle sich Flammen vor, die wie Edelsteine an einer Kette in gleichem Abstand aufgestellt waren und durch den aus der Nacht heranwehenden Wind hell aufflackerten. Man stelle sich die höckerigen und hohlen Winkel der Kuppeln und Bögen und Ecken vor, durch windgepeitschte Fackeln beeindruckend verschwommene Begrenzungen, keine Substanz. Man stelle sich die jenseits der Mauer wie auf einem Strand entlang laufende, verfestigte und dann über die unsichtbare Kante in den Kessel der Götter hinablaufende Woge der Welt vor.

Es war Pracht. Es war Schönheit. Und ich schritt mit einem Schwert in der Hand darauf umher, wenn das Schwert auch aus Holz anstatt aus dem geliebten Stahl gefertigt war. Aber das war unwichtig. Eine Klinge ist eine Klinge. Die Wahrheit ihrer Macht liegt in der Hand, die sie führt.

Simonides hatte, entweder auf Anweisung Herakleios oder durch intuitives Verständnis der Erfordernisse des Augenblicks, große Sorgfalt darauf verwandt, die Fackeln richtig aufzustellen. Die Stöcke waren in eine Reihe Topfpflanzen gesteckt worden, sodass sie dem Wind standhielten. Die Töpfe selbst waren auf der gebogenen Mauer an gleich weit voneinander entfernten Punkten aufgestellt oder in Nischen geschoben worden, die durch die Architektur des Gebäudes selbst gebildet wurden. Herakleio und ich nahmen die ganze von Sand und Schmutz und vom Winde verwehten Schutt frei gefegte Terrasse ein. Die weißen Fliesen schimmerten, wiesen keinen Makel, keine Furchen auf.

Es war kein Tanz. Es war auch keine Übung. Herakleio wusste noch nicht genug, um eines von beiden durchführen zu können. Was er ersehnte, war Kontakt, eine Möglichkeit, den ihm innewohnenden Dämon auszutreiben, der durch die Angst zum Leben erwacht war, dass die Metri sterben und ihn allein und vielleicht unernannt lassen könnte. Ihm das Umgehen mit dem einzigen Mann auf der Insel überlassen könnte, der vielleicht eine Bedrohung darstellte.

Ich gewährte ihm diesen Kontakt, bis er keuchte und schweißüberströmt war, obwohl der Wind ihn wieder trocknete. Bis er sich in dem nutzlosen Versuch vorbeugte, seine Lungen wieder mit Luft zu füllen. Schließlich ließ er die Klinge fallen und stand da, gebeugt, keuchend, die Hände auf den Oberschenkeln, um sich aufrecht zu halten.

Schließlich sah er mich an. »Wasser«, keuchte er. »Da.« Er deutete mit einer Hand auf einen auf der Mauer neben einer der eingetopften Fackeln stehenden Krug.

War er zu erschöpft, um zu laufen? Oder einfach befehlsgewohnt?

Oder vielleicht bot er ihn mir an, weil ich ebenfalls schwitzte.

Bevor ich entscheiden konnte, was es war, hob jemand anders den Krug auf. Ich kannte diese Hände. Erkannte die Frau, die den Krug auf eine Hüfte stützte, während sie über die Mauer trat.

Herakleio, der schließlich aufschaute, erkannte sie ebenfalls.

Sie hatte die lange Leinentunika abgelegt und trug zum ersten Mal, seit sie das Schiff verlassen hatte, die Kleidung, die ich am besten von allen kannte: eine helle, am Saum und am Halsausschnitt mit blau gefärbten Lederspitzen verzierte Ledertunika mit kurzen, abgeschnittenen Ärmeln. Die reinen Leinentunikas von Skandi ließen der Phantasie wenig Raum, aber irgendwie vermittelte diese Tunika, obwohl aus dickerem Leder, weitaus mehr den Eindruck der Nacktheit als die skandische Kleidung. Einerseits reichte der Saum Del bis zur Mitte der Oberschenkel. Dadurch war viel Bein zu sehen, lange Beine, trotz all ihrer Weiblichkeit aus höher entwickelten Muskeln gestaltet, von den Erfordernissen eines Lebens geprägt, das sich beim härtesten aller Tänze auf das Überleben gründete. Und obwohl die Arme auch schon vorher bei den skandischen Tunikas freigeblieben waren, wurde jetzt deutlicher, dass sie zu den Beinen passten. Der Zusammenhang war verändert.

Del wirkt nicht elegant, nicht nach allgemeinem Verständnis. Sie ist dafür zu stark, zu entschlossen in ihren Bewegungen, die auf körperlichen Übungen und Können beruhen und nicht darauf, wie ein Mann solche Bewegungen vielleicht wahrnimmt und somit als Mittel verfeinert, Blicke auf sich zu ziehen. Del *brauchte* keine Eleganz und Mittel. Sie zog schon aufgrund der Aufrichtigkeit ihres Körpers und der Reinheit eines durch Besessenheit geformten Geistes – die grausame Notwendigkeit, besser zu sein, damit weniger zu sein sie nicht tötete – Blicke auf sich.

Sie hatte ihr Haar zu dem Zopf geflochten, den sie meistens trug, wenn sie den Kreis betrat. Die Schatten auf ihrem Gesicht wirkten in der Entspannung und vor den Flammen und den Lichtbewegungen wie erstarrt, die Konturen und Winkel starker Knochen unter ihrer Haut in Stahl geschliffene Schönheit. Herakleio, der Del in jener Nacht in dem Weinhaus erblickt zu haben glaubte, entdeckte urplötzlich, dass er sie noch nie gesehen hatte.

Sie nahm den Krug von ihrer Hüfte und reichte ihn mir, den Blick auf Herakleio gerichtet. Es war eine Botschaft, obwohl er sie nicht verstand. Ich lächelte, hob den Krug an den Mund und nahm mehrere Schlucke kühles, liebliches Wasser. Dann senkte ich ihn wieder und schaute zu Herakleio hinüber, der jetzt mit gestrafften Schultern aufrecht stand und seinen Atem beinahe zur Ruhe zwang. Unter Dels kühlem Blick konnte er, da er ein Mann war, nichts anderes tun.

Ich trank erneut und streckte den Krug dann in Herakleios Richtung aus. Er würde ihn sich holen müssen. »Hier. Und ich denke, ich werde diese Runde aussetzen, wenn es Ihnen nichts ausmacht. Der alte Mann braucht eine Pause.«

Herakleio, der die Schritte gegangen war, die notwendig waren, um den Krug zu erreichen, sah mich angestrengt an, während er ihn entgegennahm. Es war für jedermann deutlich sichtbar, dass ich keine Pause brauchte. Die täglichen Rituale auf Prima Rhannets Schiff und hier auf der Terrasse hatten meine Leistungsfähigkeit weitgehend wieder hergestellt. »Aber wenn Sie diesen auslassen, gibt es keinen Tanz.«

»Dies ist kein Tanz«, erklärte ich ihm. »Dies ist eine Übung. Vielleicht in Sinnlosigkeit.« Ich grinste und streckte das Schwert aus. »Del wird meinen Platz einnehmen.«

Sie nahm die Klinge entgegen und schaute erwartungsvoll zu Herakleio. Der noch immer nichts getrunken hatte.

»Sie?«, fragte er.

»Ich«, bestätigte sie ruhig.

»Aber ...«

»Trinken Sie«, sagte sie, »oder auch nicht. Aber tun Sie etwas. Verschwenden Sie keine Zeit, damit Sie nicht steif werden. Denn dann werden Sie leicht zu besiegen sein, und ich ziehe eine Herausforderung vor. Sonst wird nichts gewonnen, sondern es ist nur verlorene Zeit.«

Herakleio reagierte, indem er mir den Krug in die Arme schob, auf dem Absatz kehrtmachte und in die Mitte der Terrasse schritt.

»Narr«, murmelte Del und folgte ihm.

Ich setzte mich auf die Mauer, trank noch etwas und

erfreute mich an der Aussicht, die nordische Bascha diesen großen, starken jungen skandischen Stutzer, der auch ein Dummkopf war, besiegen zu sehen.

Und fragte mich, während ich mich niederließ, ob ich jemals so unangenehm gewesen war wie Herakleio Stessa.

11

Del nahm ihm kurz nacheinander den Wind aus den Segeln und schickte ihn zu Boden. Es war nicht schwierig für sie. Herakleio war kein schwacher Mann, nicht ohne Versprechen, aber er wusste nicht, was sie wusste, einschließlich dessen, wie er seinen Körper *einsetzen* musste. Er besaß die Möglichkeiten, aber er würde sie niemals erkennen oder benutzen. Er war zum reichen Landbesitzer bestimmt, den Elf Familien entstammend, und solche Dinge erfordern kein Erlernen des Schwertkönnens.

Sie überwältigte ihn nicht. Sie foppte ihn nicht. Sie lockte ihn nicht in Fallen. Sie benutzte einfach Alchimie, Talent, Übung und eine großartige Sparsamkeit der Bewegungen. Sie ist bei ihren Kämpfen, und sogar bei ihren Tötungen, eigentümlich ordentlich.

Herakleio bedeutete weder einen Kampf noch eine Tötung, aber er fühlte sich zweifellos, als hätte er verloren *und* wäre gestorben, als sie mit ihm fertig war.

Wie schon bei mir, hielt er schließlich inne, schüttelte den Kopf, sodass schweißnasse Haarsträhnen flogen – und knickte dann an der Taille ein.

Del tat einen Schritt auf ihn zu, ergriff ihn unter beiden Armen und bohrte ihm die Finger in die Rippen. »Richten Sie sich auf«, befahl sie. »Wenn Sie wieder zu Atem kommen wollen, lassen Sie Ihren Lungen Platz.«

Auf diese Art beidseits gestützt, weigert sich niemand, sich aufzurichten. Er tat es ruckartig, sah sie stirnrunzelnd an und ging dann mit den Händen auf den Hüften im Kreis, den Kopf zurückgeneigt, und rang nach Luft.

Del wandte sich zu mir um, tat drei Schritte, nahm den Wasserkrug hoch und ging wieder zu Herakleio. »Das nächste Mal trinken Sie, wenn Ihnen Wasser angeboten wird. Nur ein Narr geht an einer Oase vorüber, selbst wenn seine Botas voll sind.«

Ich lächelte, als ich hörte, wie sie meine Worte zitierte. Herakleio war weniger belustigt. Er entriss ihr den Krug, führte ihn an den Mund und legte den Kopf zum Trinken zurück. Dann hob er den Krug noch höher, hielt ihn mit beiden Händen und goss sich das übriggebliebene Wasser über Gesicht und Kopf. Es plätscherte als silbriger Strom auf die sauberen weißen Fliesen, die schabende bloße Füße beherbergt und geformt hatten.

Del beobachtete ihn, offenbar ungerührt. Sie war schweißbedeckt und zweifellos ebenfalls durstig, aber sie drängte nicht. Sie wartete.

Als Herakleio den leeren Krug zurückgab, wirkte sein Blick herausfordernd. »Nur ein Narr erlaubt dem Feind zu trinken, wenn er selbst noch nicht getrunken hat.«

»Ich bin nicht Ihr Feind, noch sind Sie mein Feind«, erwiderte Del vollkommen ruhig. »Dies war kein Tanz, noch war es ein Krieg oder ein Scharmützel.«

»Was war es dann?«

»Eine Lektion«, sagte sie einfach. »Was haben Sie daraus gelernt?«

Er warf mir einen Blick zu und schaute dann wieder zu ihr. »Unterschätze niemals eine Frau mit einem Schwert in der Hand.«

»Dann haben Sie nichts gelernt.« Del wandte sich jäh um und entfernte sich von ihm. Sie überquerte mit einem Schritt die Mauer und verschwand um die Ecke des Hauses.

Herakleio schien verwirrt. Schließlich sah er mich an. »War es nicht das, was sie mich lehren *wollte*?«

»Das auch«, sagte ich. »Aber der Sinn war eigentlich, dass Sie etwas aus dieser Begegnung an sich lernen sollten. Ein Manöver vielleicht. Selbst eines, das nicht gelang, damit Sie *erkennen*, dass es nicht gelingt.« Ich zuckte die Achseln. »Haben Sie das?«

Seine Miene wirkte seltsam. »Nein.«

»Dann hat sie Recht. Sie haben nichts gelernt.« Ich erhob mich, streckte mich kurz und gewährte ihm ein schiefes Lächeln. »Was *glaubten* Sie, welche Frau ich meinte, als Sie mich nach meiner Narbe fragten?«

Er schaute sofort hin und besaß den Anstand zu erröten. »Oh.«

»›Oh‹«, wiederholte ich. »Ja, nun, jetzt wissen Sie es. Und es ist nicht so, dass Sie der Erste wären, der sie unterschätzt hat.«

Er strich sich mit einem Arm über das nasse, am Kopf klebende Haar. »Hat sie jemals einen Menschen getötet?«

»Mehrere Menschen«, berichtigte ich ihn. »Und ich habe nicht mehr mitgezählt.«

Er nickte wie abwesend, im Geiste weit entfernt. Ich beobachtete ihn einen Augenblick lang, lächelte dann erneut und drehte mich zur Mauer um.

»Warten Sie«, sagte er. Als ich mich wieder ihm zuwandte, wirkte sein Gesichtsausdruck ruhig. »Morgen früh?«

»Morgen früh ist wahrscheinlich *heute*.« Es war keine allzu sanfte Mahnung daran, dass er mich mitten in der Nacht aus dem Bett gescheucht hatte. »Schlafen Sie ein paar Stunden, und dann werden wir von vorn anfangen. Und dieses Mal werden Sie vermutlich aufpassen.«

Er nickte, schaute auf seine Holzklinge hinab und nickte erneut.

Ich ließ ihn dort in der Erörterung seiner Fähigkeiten zurück und ging zu Bett.

Das Leben ging während des nächsten Zehntags, wie sie die Zeit auf Skandi berechnen, auf diese Art weiter. Ich brachte Herakleio zum Innehalten, erklärte ihm seine Fehler, führte ihn zu kleinen Siegen. Ohne Jahre des Übens würde er sich niemals mit mir messen können, aber er lernte schnell und bereitwillig, wenn er erst beschloss zu lernen. Sein hitziges Temperament flackerte hin und wieder auf, und er warf mir durchaus noch Flüche an den Kopf, wenn seine Ungeduld ihn leichtsinnig werden ließ, woraus ich natürlich meinen Vorteil zog. Doch meistens schwieg er und tat, was ihm gesagt wurde.

Del nahm auch an den Übungsstunden teil, obwohl sie sich die ersten Male, wenn sie ihm mit dem Schwert begegnete, wie ein wachsamer Hund zurückhielt. Mich akzeptierte er als wahre Herausforderung, weil ich, zusätzlich dazu, dass ich ein Mann war, auch auf anderen Ebenen eine Bedrohung bedeutete, aber Del war, trotz seiner Anerkennung ihrer Erfahrenheit mit dem Schwert, noch immer eine *Frau*, und obwohl skandische Männer nicht in dem Glauben erzogen wurden, Frauen seien minderwertige Wesen, wurde ihnen doch auch nicht beigebracht, den Schwerttanz von einer Frau zu erlernen.

Herakleio neigte bei Del von Natur aus dazu, eine grobe Behandlung hinzunehmen, anstatt sich dagegen zur Wehr zu setzen, was gelegentlich zu einem gewissen Maß an Heiterkeit meinerseits führte, der ich den Zuschauer spielte. Und zu einer gewissen konzentrierten und unnachsichtigen Entschlossenheit auf Dels Seite, sowie äußerster Ernüchterung auf Herakleios Seite. Ich erinnerte mich daran, wie Nihkolara keinen Laut von sich gegeben noch den Schlägen zu entkommen versucht hatte, die an diesem ersten Tag von der Metri auf ihn niederregneten. Anscheinend wurde angesehenen Frauen auf Skandi die vollkommene Handlungsfreiheit zugestanden. Und während das sonst etwas wäre, was Del gefiele, half es ihr nicht allzu sehr, wenn es ihr ausdrücklicher Wunsch war, dass Herakleio sich wehren sollte.

Der Rhythmus der Stunden, der Tage, des Unterrichts wurde zu tröstlicher Disziplin. Herakleio und ich wärmten uns zusammen auf, führten die rituellen Übungen zum Trainieren der Körperreflexe und der Kontrolle aus und übten dann kurz. Anschließend machte ich mich daran, ihm Techniken und Manöver zu zeigen. Dann kam Del ins Spiel, die sein Verständnis dessen prüfte, was ich ihm erklärt und gezeigt hatte, während ich daneben stand und Vorschläge und Bemerkungen machte. Wir übten während des Tages, aber auch bei Nacht, dann mit entzündeten Fackeln, sodass das Auge nicht nur auf Tageslicht vorbereitet war.

Gelegentlich beteiligte ich mich wieder und korrigierte Herakleios Griff um das lederumwickelte Heft oder zeigte ihm ein Manöver, das ausgleichen könnte, was auch immer Del gerade getan hatte, um ihn zu entwaffnen, aber die meiste Zeit schaute ich nur zu und kritisierte, während die junge nordische Frau und der junge skandische Mann sich näher an den Tanz heranarbeiteten.

Dann machte ich natürlich den Fehler, Del zuzurufen, dass sie eines *ihrer* Manöver korrigieren sollte.

Es war bereits später Abend, und die Fackeln flackerten im Wind. Sie warf mir einen dermaßen zornigen, giftigen Blick zu, dass ich mich zu sofortiger Verteidigung bemüßigt fühlte. »Nun, he«, sagte ich, »es hat auch bei dir keinen Sinn, dir Fehler durchgehen zu lassen.«

Herakleio, der eines gelernt hatte, hielt stand und äußerte keinerlei Vermutungen darüber, ob dieser Zwischenfall ungeplant geschehen oder eigens dafür eingerichtet worden war, um ihn unvorbereitet zu erwischen.

»War es ein Fehler?«, fragte Del kühl. »Oder nur ein Manöver, das sich von demjenigen unterschied, das du vielleicht vorgezogen hättest?«

Als sie ihr Schwert senkte, um mich anzusehen, erkannte Herakleio, dass es wirklich eine Auseinandersetzung war. Er trat vorsichtig zurück, aus ihrer Reichweite fort, entspannte sich aber nicht völlig.

»Ich ziehe vor, was auch immer dir helfen könnte zu siegen«, erwiderte ich barsch. »Du hättest mit diesem Manöver *verloren*. Du hast deine Verteidigung weit geöffnet gelassen.«

»Wem gegenüber? Dir gegenüber?«

»Jedem gegenüber, der genug Verstand hat, die Öffnung zu erkennen.«

»Dann komm und prüfe mich, Tiger.«

»Nein.«

»Komm schon, Tiger. Zeig es mir. *Prüfe* mich.«

Herakleio fragte: »Haben Sie Angst?«

»Halten Sie sich hier heraus«, erwiderte ich grimmig, »sonst werden Sie noch mehr Quetschungen davontragen, als Sie ohnehin schon haben.«

»Aber wenn sie Recht hat – wenn ihr Manöver für sie richtig ist und sich nur von demjenigen unterscheidet, das *Sie* vielleicht benutzen würden ...«

Ich sah ihn finster an. »Zehn Tage haben Sie offensichtlich zum Experten gemacht.«

Er zuckte mit keiner Wimper, aber andererseits würde er das auch ohnehin nicht tun. »Zehn Tage haben mich gelehrt, dass jeder Gegner vielleicht seinen – oder ihren – individuellen Stil hat, und man besser lernen sollte, dem seinen eigenen Stil in jedem Augenblick anzupassen.«

Nun, das konnte ich nicht bestreiten, obwohl ich es gewiss wollte.

»Tiger«, sagte Del mit bewundernswerter Selbstbeherrschung. »Ich sagte nicht, dass du im Unrecht warst.

Nur dass ich es absichtlich getan habe. Zu einem bestimmten Zweck.«

»Das ist alles schön und gut«, erwiderte ich, »aber du hättest sterben können. Vielleicht unabsichtlich sterben können, aber dennoch sterben können. Und ohne bestimmten Zweck.«

»Dann komm und zeige es mir.«

Ich sah Del an und schloss dann auch Herakleio in meinen Blick mit ein. »Ich will nicht mit dir üben. Nicht einmal mit Holzschwertern.«

»Tiger, wir haben schon *oft* geübt! Selbst nach dem Tanz auf Staal-Ysta, wo wir einander beinahe getötet hätten.«

Herakleio, der sich wieder kopfüber in Torheit stürzte, sagte: »Darüber würde ich gern etwas hören.«

Ich biss die Zähne zusammen, überging ihn und sprach nur an Del gewandt. »Das letzte Mal haben wir in dem großen Felsenstapel in der Punja getanzt, als du Chosa Dei aus meinem Schwert herauslocken wolltest.«

»Was ich auch getan habe.«

»Del ...« Ich schüttelte den Kopf. »Wir haben zweimal mit einer Absicht gegeneinander getanzt, die darüber hinausging, einander zu prüfen. Einmal im Norden, auf Staal-Ysta, weil die Voca uns durch einen Trick dazu gebracht hatten – und wir beide fast gestorben wären, wie du bereits erwähntest. Und dann wieder vor ungefähr zwei Monaten, draußen in der Wüste, als Chosa Dei mich fast bei lebendigem Leibe von innen nach außen zerfressen hätte.«

»Ja«, sagte Del.

»Es war unter beiden Umständen für uns zu gefährlich. Wir hatten Glück, dass wir auf Staal-Ysta nicht gestorben sind ...«

»Ja.«

»... und wir hatten Glück, dass du nicht von Chosa

Dei vereinnahmt wurdest, als er aus meinem Schwert in deines fuhr …«

»Ja.«

»… und die Bedrohung wurde *nur* jedes Mal dann wieder lebendig, wenn wir einander mit Klingen gegenübertraten.«

»Ja«, sagte sie erneut.

Ich sah sie an. »Und?«

Del lächelte. »Es bedeutet in jedem Fall, dass sich unser Können als dem Glück ebenbürtig erwiesen hat.«

»Ich würde es gern sehen«, sagte Herakleio ernst.

Da wandte ich mich zu ihm um und bombardierte ihn mit allen üblen Flüchen, die mir auf Anhieb einfielen. Ich hielt erst inne, als ich Applaus hörte und bemerkte, dass sich sowohl Del als auch Herakleio von mir abgewandt hatten.

Ich schloss den Mund. Dort, auf der anderen Seite der Mauer war die Metri, wurde von Simonides zu einem Sessel geführt, und neben ihr befanden sich zwei weitere Menschen: Prima Rhannet und ihr blauköpfiger Erster Offizier. Der Kapitän applaudierte.

»Eine üble Sprache«, sagte die Metri grinsend. »Man könnte auf die Idee kommen, sie aus Ihrem Kopf herauszuschneiden.«

»Möchten Sie es versuchen?«, fragte ich honigsüß.

»O nein«, erwiderte sie gelassen. »Ich glaube nicht. Aber Sie *werden* herausgefordert werden, und zwar von der Frau, die Herakleio so gern gegen Sie tanzen sehen möchte. Was bedeutet, dass er sie für besser halten muss.« Sie deutete lächelnd kurz auf Nihko, der sich herabbeugte und etwas vom Boden aufhob.

Schwerter.

Er legte sie akkurat der Länge nach auf die Mauer und trat dann einen einzigen Schritt zurück, als wollte er jegliche Verbindung damit zurückweisen. Die Botschaft war eindeutig: Dies waren die Schwerter, die zu finden die Metri Prima Rhannet verdingt hatte, damit Del und ich den Kreis betreten konnten, um meine Dienstbedingungen zu regeln.

Ich schaute zur Metri. Sie ähnelte kaum noch der kranken Frau, die ich im Bett liegen gesehen hatte. Ihr Haar war aus dem Gesicht zurückgenommen, wieder in vielerlei Zöpfen und Schlingen gebändigt und mit Nadeln aus Emaille und Gold befestigt worden. Sie trug eine Tunika und eine schwere Perlenhalskette sowie ein loses Gewand, das sich im Wind bauschte. Sie saß ruhig im Sessel, die Arme ordentlich im Schoß verschränkt, aber ihre Miene wirkte streng.

»Jetzt«, sagte die Metri, »sollten wir den Streit um den Dienst regeln.«

»Hier und jetzt«, sagte ich skeptisch.

»In der Tat.«

Ich schaute von ihr zu ihrem Diener. »Wie geht es ihr?«

Er verstand offenbar, dass ich ihn fragte, weil sie mir nicht die Wahrheit sagen würde, selbst wenn sie antwortete. »Ausreichend gut«, sagte er.

»Viel besser«, fauchte die Metri eindeutig verärgert. »Nun fangen Sie an. Wenn Sie siegen, werden Sie den Dienst trotz unserer ursprünglichen Vereinbarung beenden. Wenn sie siegt, werden Sie eine zusätzliche Zeitspanne bleiben, die von mir festgelegt wird.«

Ich schüttelte den Kopf.

Die Metri schaute zu Nihko. »Zwing ihn.«

Nihko sah mich an. »Das kann ich.«

Del warf ihre Holzklinge hin. »Ich will nichts damit zu tun haben. Ich habe zugestimmt, gegen Tiger zu tanzen, aber ich werde es nicht tun, wenn er dazu gezwungen wird. Das setzt die Ehrenkodexe und Eide außer Kraft.«

»*Welche* ›Ehrenkodexe und Eide‹?«, fragte Prima Rhannet scharf. »Er ist seine eigene Art von Ikepra. Er unterliegt solchen Dingen nicht mehr.«

»Wir machen unsere eigenen Regeln«, erklärte Del betroffen. »Er und ich, untereinander.«

Herakleio verhakte einen Fuß unter ihrem Holzschwert und schleuderte es in die Luft, wo er es leicht auffing. »Dann tut das«, schlug er vor. »Die Metri hat Sie verdingt. Sie haben angenommen. Ist das keine Ehre? Und *Ent*ehrung, wenn Sie sich weigern?«

Primas Stimme klang verschlagen. »Sie haben Ihre Ehre aufgegeben, Sandtiger. Sie nicht. Erwarten Sie von ihr, dass sie alle ihre Eide bricht, nur um bei Ihnen zu sein? Oder unterliegt sie keinen Eiden mehr, *weil* sie bei Ihnen ist?«

Die Terrasse war rund, aber wir sahen uns dennoch in die Ecke gedrängt. Del und ich wagten einander nicht einmal anzusehen. Sie hatten die Lücken in unseren jeweiligen Verteidigungen gefunden und sie gut genutzt.

Ich nahm die Klingen von der Mauer und reichte Del eine davon. Ihr Blick suchte meinen, stellte die Frage.

Ich schritt als Antwort zum Mittelpunkt der Terrasse. Es war kein richtiger Kreis, aber wir würden ihn im Geiste dazu machen. Ich beugte mich vor, legte die Waffe mit einem schwachen metallischen Kratzen ab, wandte ihr den Rücken zu und schritt zum am weitesten von den Zuschauern entfernten Teil der Mauer. Fackellicht erfüllte meine Augen. Ich schloss die Lider halbwegs dagegen.

Primas Stimme klang bestürzt. »Wollen Sie nicht zuerst üben? Um die Klingen zu testen?«

Del trat bedächtig in die Mitte, beugte sich hinab und legte ihr Schwert neben meines. Während sie sich wieder aufrichtete, fragte sie: »Warum? Wenn sie brechen sollen, werden sie brechen. Aber ich bezweifle, dass Sie das wollen.«

»Das wollen wir tatsächlich nicht«, sagte die Metri gereizt. »Dies soll eine ehrenhafte Begegnung sein.«

Herakleio grinste breit. »Dann solltest du den Sandtiger besser entschuldigen. Er besitzt keine Ehre.«

»Das reicht«, sagte Del scharf und nahm mir gegenüber Stellung.

Ich sah Herakleio nicht an, aber er wusste, wen ich meinte. »Sagen Sie es.«

Doch es kam nicht von Herakleio. Nihko sagte: »Tanzt.«

Füße stampften, suchten Halt, glitten über die Fliesen. Körper beugten sich herab. Hände griffen zu, schlossen sich. Klingen wurden vom Boden aufgehoben. Sie begegneten einander, klirrten, klangen zusammen, trennten sich mit einem Kratzgeräusch, klangen erneut zusammen, als wir uns aufeinander einließen. Die Stöße waren gemessen, aber nicht so verhalten, dass kein Schaden entstünde, wenn einer von uns durchbräche. Es hat keinen Sinn, sich zurückzunehmen, wenn man siegen oder lernen will. Das zu tun, verwandelt den Tanz in ein Zerrbild, bei dem nichts gelernt und somit selbst im Sieg auch nichts gewonnen wird.

Wir prüften einander sorgfältig. Als wir uns das letzte Mal gegenüberstanden, war es keine Übung, kein Wettbewerb, um etwas zu regeln, sondern ein Tanz gegen die Magie, die mein Schwert heimgesucht hatte, die auch mich gewollt hatte. Ich hatte den Tanz verloren, aber ich hatte durch das Verlieren gewonnen. Del lockte Chosa Dei aus meiner Klinge in ihre und zerbrach dann bewusst ihr Jivatma. Seit jener Zeit hatten wir keinen Fuß mehr in irgendeine Art von Kreis gesetzt, da wir mehr damit beschäftigt gewesen waren, eine Reise mit dem Schiff zu überleben.

Jetzt waren wir hier, schließlich von diesem Schiff fortgelangt und auf dem Boden dessen, was ich allmählich wirklich für mein Heimatland hielt, und tanzten wahrhaft auf Geheiß einer Frau, die keine Ahnung davon hatte, was es bedeutete, zu sein, was wir waren.

Oder aber sie wusste es sehr genau und benutzte diesen Tanz, um es zu beweisen.

Die Nacht war von lauten Geräuschen erfüllt, dem Klirren und Kreischen von Stahl. Wie stets bei Del und mir, spielte noch ein weiteres Element eine Rolle, ein Aspekt des Tanzes, der ihn über das Gewöhnliche erhob. Wir waren gemeinsam so gut. Im Kreis. Im Bett.

… Schritt … Stoß … Drehung …

… Schwerter klingen zusammen … klingen erneut zusammen …

… Gleiten … Schritt … Stoß …

… Parade … erneut … Hieb …

Es war ein langer Tanz, der all unsere Gedanken an die Metri, ihre Absichten, an Prima und ihren Ersten Offizier, an Herakleio und seine Einstellung verschwinden ließ. Wie stets, wurde alles andere auf der Welt wie Wasser auf Öltuch: abgewehrt, um sich woanders zu sammeln, während wir innerhalb des Kreises, unserer Behausung, trocken blieben und warm und so konzentriert, als wären wir taub und blind. Aber wir waren beide weder taub *noch* blind. Wir bemerkten Bewegung, Reaktionen, das leichte Beugen von Muskeln unter der Haut. Hörten die Symphonie des Stahls, den Rhythmus unseres Atems, das kaum wahrnehmbare Zischen bloßer Fußsohlen auf Stein.

… Hieb … Zusammenklingen … Kratzen …

… das Kreischen von Stahl auf Stahl …

Mauern aus Luft, hatte die Metri es genannt. Mein Heim war aus Mauern gebaut, die ich im Kreis gestaltete, weil ich mich nur hier ausdrücken und meinen Wert in der Welt finden konnte. *Nur* hier war ich zum Mann geworden. Nicht beim Einsatz meiner Genitalien, ein Einsatz, der einst reichlich und wahllos erfolgt war. Nicht in der Sprache meines Mundes, die manchmal ungehobelt und stets bereit war, sondern im Herzen, in der Seele. Im Kreis war ich, was immer ich sein wollte, und niemand konnte das ändern.

Außer mir.

Und ich hatte es geändert.

Eines Tages in Aladars Palast, als ich alle Eide gebrochen hatte.

»Nein …«, sagte Del.

Ich grinste.

»Tiger …«

Ich lachte.

Del probierte mit entschlossener Miene den Zug, für den ich sie bestraft hatte.

»O Del …« Abscheu. Ich konnte nicht anders. Weil ich jetzt keine Wahl mehr hatte. Ich durchbrach ihre Verteidigung, griff an, riss ihr das Heft aus den Händen. »Was habe ich dir *gesagt*?«, brüllte ich. »Hast du gedacht, ich scherze? Züge dieser Art können dich umbringen!«

Sie beugte sich wütend herab und hob ihr Schwert wieder auf. »Noch mal.«

»Del …«

»*Noch mal*, verflucht!«

Noch mal. Wie sie wollte.

Ich trat zurück, unternahm einen neuen Angriff. Sah, wie Del erneut mit dem Manöver begann.

Ich wollte es abblocken, verhindern, zunichte machen – und dieses Mal geschah etwas völlig anderes. Dieses Mal krachte *mein* Schwert auf die Fliesen. Und ich musste mich um einen verstauchten Daumen kümmern.

»Was, zu den Hoolies, war das?«, fragte ich.

»Der Grund, weshalb ich dieses Manöver gestaltet habe.«

»Aber ich habe es beim ersten Mal abgewehrt.«

»Nicht beim zweiten Mal.«

»Du wärst beim ersten Mal *tot* gewesen. Es hätte kein zweites Mal gegeben.«

»Vielleicht«, sagte Del. »Vielleicht aber auch nicht. Nicht jeder kämpft wie du.«

»Niemand kämpft wie ich«, verbesserte ich sie mühsam, aber würdevoll und schüttelte dann meinen Daumen aus.

»Soll ich ihn küssen?« Die Ironie schmerzte.

Ich zeigte ihr die Zähne. »Nicht vor Zeugen.«

»Halt«, sagte die Metri.

Ich wandte mich, bestürzt durch die Feindseligkeit ihres Tonfalls, zu ihr um.

»Sie müssen noch einmal anfangen«, erklärte sie.

»Warum?«, fragte ich.

»Einer von Ihnen muss siegen. Ohne Zweifel.«

»Ich habe gesiegt«, erklärte ich. »Ich habe sie entwaffnet.«

»Dann hat sie *Sie* entwaffnet.«

Ich schüttelte den Kopf. »Das zählt nicht.«

»Warum nicht?«, fragte Del.

Ich warf ihr einen ungläubigen Blick zu. »Weil ich dich getötet hätte. Ich habe dein Muster durchbrochen. Du wärst tot.«

»Aber beim zweiten Mal habe ich *dein* Muster durchbrochen.«

»Beendet es«, befahl die Metri. »Einer von Ihnen muss siegen.«

Ich zeigte meinen Daumen. »Ich bin etwas im Nachteil.«

»Armes Kind«, gurrte Prima.

Die Metri war unnachsichtig. »Stimmt es nicht, dass solche Verlegenheiten im Kreis geregelt werden?«

»Ja, aber ...«

»Dann regeln Sie es. Jetzt.«

Ich schaute zu Nihko. »Sie werden mich vermutlich *zwingen*, wenn ich nicht zustimme.« Ein Gedanke. »Oder wird mich Ihr kleiner Ring vor ihrer Macht schützen, sodass diese Drohung nur Täuschung ist?«

Aber Nihko reagierte nicht. Er sah mich nicht einmal an. Er blickte an mir vorbei, an der Mauer vorbei, am Fackellicht vorbei, das die Terrasse in golden flackernde Schwaden von Ocker, Elfenbein und Bronze tauchte. Ich sah das Weiß seiner Augen, die Blässe seines Gesichts. Sah ungläubig, wie er zitterte.

»*Sahdri*«, flüsterte er, als raube ihm das Wort allen Atem.

Die Metri erhob sich jäh aus ihrem Sessel. »Du solltest nicht hier sein! Du und deinesgleichen sollten nicht hier sein!«

Da fuhr ich, gleichzeitig mit Del, herum, und wir sahen jenseits der Fackeln einen barfüßigen Mann in nachtschwarzem Leinen geschmeidig auf der Mauer entlang laufen.

Und dann erkannte ich, dass seine Füße den Stein nicht berührten.

12

»Du solltest nicht hier sein!«, schrie die Metri erneut. »Dies ist mein Grund und Boden. Du entweihst ihn! Du beschmutzt ihn! Du solltest nicht hier sein!«

Der Mann auf der Mauer – nein, der Mann, der über der Mauer *schwebte* – hielt inne, lächelte und hob eine Hand wie zur Segnung. Ringe glänzten an seinen Fingern, Augenbrauen, Ohren, baumelten an seinen Nasenflügeln, durchstachen das Fleisch seiner Unterlippe. Auf seinem geschorenen Kopf wanden sich im spuckenden Fackellicht Tätowierungen.

Ah. Einer *jener*.

Er war ungeheuer gesprächig, ohne zu beleidigen, bot über die Tatsache seiner Anwesenheit hinaus keine Reibungsfläche. »Aber ich *bin* hier, weil ich gewählt habe, hier zu sein. Und dein zahmer Ikepra kann keine Macht gegen mich anwenden, selbst wenn ich es zuließe.« Seine dunklen Augen waren von Licht gesäumt, das von der Flamme geborgt war.

»Nihkolara Andros, du bist schon viel zu lange fort. Wir vermissen dich. Du musst zu uns zurückkommen.« Er wirkte auf die ganze Welt wie ein vernarrter Verwandter.

Der Erste Offizier erschauderte von Kopf bis Fuß. Und dann fiel er auf die Knie, knickte an der Taille ein und legte die Stirn auf den Boden. Er sagte deutlich: »Ich kann nicht. Ich bin ein Ikepra.«

Die Vielzahl von Ringen glitzerte im Fackellicht. »Vergebung ist möglich.«

Nihko erschauderte erneut, und seine Hände gruben sich in die Erde. »Ich bin ein Ikepra.«

»Vergebung ist möglich«, wiederholte der Mann – Sahdri. Er sprach mit einem Akzent, aber verständlich. »Du brauchst jetzt nur mit mir zu kommen und mit den Reinigungsritualen zu beginnen.«

»Wohin mitkommen?«, fragte ich, da niemand sonst dazu bereit schien.

Der Blick der von Licht gesäumten Augen richtete sich auf mich. Ich war mir nicht sicher, ob das Licht von den Fackeln oder von den Augen selbst kam. »IoSkandi«, antwortete er. »Wo Menschen wie die großartigen und barmherzigen Metrioi der von Göttern abstammenden Elf uns alle zum Sterben hinschicken.«

Ich blickte auf Prima Rhannet. Ich erwartete, dass sie etwas sagen würde, aber sie schwieg. Sie stand da, in Schweigen eingebunden und sah den Priestermagier an, während ihr Erster Offizier in unterwürfigem Gehorsam vor ihm kniete.

»Nun«, sagte ich schließlich, »es sieht nicht so aus, als wären *Sie* gestorben.«

»Die Zeit wird kommen. Genauso wie sie für Nihkolara Andros kommen wird.« Er beugte den Kopf zu dem knienden Mann. »Er ist zurückgekehrt, verstehen Sie, und gehört jetzt wieder uns. Oder wird wieder uns gehören, wenn er erkennt, was vor ihm liegt und was er tun muss.«

Die Metri zitterte ebenfalls, aber nicht vor Angst. »Geh«, sagte sie mühsam beherrscht. »Der Mann genießt Gastrecht.«

Mit leiser Ironie in der Stimme fragte er: »*Dieser* Mann? Hier?«

»Das ist eine Angelegenheit der Stessoi«, antwortete sie mit einer Schroffheit, die ich noch niemals bei ihr gehört hatte. »Du gehörst nicht zu dieser Familie, noch gewähre ich dir Gastrecht. Wenn du und die anderen nicht allen Riten der Verbindlichkeit im Steinwald entsagt habt, weißt du, was du tun musst.«

»Gehen«, sagte er mit offensichtlichem Bedauern. »Ich hatte auf einen Pokal guten Stessaweins gehofft.«

Sie richtete sich, wenn möglich, noch gerader auf. »Wenn du keine Trauben von den Weinstöcken selbst stiehlst, wird kein Wein meiner Weinberge über deine Lippen gelangen.«

»Ich bin untröstlich.« Aber sein Blick schweifte erneut zu Nihko, der noch immer im Staub kniete. »Du hast ein hübsches Schiff, Nihkolara«, sagte er sanft. »Gewiss kannst du wieder den Weg nach Hause finden.«

Schließlich Primas Stimme. Sie drang rau aus ihrer zusammengeschnürten Kehle. »Er *ist* zu Hause.«

Ringe glitzerten, als Sahdri erklärend einen Finger hob. »Seine Heimat ist IoSkandi. So war es seit dem Tag, als er begriff, was er war, von jenen wie die Metrioi und den Elf *gezwungen* wurde zu verstehen, die solche wie ihn, solche wie mich, nicht dulden wollen. Hier ist kein Platz für ihn. Er kam freiwillig nach IoSkandi und hat den Dienst der Götter willkommen geheißen.«

»Er hat es wieder verlassen«, sagte sie. »Er hat dich *verlassen*.«

»Und wurde so ein Ikepra, ein Entweihter.« Er sprach nüchtern. »Er wurde geduldet, als er auf deinem Schiff auf den Meeren lebte, aber er verbringt jetzt mehr Zeit auf dem Land. Und daher, gemäß den Gesetzen der Elf, muss er wieder bei uns leben.« Er spreizte gemächlich die Hände. »Ist es nicht so?«

»Er genießt Gastrecht«, wiederholte die Metri angespannt.

»Wie lange?«, konterte der Priestermagier. »Soll er als ein Stessa unter deinesgleichen leben? Aber nein. Soll er zur Palomedimetri gehen, die er beleidigt hat, indem er mit ihrer Tochter schlief, während er auch mit ihr schlief? Aber nein. Soll er zu seinem eigenen Volk, den Androsoi, gehen?«

Nihko schrie aus seiner Stellung im Staub heraus: »Nein!«

»Da.« Der Mann nickte. »Er kennt seinen Platz.«

»Er gehört mir«, erklärte Prima rau.

Sahdri sah sie an und lächelte. »Aber er hat mir zuerst gehört.«

»Sehen Sie«, sagte ich, »ich bin mir nicht sicher, was hier vor sich geht, aber die Metri hat Sie gebeten zu gehen. Wann wollen Sie dieser Aufforderung also folgen?«

Und er war *da*, vor mir, sein Atem warm auf meinem Gesicht. Ich hatte ihn nicht von der Mauer auf die Terrasse treten sehen. Hatte keinen Hinweis darauf bemerkt, dass er es tun würde.

»Wer bist du?«, fragte der Priestermagier.

Ich öffnete den Mund und schloss ihn wieder. Dies war Magie, lebendige, atmende Magie im Körper eines Menschen, nur von verletzlichem Fleisch umgeben. Er *stank* nach Macht. Gewöhnlich hätte ich mein Essen über die Terrasse speien sollen, aber Nihkos Augenbrauenring, der noch immer an meiner Halskette befestigt war, erfüllte seine Aufgabe.

Sahdri sah es. Sah mich. Lächelte. »Bist du ein Parasit, dass ich dich zerquetschen sollte?«

Die Stimme der Metri erklang. »Er ist mein Enkel.«

Alle Köpfe, einschließlich meines eigenen, wandten sich ruckartig ihr zu. Ich hörte Herakleios undeutlichen Wutschrei, Prima Rhannets zischend eingesogenen Atem, sah, wie sich Simonides' Gesicht glättete, als er seine Dienermaske aufsetzte.

Und aus irgendeinem seltsamen Grund erschreckte mich die Verkündigung der Metri.

Nihko kniete noch immer auf dem Boden. Er würde in Sahdris Gegenwart nicht einmal bei einer solch unerwarteten Erklärung den Kopf heben.

Der Priestermagier selbst verbeugte sich in meine Richtung. »*Kallha nahkte*«, murmelte er und die Fackeln erloschen.

Ich blinzelte in der plötzlichen Dunkelheit, war mir der Abwesenheit des Mannes bewusst. »Was hat er gesagt? Welchen Zauber hat er ausgesprochen?«

Die Dunkelheit wurde durch die blasse, weiche Beleuchtung des Mondes und der Sterne ersetzt, wie auch vom Widerschein der Lampen im Haus. Nihko hob den staubbedeckten Kopf. »Er sagte ›gute Nacht‹.«

Nur Del war von den Empfindungen des Augenblicks ausreichend losgelöst, um die Situation amüsant zu finden. Ich hörte, wie sie kurz und unterdrückt lachend den Atem ausstieß, und sah sie an, sah, wie sie augenblicklich eine unschuldige Miene aufsetzte. Sie begegnete meinem finsteren Gesichtsausdruck mit einem arglosen Lächeln.

Ich schüttelte den Kopf, atmete tief ein, sah die Metri an. »Sie haben die Zeit gut abgepasst«, sagte ich. »Glauben Sie, dass es funktioniert hat?«

Ihr Gesicht bot die übliche Maske. »Die Wahrheit erzielt oft große Wirkung.«

Herakleio, der die beiden hölzernen Übungsschwerter ergriffen hatte, schleuderte sie jetzt zu Boden. Sie klapperten auf die Fliesen. Ich konnte selbst bei dem gedämpften Licht erkennen, wie stark sein Gesicht gerötet war. »Die Wahrheit«, höhnte er. »Es ist also die Wahrheit? *Warum*?«

Die Metri antwortete fest. »Die Wahrheit ist die Wahrheit.«

Er schrie gequält auf. »Du willst ihm meinen Platz geben?«

Sie blieb ungerührt. »Nicht mehr als ich dir seinen geben würde. Der Platz ist der Platz. Der richtige Mann soll ihn bekommen, wenn ich mir seines Wertes sicher bin.«

Oh, sie *war* der Stein, wie sie es mir vor weniger als

einem Monat gesagt hatte. Hart, lebhaft, geistreich und sehr gerissen.

»Fangen wir noch einmal an«, schlug ich vor. »Habe ich es soweit richtig verstanden, dass unser unerwarteter Besucher jemand mit Verbindungen zu unserem freundlichen Ersten Offizier ist?«

Nihko war aufgestanden. Er hatte inzwischen einen Großteil seines Gleichmuts wiedererlangt, den der Priestermagier ihm ausgetrieben hatte, und sah mich an. »Man hält seine Zunge im Zaum, wenn man keine Ahnung hat, damit man sie nicht verliert.«

Ich hob ihm mein Schwert entgegen und ließ das Mondlicht wie eine Flüssigkeit die Klinge hinablaufen. »Wann immer Sie wollen.«

»Halt«, sagte die Metri. »Wir sind für heute Abend fertig damit.«

»Fertig?« Herakleios abgehacktes Lachen klang wenig humorvoll. »Ich würde sagen, wir haben heute Abend damit *begonnen*.«

Prima Rhannet interessierten Herakleios Belange anscheinend nicht. Ihre Aufmerksamkeit galt Nihko. »Was kann Sahdri tun? Dich mitnehmen? Gegen deinen Willen?«

Er antwortete grimmig: »IoSkandier haben keinen Willen. IoSkandier setzen keinen Fuß auf die Erde dieser Insel, wenn man von ioSkandi *stammt*. Wir leben im Steinwald.«

»Aber du hast einen Fuß auf diese Erde gesetzt«, sagte sie. »Dieses Mal. Zuvor bist du stets auf dem Schiff geblieben. Aber du hast niemals gesagt, *warum* …«

Er unterbrach sie. »Es ist nicht wichtig.«

»Es ist doch wichtig, Nihko …«

»Nein. Eine kurze Zeit wird geduldet. Mehr … nicht.« Er schaute zu seiner Gastgeberin, senkte den Blick und neigte den Kopf. »Metri, ich danke Ihnen für das Gastrecht.«

»Wir haben noch Angelegenheiten zu beenden«, stellte sie barsch fest. »Bis dahin gilt das Gastrecht. Und dann werden Sie sich *augenblicklich* aus meinem Heim und von meinem Land entfernen.«

Nihko zuckte kaum merklich zusammen. Er hielt den Kopf gesenkt und antwortete murmelnd auf Skandisch, was der Metri offensichtlich angemessen erschien, da sie sich einfach mit einer hilfeheischenden Geste zu Simonides abwandte.

»Warten Sie«, sagte ich, und sie hielt inne. »Was geschieht jetzt?«

Ihre Maske war wieder an ihrem Platz. »Ich habe Sie jetzt sowohl vor Zeugen als auch vor einem Priester zu meinem Enkel erklärt. Er mag vielleicht ioSkandier sein, wenn auch nicht vom richtigen Stand, aber er dient den gleichen Göttern. Es wurde gesagt, und so ist es.«

»Und …?«

Sie wölbte leicht die Augenbraue. »Und Sie werden weiterhin das tun, worum ich Sie gebeten habe. Erziehen Sie Herakleio zum Mann.«

Dieser stieß zwischen zusammengebissenen Zähnen zischend den Atem aus. »*Metri* …«

Sie sah ihn an. »Und du wirst tun, was immer ich sage, was du tun sollst, fraglos, ohne Zögern, gleichgültig, was es sein könnte. Das ist die Bedingung *deines* Dienstes.«

Alle Sehnen zeichneten sich unter seiner Haut ab, während er darum kämpfte, nicht laut zu protestieren und sie zu verfluchen. Als er schließlich sprach, wurde jedes Wort mit solch immenser Genauigkeit hervorgepresst, dass ich erwartete, seinen Kopf explodieren zu sehen. »Wenn es die Schwertkunst sein muss, dann will ich, dass die Frau mich trainiert.« Sein Blick schweifte zu mir. »Weil sie besser ist.«

Prima lachte unterdrückt. Nihko wölbte eine Augenbraue. Ich blinzelte nur.

Del antwortete auf die beabsichtigte Beleidigung. »Manchmal«, sagte sie. »An manchen Tagen, in manchen Augenblicken, bei bestimmten Bewegungen. Andere Male nicht.«

Ich nickte nachdenklich. »Das beschreibt es ungefähr.«

So hatten wir ihm seine kleinliche Rache verdorben. Herakleio verbeugte sich steif vor der Metri und ging davon.

»Nun«, sagte Prima, als seine Gestalt von der Dunkelheit verschluckt wurde, »ich würde sein Weinhaus heute Nacht nicht teilen wollen.«

Ich lächelte ihr zu. »Oder sein Bett?«

Der Kapitän ging auf die Eröffnung ein. »Oh, es wäre es vielleicht wert. Herakleio in Fahrt ... Es könnte es tatsächlich wert sein.« Sie fixierte mich mit herausforderndem Blick. »Vielleicht würde es sogar *Ihnen* gefallen.«

»Geht zu Bett«, befahl die Metri. Und dann überraschte sie uns alle, indem sie hinzufügte: »In irgendein Bett«, und machte Simonides ein Zeichen, sie ins Haus zu geleiten.

»Nun«, sagte ich nach einem Augenblick der Verwunderung, den die übrigen teilten, »zumindest ist meine Großmutter nicht prüde.«

Prima lächelte zuckersüß. »Das muss bedeuten, dass sich die Verwandtschaft beweist.«

Ich höhnte. »Verwandtschaft? Das glaube ich nicht. Sie hat das Werkzeug benutzt, das sie zur Hand hatte: Mitteilungen, die diesen anderen blauköpfigen jungen Priester für den Augenblick vertreiben sollten.« Ich sah den Ersten Offizier streng an. »Wer, zu den Hoolies, *ist* er? Und was bedeutet er für Sie?«

Nihko antwortete ohne eine Spur von Ironie: »Das ist geheim.«

Ich biss die Zähne zusammen, während Del fragte: »Müssen wir uns Sorgen machen?«

Prima zuckte die Achseln. »Warum sollten Sie?«

»Weil wir hier sind«, antwortete Del bestimmt. »Weil sich Priester und Magier häufig für Menschen und Themen interessieren, die scheinbar nicht in Beziehung zueinander stehen – mit dramatischer Wirkung. Weil er den Augenbrauenring an Tigers Halskette betrachtet und wiedererkannt hat. Da, und nur da, hat er für Tiger eine Bedrohung bedeutet. Darum frage ich – müssen wir uns Sorgen machen?«

»Nein«, sagte Nihko kalt, während die Miene seines Kapitäns einen kurzen Augenblick lang zu ungezähmter Bestürzung erstarrte, bevor sie wieder ihre gewöhnliche, ausdrucksstarke Lebhaftigkeit annahm. »Alles, worum Sie sich jetzt Sorgen machen müssen, ist, wie bald die Metri ihren Erben vor den Priestern – den *richtigen* Priestern«, es schwang leichter Spott in seiner Stimme mit, »und den versammelten Metrioi ernennen wird.«

»Und?«, forderte ich ihn heraus.

»Wenn Sie es sind«, sagte Prima gedehnt, »werden Sie allen Reichtum und alle Macht der Stessoi erben. Jahrhunderte des Reichtums und der Macht.« Sie lächelte schlau. »Und alle Träume, die Sie jemals geträumt haben, werden wahr.«

»Und was ist mit *Ihrem* Traum?«, erwiderte ich. »Sind Sie hier noch nicht fertig?«

»Wir genießen Gastrecht«, fauchte Nihko.

»Und was genau bedeutet das?«

Primas Lächeln wurde zu reinem Triumph. »Es heißt, dass jede Metri in der Stadt mir *von Angesicht zu Angesicht* Respekt erweisen muss. Es bedeutet, dass ich einen Ruf erlangen werde, der denjenigen meines Vaters noch übertreffen wird.«

»Ich dachte, den hätten Sie bereits erreicht«, erwiderte ich. »Sie rauben Menschen, ihr Geld, ihre Schiffe. Er verkauft sie.«

Ihr Lächeln schwand. Aber bevor sie antworten konnte, schnitt Del ihr das Wort ab. »Wir sind nicht mehr an Bord Ihres Schiffes. Sie können uns nicht befehlen, das Haus der Frau zu verlassen, die jetzt vor Zeugen verkündet hat, dass sie seine Großmutter ist.«

»Das stimmt«, sagte ich fröhlich. »Vermutlich bin ich derjenige, der *Ihnen* befehlen kann zu gehen.«

»Es ist noch nicht Ihr Haus«, erwiderte Prima.

Nihkos Stimme klang kühl. »Und wer sagt, dass Sie überleben werden, um Ihr Erbe anzutreten?«

Del richtete mit einer geschickten Bewegung ihr Schwert auf ihn. Stahl blitzte und beschrieb einen Bogen. Er fing ihn ab, ohne nachzudenken, stieß einen überraschten Zischlaut aus und sah sie dann an. »Regelt das«, schlug sie vor. »Mann gegen Mann, hier und jetzt. In diesem Kreis.«

O danke, wollte ich gern sagen. Mein verrenkter Daumen pochte dumpf. Aber ich wusste es besser. Ich wartete einfach auf Nihkos Antwort.

»Ich werde die Metri nicht entehren«, sagte er. »Aber ich berufe mich natürlich nur auf ihre Herzkrankheit. Wer weiß, ob ihr Enkel dessen Schwäche nicht geerbt hat?«

Das war eine doppelseitige Klinge. Und wir alle wussten es.

Prima nahm ihm das Schwert ab und hielt sein Heft Del hin. »Die Metri hat es für Sie gekauft. Ich schlage vor, dass niemand von uns sie entehrt.«

»Ah«, sagte ich weise, »es muss also irgendeine Art schrecklicher Strafe geben, wenn man Erben einer Metri tötet.«

»Manchmal«, sagte Nihko sanft, »muss man nicht getötet werden, um die schlimmste Strafe zu erleiden.«

Ikepra. Borjuni. Wir erkannten beide, wie wahr seine Feststellung war.

Zum zweiten Mal im Zeitraum eines Abends grüßte ich ihn mit meinem Schwert.

Prima stieß einen angewiderten Laut aus. »Männer«, sagte sie mit einem Seitenblick zu Del. »Wie kommt es, dass sie kämpfen und dann sofort wieder Freunde sein können? Sie verschwenden auf diese Art ihren Groll.«

Dels Augen schimmerten und ihr Mund zuckte – und ich wusste, dass sich niemand von uns gegenseitig töten würde.

Heute Abend nicht.

13

Neben mir im Bett liegend, sprach Del leise in die Dunkelheit. »Du bist wach.«

»Du auch.«

»Aber ich *habe* geschlafen. Ich glaube nicht, dass du geschlafen hast, seit wir zu Bett gegangen sind.«

»Es war eine lange Nacht.«

»Eine erfüllte Nacht«, betonte sie trocken. Und dann: »Hast du *davon* geträumt?«

Ich blickte, auf dem Rücken liegend, starr zur Decke, die ich nicht sehen konnte. »Ich habe in den Hyorts nicht von so etwas geträumt, und auch nicht, wenn ich nach einem Kampf unter den Sternen schlief.«

»Ein Sandtiger«, sagte sie sanft. »Und Freiheit.«

»Niemals darüber hinaus. Niemals über den Augenblick der Freiheit hinaus, wenn ich fortgehen und wissen konnte, dass ich in der Lage wäre, meine eigene Wahl im Leben zu treffen.«

»Und jetzt?«

»Jetzt bin ich nicht mehr frei … Nein, es ist nicht dasselbe, und das meine ich auch nicht, aber sie hat etwas gesagt, etwas über Verantwortung, und dass die Anerkennung dieser das Erwachsensein kennzeichnet.«

Del schwieg einen Augenblick. Dann sagte sie weich: »Die Metri ist eine starke Frau.«

»Aber hat sie Recht?«

»Was Verantwortung und Erwachsensein betrifft?« Del seufzte und drehte sich auf den Rücken, sodass wir Seite an Seite lagen und sich unsere Schultern berührten. »Für sich genommen, glaube ich schon, dass sie

Recht hat. Kinder leben für ihre Freiheit, für den Augenblick, in dem ihre Aufgaben erfüllt sind – wenn sie welche zu erfüllen haben –, damit sie sich ihr Leben erwählen können. Natürlich umfasst dieses ›Leben‹ kaum mehr als die wenigen nächsten Augenblicke, aber der Antrieb ist derselbe. Zum Ende zu kommen, damit sie frei sein können.«

Als sie schwieg, drängte ich sie. »Und?«

»Erwachsene begreifen, dass man sich Freiheit verdienen muss, dass sie einem nicht von jemand anderem geschenkt wird.«

»Nein?«

»Nein. Wir stellen uns selbst die Aufgaben, wir erfüllen sie und besitzen dann die Freiheit, andere Aufgaben zu übernehmen.«

»Was hat das mit der Metri zu tun?«

»Die Metri entscheidet für andere, was sie glaubt, welche Aufgaben erfüllt werden müssen. Zum Nutzen ihres Hauses.«

»Mit anderen Worten, sie erlaubt niemandem aus ihrem Haus – oder ihrer Familie –, dass sie sich ihre eigenen Aufgaben suchen. Und so ist keiner der … Stessoi? … wirklich frei.«

Del drehte den Kopf zu mir. »Ich denke, die Metri glaubt, dass niemand stark genug ist, ihren Platz einzunehmen, wenn er nicht ist, wie sie ist.«

»Rücksichtslos. Kalt. Hart.«

»Ist sie das?«

»Rücksichtslos? Ja. Hart? Allerdings. Kalt?« Ich verfiel in Schweigen. Dann: »Das kann ich nicht sagen. Weil sie von Leidenschaft getrieben wird. Ihre Rücksichtslosigkeit und Härte werden von einer Leidenschaft für ihr Haus und die Zukunft der Stessoi geprägt.«

»Hat Herakleio es?«

»So wie es klingt, hat Herakleio genug davon, um die Insel zu erhellen!«

»Das ist Begierde«, konterte Del. »Jugendliche Leidenschaft, ja. Es wurde ihm niemals gestattet, darüber hinaus zu wachsen. Aber erfordert die Leidenschaft Kälte und Rücksichtslosigkeit?«

»Noch nicht«, antwortete ich bedächtig.

»Du?«

Die Antwort darauf kannten wir beide. »Du willst also sagen, dass die Metri mir das Haus und die Zukunft der Stessoi übertragen würde, wenn ich das jetzt anwendete.«

»Sie würde erwarten, dass du es dir *nimmst*.«

»Und Herakleio?«

Del lag neben mir sehr still. »Sei die ersten zehn Male, die du und er mit lebendigem Stahl übt, sehr vorsichtig.«

»Und das elfte Mal?«

»Bis zum elften Mal wird er entweder anerkannt haben, dass du ihn stets besiegen wirst …«

»Oder?«

»… oder du wirst tot sein.«

Innerhalb von zehn Tagen hatte Herakleio begriffen, dass er den Körper, die Reflexe, die Kraft hatte zu sein, was ich war. Innerhalb von Momenten, angesichts der Verkündigung der Metri, dass ich ihr Enkel sei, hatte er begriffen, dass er die Einstellung und Entschlossenheit ebenso brauchte wie den Körper. Weil er jetzt glaubte, dass die Metri mich bevorzugte, und dass die einzige Möglichkeit, ihre Gunst vielleicht wiederzuerlangen, nicht die wäre, mich zu ersetzen, sondern ich zu *werden*.

Es erstaunte mich, was diese Überzeugung bedeutete. Nicht die Motivation – die Metri spielte uns alle wie Gegner auf einem Spielbrett gegeneinander aus, nicht der Antrieb – sie hatte ihn auf dem Spielbrett genau auf diese Position gebracht. Aber das begriff er und erkannte an, was sie *von* dem Spiel wollte, und dass sie ihre

Annäherung rechtfertigte, weil sie glaubte, es wäre notwendig.

Und es erstaunte mich auch, dass er es hinnahm, anstatt dagegen anzugehen wie vielleicht eine gestürzte Gottheit.

Herakleio hatte wahrscheinlich selbst nicht an ihre Sicherheit geglaubt. Aber er hatte ohne Zweifel mehr getan, als nur im Haus der Metri vorhanden zu sein. Er hatte ihre Einstellung ergründet. Bis jetzt hatte er offensichtlich niemals versucht, dieses Wissen heraufzubeschwören und anzuwenden. Er hatte es bis jetzt offensichtlich nicht für notwendig erachtet.

Über die technischen Mechanismen hinaus braucht ein Schwerttänzer nicht zu wissen, warum sich ein Gegner auf die Art bewegt, wie er es tut. Nur dass er sich bewegt, nur *wann* er sich bewegen *wird,* damit er diese Bewegung voraussehen und sie erwidern oder das Potenzial dafür beseitigen kann, bevor der Gedanke an die Bewegung auch nur im Geist des Gegners entsteht.

Herakleio fragte nach Del. Er tat dies wohlüberlegt und mit einer bedächtigen Gewandtheit, die ich nicht erwartet hatte. Mein Gegner hatte den ersten Durchgang gewonnen. Mein erster Zug wurde gekontert, bevor mir in den Sinn kam, dass ich ihn vielleicht machen müsste.

Er hatte nicht nach Del gefragt, weil er glaubte, dass es mich verletzte, wenn er sie für besser hielt, sondern weil Del von allen Menschen auf der Welt am besten wusste, wie man mich bekämpfen musste. Am besten wusste, wie man mich besiegen konnte.

Dieser Zug machte ihn mehr als schlau und daher gefährlich.

Ich hatte den Fehler begangen, Herakleio nicht für gewitzt genug gehalten zu haben, die Möglichkeit zu erkennen. Ich machte jedoch nicht den Fehler anzunehmen, er würde keinen Wettkampf anbieten, wenn es dazu käme, einen Tanz um das Stessa-Erbe auszuführen, noch nahm ich an, dass er nicht siegen könnte. Weil jederzeit, in jedem Kreis, vielleicht jeder Mann siegen konnte.

Oder jede Frau.

Abbu Bensir hatte dies, an unserem ersten Tag im Übungskreis unter den unerbittlichen Augen des Shodo von Alimat, von einem Jungen angenommen, der, im Gegensatz zu seinen fünfundzwanzig Lebensjahren, noch keine zwanzig Jahre alt war, der erst Wochen in Alimat verbracht hatte, während Abbu sich der Jahre rühmen konnte, der eine hölzerne Klinge in einer Hand hielt, die noch kein Stahl geführt hatte.

Abbu Bensir hatte diesen Tanz und beinahe auch sein Leben verloren.

Während ich, der ich ungläubig zusah, wie der Mann mit einer teilweise zerstörten Kehle würgend am Boden lag, mich fragte, welche Art Magie meinen Platz eingenommen hatte, weil ich Abbu gewiss nicht auf andere Weise hätte besiegen können.

Der Shodo, ein ausgesprochen geduldiger und praktischer Mann, hatte augenblicklich alle Geduld verloren und mir unmissverständlich klargemacht, dass die einzige Magie, die ein Mann brauchte, die seines Geistes und seines Herzens war, dass keine andere existierte, damit er diesen Geist und dieses Herz nicht schwächte, indem er Krücken dafür benutzte.

Von diesem Tag an war die einzige Magie in meinem Leben reines Können, Entschlossenheit und die Technik gewesen, beide anzuwenden, indem ich den Zusammenhang anwandte, den ich begriff: Ich war für das und von dem Schwert geboren, und keine andere Macht würde mich jemals über meine Fähigkeit hinaus, das Schwert zu *führen*, kontrollieren.

Ich glaubte nicht, dass Herakleio mich besiegen könnte. Aber Abbu hatte auch nicht geglaubt, dass ich ihn besiegen könnte.

Und so gewann ich den zweiten Durchgang, weil ich als Wahrheit anerkannte, was ein anderer vielleicht ungläubig Lüge genannt hätte. Ich würde nicht durch eine versehentliche Fehlannahme besiegt werden, sondern höchstens durch sorgfältig konstruierte Muster, korrekte Ausführung – und Glück.

Technik, Zeiteinteilung, Talent. Zwei davon konnte man lernen und verfeinern. Eines musste angeboren sein. Aber Talent ohne Konzentration, ohne Entschlossenheit, ohne besessenen Drang ist ungezähmt und ungelenkt und daher abgeschwächt. Leichter zu besiegen. Leichter, den Verwirrungen des Gefühls, der exzessiven Leidenschaft zu erliegen, anstatt die Macht zu kontrollieren und zu benutzen, die Technik und Zeiteinteilung nähren könnte.

Del, die einen besseren Einblick in Menschen besaß als jeder andere, den ich kannte, übte mit Herakleio. Del, die einen noch besseren Einblick in die Wirkmechanismen meiner Technik, Zeiteinteilung und meines Talents hatte, lehrte Herakleio, wie er alle drei verstehen und ihnen begegnen konnte.

Und anders als jeder andere besaß er das physische Zeug dazu, es zu schaffen.

Anders als jeder andere außer Del. Die es einst im Kreis auf Staal-Ysta *tatsächlich* geschafft hatte, ebenso wie ich in ebendiesem Kreis das Gleiche bei ihr erreicht hatte. Wir hatten uns lange Zeit von dem Kreis und den Umständen, die uns hineingebracht hatten, ferngehalten. Aber die Knochen erinnerten sich. Die Haut erinnerte sich. Der Geist zog sich von der grausamen Ehrlichkeit dieses Tanzes zurück, weil er uns in seiner unnachgiebigen Reinheit fast beide getötet hätte.

Und an jedem Tag, an dem Herakleio von Del lernte, lernte er auch von mir. Es war eine Aufgabe, die mir von der Frau gestellt wurde, die meine Großmutter zu sein behauptete, die den am besten geeigneten Mann auf ihren Platz setzen wollte, die glaubte, die Akzeptanz und Ausführung der Aufgabe kennzeichne den Übergang eines Jungen zum Mann. Herakleio und ich, altersmäßig fast zwei Jahrzehnte auseinander, waren in den Augen der Frau, die eine alterslose Inkarnation war, dennoch Kinder. Und in Erfüllung der Aufgabe würden wir beide aus verschiedenen Gründen ihre Überzeugung angenommen haben: Herakleio, um zu beweisen, dass er ihren Platz wert war, und *ich*, um zu beweisen, dass er ihren Platz wert war.

Sie wollte nicht mich. Sie brauchte nicht mich. Herakleio war beides und würde immer beides sein. Und daher lehrte Del ihn, und daher lehrte ich ihn, damit es an dem Tag, an dem wir uns im Kreis begegneten, ein richtiger Tanz gemäß den Ehrenkodexen wäre, die in unseren Seelen lebten.

Ich wusste von Männern, die Del mit Flüchen belegt und vorgeschlagen hätten, sie solle sofort abreisen. Aber ich tat nichts dergleichen, weil das ebenfalls unehrlich wäre. Del traf ihre eigenen Entscheidungen. Ihre Ehre war unangreifbar. Das war eines der Dinge, die ich am meisten an ihr bewunderte und respektierte. Und ich – als *Elaii-ali-ma*, als Borjuni und südlicher Ikepra – besaß keine Ehre mehr.

Im Kreis ist der Schwerttänzer mit dem Geist, der Möglichkeiten sieht und gestaltet, der Gelegenheiten schafft, derjenige, der siegt. Jedermann kann jemand anderen durch List und Täuschung töten. Aber nur jemand, der die Ehre des Kreises beschwört, darf sich Schwerttänzer nennen. Denn es waren der Kreis und die dazugehörigen Kodexe, die unsere Seelen banden. Niemand, der ihn betrat, konnte das leugnen, weil der Kreis der Herr über unser Überleben war.

Der Tanz, den Herakleio und ich unternähmen, wäre äußerst ehrlich, weil er den Vorteil einer seltsam gefährlichen Wahrheit hatte, obwohl ich den Vorteil der Jahre des Trainings und der Erfahrung besaß.

Wenn Herakleio siegte, siegte er. Wenn Herakleio verlor, siegte er.

Wenn ich verlor, starb ich.

Weil ich Herakleio nicht tötete, aber glaubte, dass er mich töten würde. Und so war mein nächster Zug offensichtlich.

Ich erhob mich von der Terrassenmauer und bat Del, ihren gegenwärtigen Übungsgang zu beenden. Es war Nachmittag, und wir waren schweißbedeckt. Del hatte ihr Haar zu dem üblichen Zopf zurückgebunden, und Herakleio hatte sich ein Lederband um die Stirn gelegt, damit die vom Wind bewegten Locken nicht seine Sicht verdeckten.

Ich nickte Del lächelnd zu und reichte Herakleio eine Klinge. Eine *Stahl*klinge.

Einst hätte er seine Hand sofort um das Heft geschlossen. Jetzt wartete er ab. »Warum?«, fragte er wachsam.

Ich zuckte gleichmütig die Achseln. »Sie können mit Holz nur in begrenztem Umfang lernen. Nach einer Weile werden Sie selbstzufrieden. Quetschungen schmerzen, aber sie töten nicht.«

Er deutete mit dem Kopf auf Del. »Dann wird *sie* es mir zeigen.«

Ich stieß den Knauf des Schwertes in seinen flachen Bauch. »Nehmen Sie es, Junge.«

Das traf, wie ich es beabsichtigt hatte. Er errötete. Zorn entflammte seine Augen, als er das Schwert annahm, wie ich es beabsichtigt hatte: mit wütender Verachtung. »Sie wollen also herumlungern und darauf warten, dass die Metri stirbt, gleichgültig wie lange es dauert.«

Ich zuckte erneut die Achseln. »Es ist nicht so, daß ich ein vollkommen Fremder wäre. Ich *bin* ihr Enkel.«

»Herakleio«, mahnte Del streng. »Achten Sie auf das, was er tut.«

Ich warf ihr einen raschen Blick zu, der besagte, sie solle sich zurückziehen. Del erwiderte meinen finsteren Blick, womit sie mir sagte, dass sie sich weigerte. Herakleio seinerseits sah mich zornig an und schloss dann seine Hand um das Schwertheft. Er regelte die Angelegenheit für uns, indem er sich umwandte, um die Klinge auf die Fliese in der Mitte der Terrasse zu legen.

»Hör auf«, zischte Del mir zu. »Es ist zu früh.«

»*Er* kann es aufhalten, wenn er will.«

»Du machst es unmöglich!«

»Es erfordert nur ein wenig Selbstkontrolle.« Ich hob ihr meine Klinge entgegen. »Magst du aus dem Weg gehen?«

»Tiger …«

»Gehen Sie«, befahl Herakleio ihr. Und dann verspätet: »Bitte.«

Das war das erste höfliche Wort, das ich von dem Jungen gehört hatte. Del war über seine Bitte nicht glücklicher als über meinen Vorschlag, aber sie trat beiseite.

Herakleio stand einen Schritt von dem Schwert entfernt, das er auf die Fliese gelegt hatte. »Also?«

Ich trat zu seiner Klinge und dann darauf. Und hielt die Spitze der Klinge an seine Kehle. »Der erste Fehler«, sagte ich. »Sie haben angenommen, dies sei ein Tanz.«

Er hob das Kinn, reckte sich von dem Stahl fort. Ich ließ die Schwertspitze müßig aufwärtswandern, um ihm zu folgen. »So fängt es an«, erklärte er. »Ich habe Sie und die Frau beobachtet!«

»Das war ein Tanz«, belehrte ich ihn. »Dies ist keiner. Dies ist eine Lektion.«

»Eine *Lektion …*«, begann er zornig.

Ich hakte einen Fuß unter sein Schwert, wirbelte es hoch, fing es auf und wandte es sofort zu Herakleio um. Er war schnell genug, es aufzufangen, aber als er dies tat, zog er sich durch meine Klinge eine zerkratzte Kehle zu. Blut tröpfelte als dünnes, karmesinrotes Band herab.

Ich lächelte und trat einen einzigen Schritt fort. »Nun«, sagte ich sanft und machte mich mit meinem Schwert an die Arbeit.

Es dauerte sehr kurz. Es kostete sehr wenig Mühe. Er hatte einen Griff, fest genug, um das Schwert nicht sofort zu verlieren, aber es lag keine Anmut in seinen Bewegungen, keine Technik, mit der er auf meine hätte reagieren können, nur verzweifelte Selbsterhaltung. Ich jagte ihn über die Terrasse, gegen die Mauer, *über* die Mauer und gut zehn Schritte weiter, bevor ich schließlich Mitleid mit ihm bekam und die Lektion mit einer Falle beendete, die seine Abwehr durchbrach, sein Schwert erwischte und es ihm aus der Hand riss. Ich stand dort vor dem keuchenden jungen Mann mit jeweils einem Heft in je einer Hand, während beide Schwertspitzen leicht auf seinen Schultern ruhten. Auf beiden Seiten seines Halses.

»Eine Lektion«, sagte ich. »Zwei Schwerter sind besser als eines. Und wenn Sie Ihres nicht behalten können, dann seien Sie versichert, dass der Gegner es nehmen wird.«

Ohne auf eine Antwort zu warten, hob ich die Klingen von seinen Schultern und wandte mich zum Gehen. Ich hielt kurz inne, als ich die Frau auf der Terrasse nur einen oder zwei Schritte entfernt stehen sah. Ich hörte Herakleios Laut der Erniedrigung. Er wusste, dass sie gesehen hatte, wie leicht ich ihn besiegte.

Ich erwiderte den Blick der Frau ruhig. »Ihr Zug, Metri.«

Sie verstand. Sie wusste jetzt, dass *ich* wusste. Und das änderte die Strategie.

»Gehen Sie«, bat sie mich. »Herakleio und ich haben etwas zu besprechen.«

Darauf könnte ich wetten. Ich sah Del mit gewölbten Augenbrauen an, die sich umwandte und mir ins Haus voranging, während die Metri und ihr Verwandter über die Auswirkungen einer demütigenden Niederlage sprachen.

14

Del besaß die Güte zu warten, bis wir auf der Schwelle unseres Raumes angelangt waren. »Er ist gut, oder?«

»*O* ja.« Ich wischte mir mit einem Unterarm die Stirn. »Und er wird rasch besser. Was glaubst du, warum ich es sonst getan habe?«

Del nickte. »Einschüchterungstaktik.«

»Ein wenig Einschüchterung ist gut für die Seele. Es macht einen vorsichtig, bevor Selbstzufriedenheit einsetzen kann.« Ich legte die Schwerter auf die Wäschetruhe, nahm dann den Wasserkrug auf, der auf einem kleinen gefliesten Tisch stand, und entstöpselte ihn.

Del wartete, bis ich einen halben Schluck getrunken hatte. »Und er stellt sein Training zurück, damit du mehr Zeit hast, dir den letzten Schliff zu geben.«

Ich hustete und wandte mich ab, damit ich Kontrolle über das aus meinem Mund sprühende Wasser bekam und sie nicht durchnäßte. Als ich hinuntergeschluckt hatte, brachte ich hervor: »Bin ich so durchschaubar?«

»Nicht für ihn. Er kennt dich nicht gut genug.« Sie schüttelte den Kopf. »Ich habe das nicht von ihm erwartet, dieses Achten auf Einzelheiten. Noch nicht.« Sie hielt inne. »Wenn überhaupt jemals.«

Ich reichte ihr den Krug. »Und hier sind wir und helfen ihm freundlicherweise.«

Sie trank und reichte mir den Krug zurück. Ihr Blick war arglos. »Du bist nicht Abbu, Tiger, so voller Selbstzufriedenheit, dass du die Vorsicht außer Acht lässt.

Und Herakleio ist nicht du. Er wird dich nicht unvorbereitet erwischen.«

»Man kann einfach nie wissen, was jemand …« Aber ich brach ab, als der Widerhall von Stimmen hörbar wurde. Eindringliche, unglückliche Stimmen, zornig und bemüht, nicht zu schreien.

»Prima Rhannet«, sagte Del.

»Und Nihko Blaukopf.« Ich wandte mich der geöffneten Tür zu, um genauer hinzuhören. Nicht dass es wichtig war, da ich sie ohnehin nicht verstehen konnte. Die Stimmen wurden kurz lauter und fielen dann wieder ab, als wären der Kapitän und sein Erster Offizier von der Halle in einen anderen Raum übergewechselt.

»Eine Meinungsverschiedenheit«, sagte Del. »Und eine wenig gedämpfte.«

»Gedämpft genug, wenn auch hörbar«, erwiderte ich. »Niemand von uns spricht Skandisch.«

»Andere hier schon.«

Ich zuckte die Achseln. »Dann weiß vermutlich jeder außer dir und mir, worum dieser Streit geht.«

Del setzte sich auf die Bettkante. »Aber ein Wort habe ich verstanden. Einen Namen.«

»Sahdri.« Ich nickte. »Würdest du jetzt nicht gern Mäuschen spielen?«

Del antwortete trocken: »Nur wenn ich eine Maus wäre, die Skandisch spricht.«

Ich lächelte. »Ich kenne eine Maus, die Skandisch spricht. Eine Maus, die außerdem eine Sprache spricht, die ich verstehen kann. Es ist wohl an der Zeit, dass ich die Person aufsuche, die das Haus wirklich beherrscht.«

Del runzelte die Stirn. »Du glaubst, die Metri wird es dir erzählen?«

Ich hielt auf der Schwelle inne. »Nicht die Metri. Sie gibt nur die Befehle. Jemand ganz anders setzt die Dinge in *Bewegung*.«

* * *

Ich spürte Simonides in einer kleinen Zimmerflucht mit zwei Räumen auf. Ein winziges Wohnzimmer und ein Raum mit einem Bett dahinter. Es waren karge, schmucklose, wenig üppige Räume, die aber peinlich ordentlich waren, wie auch der Mann selbst.

Wenn er überrascht war, mich auf seiner Schwelle vorzufinden, zeigte er es jedenfalls nicht. Aber ein Familiendiener weiß, wie man Empfindungen verbirgt, es sei denn, er wird aufgefordert, sie zu zeigen, und ich war nicht die Metri, die ihn zu irgendetwas auffordern konnte.

Ich war mit vielen Fragen gekommen, mit vielen Forderungen nach Erklärungen. Aber jetzt, da ich hier war, zögerte ich. Selbst als Simonides mich hereinbat und beiseite trat, damit ich hereinkommen konnte, vermochte ich die Schwelle nicht zu überschreiten.

Die Privatsphäre eines Sklaven ist hart erkämpft. Ich hatte unter den Salset bis auf die Privatsphäre meines Geistes keine besessen. Dieser Mann besaß seinen Platz innerhalb des Hauses und Räume innerhalb der Räume. Mit meiner Anwesenheit beraubte ich ihn seiner Privatsphäre.

Er konnte es an meinem Gesicht ablesen, wie ein guter Sklave es einfach kann. Man lernt zu überleben, indem man erkennt, was auch nur ein Blinzeln, das leichte Neigen des Kopfes oder die Anspannung des Mundes bedeutet. Er wusste, was ich dachte. Und aus diesem Grund war sein zweites Willkommen herzlich.

Dieses Mal überschritt ich die Schwelle. Dieses Mal war ich mehr als ein Gast im Haus oder auch der Erbe der Metri.

Er tischte eine Schale Obst, einen kleinen Krug Wein und zwei flache Teller auf. Er goss Wein ein und bedeutete mir zu trinken. Ich hob mein Glas in Anerkennung seiner Höflichkeit und trank dann von dem auf dem Land der Metri gewachsenen Wein. Er war sehr gut.

Dann erzählte ich ihm, warum ich gekommen war, was meine Neugier hervorgerufen hatte. Er lauschte schweigend und versuchte nicht zu antworten, bevor er genau verstand, was ich wissen wollte – und warum. Und als ich ihm alle Gründe genannt hatte, sagte er mir, was er wusste.

Es war nicht genug. Aber es war ein Anfang.

* * *

Es dauerte eine Weile, Del zu suchen, aber schließlich fand ich sie im Badebecken. Ich konnte mich nicht erinnern, dass einer von uns jemals so viele aufeinanderfolgende Tage im Wasser verbracht hätte – besonders wenn man bedachte, dass ich nicht schwimmen konnte! –, aber ich entdeckte, dass es eine angenehme Art war, die Zeit zu verbringen. Sauber zu sein, war kein Grund zum Hohn, und in warmem Wasser auszuruhen, war zudem weitaus entspannender, als ich es mir jemals hätte vorstellen können.

Zu schade, dass es im Süden nicht genug Wasser gab, um Badebecken wie dieses zu bauen.

Aber andererseits – war meine Idee, Wasser von Orten, wo es welches gab, zu Orten zu leiten, wo es keines gab, nicht das Mittel, solchen Luxus zu gewährleisten?

Hmm. Das war eine Überlegung wert.

Ich legte meine Kleidung zu Dels und glitt über den Rand des Beckens, wobei ich versuchte, nicht zu sehr zu spritzen. Meine Haut zog sich bei der ersten Berührung mit dem warmen Wasser zusammen und entspannte sich dann. Es fühlte sich gut an.

Ich fühlte mich *wunderbar*.

Vielleicht sollte ich schwimmen lernen.

Del, die sich mit den Ellenbogen auf dem Rand und dem Kinn auf den Handflächen abstützte, wandte den Kopf, um über die Schulter zu sprechen. »Und?«

Ich lehnte mich im Wasser zurück und wünschte, ich könnte mich so treiben lassen wie sie. Aber dazu musste man die Füße vom Boden anheben können, ohne augenblicklich unterzugehen. »IoSkandi ist eine Insel, die von hier aus mit einem Segelschiff in einem halben Tag erreichbar ist. Die einzigen Menschen, die dort leben, sind die Priestermagier, wie dieser Sahdri.«

»Und Nihko.«

»Der ›Steinwald‹ ist das, was die Leute Meteiera nennen, ein Ort auf der Insel – mit großen Steinkegeln. Die Priestermagier leben in und auf den Kegeln, in Höhlen und Verstecken und Schlupfwinkeln oder in Behausungen darauf.«

»Darauf?«

»Darauf.«

»Wie kommen sie dort hinauf?«

»Ich weiß es nicht.«

»Was tun sie dort?«

»Das weiß ich: die Götter verehren und ihnen dienen«, antwortete ich, »und Getreide anbauen und Vieh züchten und ...«

»Auf den Kegeln?«

»Das Verehren und Dienen findet auf den Kegeln statt. Das Anbauen des Getreides und Züchten des Viehs findet unten statt, im Tal.«

Sie zuckte die Achseln. »Klingt sehr friedlich.«

Ich führte meine unvollendete Aufzählung fort. »... und ansonsten prüfen, lernen, verfeinern und die Magie anwenden, die sie wahnsinnig macht.«

»Oh«, sagte Del.

»Laut Simonides tötet sie sie schließlich. Der Wahnsinn – und die Magie – offenbaren sich in einem bestimmten Alter, und obwohl sie lernen können, beides zu kontrollieren, gilt das nur für eine begrenzte Zeit. Vielleicht zehn Jahre. Schließlich siegt der Wahnsinn, und sie sterben.«

»Einfach – sterben?« Del war verwirrt. »Wie?«

»Sie stürzen sich von der Spitze der Kegel.

Die Verwirrung wich schockiertem Entsetzen. »Warum?«

»Um mit dem Himmel zu verschmelzen.«

»Wozu?«

»Dort leben die Götter. Der beste Weg, sich wahrhaft mit den Göttern selbst zu vereinigen, besteht darin, sich ihnen zu übergeben. Wörtlich.«

»Aber …« Sie schaute bestürzt drein.

»Aber«, stimmte ich ihr zu. »Daher überrascht es nicht, dass alle sie für verrückt halten.«

»Wie erklären sie die über den ganzen Boden zu Brei zerschmetterten Körper?«

»Ich weiß nichts davon, dass es sie stört.«

»Aber wenn die Körper zerschmettert werden, sind sie nicht mit den Göttern verschmolzen.«

Ich grinste. »Ich glaube, es geht um die Verschmelzung im rein spirituellen Sinn.«

»Ah.«

»Ah.« Ich sank hinab, sodass das Wasser an mein Kinn schwappte. »Niemand kennt wirklich alle Einzelheiten dessen, was in Meteiera vor sich geht«, erklärte ich. »Simonides sagt, es sei eine Kombination von Gerüchten, Spekulation und Weinhausgeschichten. Die Metrioi – ich habe übrigens herausgefunden, dass das ›oi‹ die Pluralform ist – reden über das alles nicht, weil es als schrecklich unehrenhaft angesehen wird, wenn jemand der Elf Familien diese Magie offenbart.«

»Aber wenn sie selbst von den Göttern abstammen, bedeutet das dann nicht, dass einige von ihnen als umso unehrenhafter angesehen werden?«

»Das ist eine mögliche Deutung«, stimmte ich ihr zu. »Nur dass die Metrioi sie nicht sehr mögen. Sie betrachten Wahnsinn als einen äußersten Makel.«

»Also schicken sie jeden nach ioSkandi, der diese Magie offenbart.«

»Und tilgen jegliche Erwähnung dieser Menschen prompt aus der Familiengeschichte – und den Geschichten von Skandi.«

»Das ist ungerecht.«

»Völlig aus dem Dasein und der Erinnerung daran gelöscht zu werden? Das würde ich auch sagen.«

»Aber was hat das alles damit zu tun, dass Nihko einen Fuß aufs Land gesetzt hat?« Sie hielt inne. »Ich glaube, so hat der Priestermagier sich ausgedrückt.«

»Stimmt. Simonides hat mir gesagt, dass die ioSkandier, weil sie selbst aus der ›feinen Gesellschaft‹ ausgeschlossen sind, wenn man so will, das ausgleichen, indem sie noch *strengere* Regeln über das Verhalten jedes Einwohners des Steinwaldes aufstellen.«

Del nickte. »Wenn sie ausgeschlossen sind, werden sie noch ausschließlicher.«

»Genau. Wenn also jemand, der bereits aus seiner Familie gelöscht wurde, dann ioSkandi verlässt, wird er als Entweihter – Ikepra – angesehen, weil er seinen Mit-Priestermagiern und den Göttern den Rücken kehrt.«

»Mit anderen Worten, lebe mit uns und stirb in wenigen Jahren, oder verlass uns und stirb *jetzt*.«

»Mehr oder weniger.«

»Also hat Nihko ioSkandi verlassen und wurde ein Ikepra, aber solange er keinen Fuß auf den Boden Skandis selbst setzte, kümmerte es die Priester ioSkandis nicht.«

»Es kümmerte sie schon. Nur konnten sie nichts dagegen tun.«

»Aber es *gibt* etwas, was sie mit einem der ihren tun können, der hierher nach Skandi zurückkommt?«

»Die Leute von Skandi wollen nichts mit ihren wahnsinnigen Verwandten zu tun haben. Aber sie würden sie nicht töten. Sie betrachten sich als zivilisierte Gesellschaft.« Ich grinste spöttisch. »Sie haben kein Problem mit Priestermagiern, die kurz zur Insel zurückkehren, solange es nur deshalb geschieht, um hin und wieder ein verlorenes Huhn einzusammeln.«

»Damit sie dieses Huhn wieder in den Hühnerstall anderer wahnsinniger Hühner bringen können.«

»Um sie dem Fuchs zu verfüttern.«

»Tot ist tot«, sagte Del.

»Genau. Solange die wahnsinnigen kleinen Hühner fort sind, kümmert es die zivilisierten Skandier nicht, was aus ihnen wird, ob sie freiwillig sterben, indem sie mit den Göttern verschmelzen, oder nach dem Reinigungsritual von den Kegeln geworfen werden. Was natürlich bedeutet, dass die Hühner, auch wenn sie noch nicht gleich mit den Göttern verschmelzen wollen, zwangsweise verschmolzen *werden* können. Nach den entsprechenden Zeremonien.«

»Daher besteht nicht die Wahlmöglichkeit, sich fürs Sterben zu entscheiden, sondern nur, Zeit und Art zu entscheiden.«

»Stürze dich selbst hinab oder werde hinabgeworfen«, stimmte ich ihr zu. »Natürlich ist das nicht ›Sterben‹, Bascha. Es ist ›Verschmelzen‹.«

»Wortklauberei«, sagte sie verächtlich. »Tiger, das ist barbarisch. Es ergibt keinen Sinn. Es ist nicht logisch.«

»Nur wenn man wahnsinnig ist.«

»Also ist dieser Sahdri hierhergekommen, um Nihko abzuholen.«

»Und ihn nach ioSkandi zurückzubringen, damit sie ihn reinigen und von einem der Kegel werfen können.«

»Kein Wunder, dass er nicht gehen will.«

»Kein Wunder, dass er an Bord eines Schiffes lebt.« Ich blies auf die glatte Wasseroberfläche, sodass sie sich kräuselte. »Wenn man keinen Fuß auf Skandi setzt, ist man vor skandischen Auswirkungen und Strafen der *io*Skandier sicher.«

Del dachte darüber nach. Schließlich sagte sie: »Keine angenehme Art zu leben.«

»Und eine noch weniger angenehme Art zu sterben.«

»Aber solange Nihko Gastrecht besitzt, kann Sahdri ihn nicht mitnehmen.«

»Du wirst dich daran erinnern, dass Prima genau danach gefragt hat: ob Sahdri Nihko mitnehmen *könnte.*«

»Der die Möglichkeit bestritt.«

Ich zuckte die Achseln. »Nihko will anscheinend über nichts von alledem reden.«

»Nun«, sagte Del, »er wurde aus dieser Familie ausgestoßen und hat sich dann *selbst* aus der Gemeinschaft der Männer ausgeschlossen, die ihn in den Himmel werfen zu können glauben. Ich weiß nicht, ob ich darüber reden wollte.«

»Und die Metri hat deutlich erklärt, dass das Gastrecht aufgehoben wird, sobald sie ihre Angelegenheit mit ihm geregelt hat.«

»Was *ist* ihre Angelegenheit mit ihm?«

»Ich vermute, dass es mit dieser ganzen Entdeckung-und-Rettung-des-vermissten-Erben-Sache zu tun hat«, sagte ich. »Wir wissen nicht, welche Art Handel Nihko für seinen Kapitän geschlossen hat, bevor er mich als den lange vermissten Enkel präsentierte.«

»Der du bist.«

»Der ich *vielleicht* bin –, aber ebenso wahrscheinlich auch nicht.«

»Vielleicht.«

»Vielleicht.« Ich legte den Kopf zurück, ließ die Wasseroberfläche sich um die Konturen meines Gesichts schmiegen. »Ich glaube nicht, dass das wirklich wichtig ist.«

»Du kannst dir dessen nicht sicher sein, Tiger.«

Ich seufzte. »Nein. Ich kann die Frau nicht ergründen.«

»Also könnte sie dich sehr *wohl* als Erben einsetzen.«

»Vielleicht.«

»Vielleicht.«

»Und dann ist da Herakleio«, sagte ich, »der mehr als jeder andere von uns zu verlieren hat.«

»Wer ist ›uns‹?«

»Du, wegen mir. Ich wegen mir. Prima Rhannet. Nihkolara.«

»Warum schließt du sie mit ein?«

»Weil die Verbindung besteht. Es ist wie ein Rad, Bascha – die Metri ist die Nabe, und alle anderen sind die Speichen. Aber die Speichen fallen auseinander, wenn keine Nabe da ist, und dann ist das Rad kein Rad mehr. Nur ein Haufen nutzloses Holz.«

»Also glaubst du, dass mehr daran ist als eine einfache Belohnung für das Auffinden eines lange vermissten Erben.«

»Ich habe eine Theorie.« Ich lächelte, während ich die Wölbung der Kuppel hoch über unseren Köpfen betrachtete. »Und ich glaube nicht, dass ›einfach‹ ein Wort ist, das die Metri kennt.«

»Wie lautet deine *komplizierte* Theorie?«

Ich hatte mir das schon vor einer Weile zurechtgelegt. Jetzt legte ich es Del vor. »Dass ich aus verschiedenen Gründen für sie alle eine Bedrohung darstelle.«

Del, die begriff, begann aufzuzählen. »Die Metri.«

»Entweder bin ich ihr Enkel oder nicht. Wie auch immer, es ist unwichtig. Sie will Herakleio. Wenn ich übrigbleibe, stelle ich eine Bedrohung für ihn dar.«

»Herakleio.«

»Offensichtlich. Ich wiederhole: Wenn ich übrig bleibe, bedeute ich eine Bedrohung für ihn.«

»Prima Rhannet.«

»Wenn ich *nicht* der lange vermisste Erbe der Metri bin, verliert Prima jegliche Belohnung, die sie gefordert hat.«

»Und Nihkolara?«

»Für ihn gilt dasselbe wie für seinen Kapitän, aber da ist noch mehr ...«

Sie wartete und drängte mich dann. »Nun?«

»Ich weiß einfach nicht, was es ist.«

»Wenn sein Kapitän die Belohnung verlöre, würde er auch seinen Anteil verlieren.«

»Das ist der offensichtlichste Faktor, ja. Aber ich glaube, da ist noch mehr.« Ich zuckte die Achseln. »Wie ich gerade sagte, ich weiß einfach nicht, was es ist.«

»Vielleicht«, sagte Del trocken, »hat es mit seinen Chancen zu tun, von dem Kegel geworfen zu werden. Solange du als der Enkel der Metri anerkannt wirst, genießt er Gastrecht. Er ist vor Sahdri und seinen Mit-Priestermagiern sicher, die ihn gern zwangsweise verschmelzen würden.«

»Vielleicht ist es das«, stimmte ich ihr zu. »Aber ich glaube immer noch, dass ein Teil fehlt.«

»Und wenn es gefunden ist und alle Teile zusammengesetzt sind?«

Ich stand im Wasser auf und ließ es von meinen Schultern abperlen. Die Bezeichnung für das nicht nachlassende Unbehagen war jetzt offensichtlich.

Entbehrlichkeit.

»Wenn es gefunden ist, werden sie mich töten.«

15

Obwohl Del wieder ihre Ledertunika trug, tropfte sie auf dem ganzen Weg zu unserem gemeinsamen Raum. Sie hatte sich nicht richtig abgetrocknet, und ihr Haar triefte. »Wir *werden* darüber *reden*«, erklärte sie, während sie mir folgte. »Du kannst nicht verkünden, dass sie dich töten werden, und das Thema dann fallenlassen.«

Ich war erheblich trockener als Del und weniger geneigt zu tropfen, was Simonides und die Hausangestellten zweifellos zu schätzen wüssten. »Ich bin *noch* nicht ersetzbar«, belehrte ich sie und durchschritt Raum um Raum und Eingang um Eingang. »Zumindest glaube ich das nicht. Aber ich bin mir einfach nicht sicher, ob im Augenblick mehr dazu zu sagen ist.«

»Tiger, *halt*.«

Ich kannte diesen Tonfall. Demgemäß blieb ich unmittelbar hinter der Schwelle unseres Raumes stehen, wandte mich zu ihr um und wartete.

Wasser aus ihrem Haar tropfte auf das Leder hinab. Sie sah mich mit wild funkelndem Blick an, während sie den Raum hinter mir betrat. »Wir müssen einen Plan ersinnen.«

»Ich lausche.«

Sie gestikulierte. »Gehen?«

»Darüber haben wir schon zuvor gesprochen. Niemand wird sich verdingen lassen, uns von der Insel fortzubringen, selbst wenn wir das Geld hätten, sie zu verdingen.«

»Deinen Anspruch aufgeben?«

»Ich habe niemals einen Anspruch gestellt. Die Metri

hat das für mich getan. Jedermann sonst *nahm* einfach *an*, dass ich der Erbe sein wollte.«

»Gib ihn trotzdem auf«, drängte sie. »Widersetze dich der Metri regelrecht. Sag ihr, dass du nicht ihr Enkel bist und dass du gehen möchtest.«

»Ja, nun, da ist noch ein kleiner Haken an diesen ›Dienstbedingungen‹, erinnerst du dich? Die Metri ist wahrscheinlich unsere einzige Möglichkeit, von der Insel fortzukommen, und sie wird es erst für uns einrichten, wenn sie vollendet hat, was immer sie vollenden will, oder wenn ich für sie vollendet habe, was immer sie will, dass ich es für sie vollende.«

»Herakleio?«, schlug sie vor. »Würde er uns nicht helfen? Wenn du sagtest, dass du freiwillig jeglichen Anspruch auf die Metri aufgibst, würde er uns doch gewiss helfen, uns ein Schiff zu besorgen?«

»Kann er das?«, erwiderte ich achselzuckend. »Er besitzt kein eigenes Geld, erinnerst du dich?«

Del antwortete prompt. »Er kann sich aufgrund seines Erbes welches borgen.«

»Aber könnte er das wirklich tun, und würde die Metri ihm erlauben zu erben, wenn er es täte?«

Sie sah mich finster an. »Hast *du* irgendeine Idee?«

»Das Spiel zu Ende spielen.«

Del war beunruhigt. »Welches Spiel?«

»Das Spiel der Metri. Ihr geben, was sie will, bis ich einen Ausweg sehe.«

Eine Bewegung am Eingang. Del und ich, wir wandten uns um und sahen Prima Rhannet an der Schwelle innehalten. »Ich bin Ihr Ausweg«, verkündete sie.

Ich betrachtete sie von Kopf bis Fuß, schätzte sie bewusst ab. »Und wie das?«

Ihre Miene zeigte weder Belustigung noch Spott. Nur Entschlossenheit. »Ich brauche Ihre Hilfe.«

»Warum genau ist das *unser* Ausweg?«, fragte Del frostig.

Prima warf ihr einen verärgerten und ungeduldigen Blick zu und schaute dann wieder zu mir. Ihr Gesichtsausdruck schien seltsamerweise schuldbewusst. »Ich habe Nihko Drogen verabreicht.«

Das war so ziemlich das Letzte, was ich jemals von ihr zu hören erwartet hätte. »Sie haben Ihrem Ersten Offizier Drogen verabreicht?«

Sie schaute verstohlen über die Schulter, trat dann in den Raum und schloss entschieden die Tür. Rötliches Haar ergoss sich über ihre Schultern wie Blut. Es bestand kein Zweifel: Sie empfand *tatsächlich* Schuldgefühle. Unter großer Anspannung sagte sie: »Ich habe sie ihm beim Essen in seinen Wein gegeben, während Sie sich im Badebecken vergnügten.«

Die Vorstellung belustigte mich. »Und ist er deshalb bewusstlos mit dem Gesicht auf den Teller gesunken?«

Prima, die das nicht lustig fand, biss so fest die Zähne zusammen, dass sich ihre Kiefermuskeln anspannten. »Er liegt in unserem Raum bewusstlos im Bett«, sagte sie jedes Wort betonend und stieß alles Weitere so ungeordnet und hastig hervor, als würde es einen Teil der Schuld tilgen, wenn sie schnell spräche. »Ich will ihn so bald wie möglich wieder aufs Schiff bringen, und dafür brauche ich Ihre Hilfe.«

»Warum kann er nicht einfach an Bord des Schiffes *gehen*? Das heißt, wenn Sie seinen Wein nicht mit Drogen versetzt hätten«, fügte ich trocken hinzu. »Ist es nicht sein Zuhause?«

Jetzt wirkte sie verbittert. »Solange die Metri ihm Gastrecht gewährt, wird er nicht gehen. Er ehrt sie für ihre Höflichkeit.« Etwas glänzte in ihren Augen, was kein Lachen war. Es war, so dachte ich, verzweifelter Stolz. »Sie wissen nichts über ihn. Sie haben keine Ahnung, welche Art Mensch er ist – oder was sie ihm antun werden.«

O doch, das wusste ich. »Ihn von dem Kegel werfen«, sagte ich ruhig.

Ich hatte gewusst, dass es sie schockieren würde. Einen Augenblick lang stand sie sehr starr und sah uns beide an. Dann lehnte sie das Rückgrat gegen die Holztür und glitt langsam hinab, bis sie mit erschlafften Gliedern auf dem Boden saß und ausdruckslos die Wand anstarrte. Ich erinnerte mich an den Abend, an dem wir beide gesellig auf dem Boden saßen, uns genau so an die Wand lehnten und uns einen Krug Wein teilten.

»Ich will Nihko nicht verlieren«, sagte Prima schließlich, wobei ihre Stimme nur noch Angst mitklingen ließ. »Ich könnte es nicht ertragen.«

Es war nicht Liebe, nicht die Art, die viele Männer und Frauen miteinander verband. Aber es war eine ganz eigene Art von Bindung: Freundschaft, Gemeinschaft, Loyalität, Respekt, Bewunderung, Abhängigkeit voneinander in großen und kleinen Dingen, sogar Abhängigkeit darin, *nicht* abhängig zu sein, sondern sich die Freiheit zu teilen – zu tun, was sie taten, und zu sein, was sie waren. Die Tochter des Sklavenhändlers und der kastrierte Ikepra hatten die leeren Stellen in der Seele des jeweils anderen erfüllt.

»Ein Handel«, sagte ich.

Der Kapitän schaute zu mir hoch. »Was wollen Sie?«

»Eine Möglichkeit, die Insel zu verlassen.«

Sie nickte augenblicklich. »Abgemacht.«

Del höhnte. »Und auf das verzichten, weshalb Sie hergekommen sind und Tiger hierher gebracht haben?«

Die hellen Augen schimmerten hinter einem plötzlichen Schleier der Zornestränen. »Mein Vater hat mich ernährt, indem er Menschen verkauft hat. Ich würde eher verhungern, als Nihko zu verkaufen.«

Ich setzte mich auf den Boden und lehnte mich gegen den Bettrahmen. »Haben Sie einen Vorschlag, wie das zu bewerkstelligen wäre?«

Ihre Stimme klang entschlossen. »Sie müssen den Sklaven bitten, uns einen Molah zu besorgen.«

Sie meinte Simonides. »Und Sie glauben, das würde er tun.«

»Für Sie wird er es tun. Sie waren, was er ist: ein Sklave. Er hat sein Schicksal akzeptiert. Sie haben Ihres besiegt. Er wird es tun, wenn Sie ihn darum bitten.«

Ich atmete angespannt ein und vorsichtig wieder aus. »Sie scheinen zu glauben, uns sehr gut zu kennen, den Diener der Metri und mich.«

Sie lächelte kühl. »Ich kenne Sklaven. Und Menschen, die Sklaven waren.«

»In Ordnung.« Del setzte sich auf die Bettkante. »Nehmen wir an, Tiger bekommt einen Molah. Was dann?«

Prima, die erkannte, dass wir die Idee nicht gänzlich abtaten, sprach rasch und eindringlich. »Wir setzen Nihko auf den Molah und bringen ihn zum Hafen hinab. Wenn wir an Bord des Schiffes sind, werden wir lossegeln. Wir alle.« Sie spreizte die Hände. »Sie werden von der Metri frei sein und Nihko frei von Sahdri.«

Ich dachte darüber nach. »Es könnte gelingen«, stimmte ich ihr schließlich zu. »Da ist nur eine Sache. Eine winzige Kleinigkeit.«

Prima runzelte ungeduldig die Stirn, ohne Zweifel bestrebt, den Plan auszuführen.

Ich griff unters Bett und zog zwei Schwerter hervor, wovon ich eines Del hinaufreichte. »Es ist eine Falle«, sagte ich sanft.

Sie öffnete vor Erstaunen leicht den Mund und schloss ihn dann fest. Als alle Farbe aus ihrem angespannten Gesicht wich, bildeten die Sommersprossen ein rötliches Relief. Mehr als Ärger glitzerte in ihren Augen. Da war auch Begreifen und bittere Verzweiflung zu erkennen.

»Ist es nicht«, erklärte sie und presste eine Hand flach auf den Boden, als wollte sie aufstehen.

Sie stand jedoch nicht auf, weil Del und ich den Raum bereits durchschritten und die Spitzen unserer Klingen an ihre Kehle gelegt hatten.

»Eine Falle«, sagte Del.

Prima Rhannet bewegte sich nicht mehr, nicht einmal, um den Kopf zu schütteln.

»Nun?«, drängte ich.

»Ist es nicht«, wiederholte sie.

»Beweisen Sie es.«

Ihre Blicke waren kalt wie der nordische Winter. »Gehen Sie in mein Zimmer. Dort werden Sie Nihko finden ...«

»... der dort auf mich lauert?« Ich grinste und schüttelte den Kopf. »Das können Sie besser, Kapitän.«

Die Worte drangen abgehackt zwischen ihren zusammengebissenen Zähnen hervor. »Dann werden wir *alle* zu meinem Zimmer gehen und Nihko dort bewusstlos im Bett vorfinden.«

Del verstand meine leichte Bewegung. Wir traten einen Schritt zurück, und ich bedeutete Prima aufzustehen. Eine zweite Geste bat sie, sich umzuwenden, was sie tat. Ich zog aus ihrer Schärpe am Rücken das Fleischmesser, das sie bei sich trug – sie trug kein Schwert –, warf es auf unser Bett und nickte dann. Del versenkte ihre linke Hand tief ins rote Haar des Kapitäns und wickelte eine Strähne um ihr Handgelenk.

»Damit Sie noch nicht davonlaufen«, sagte ich und öffnete mit bereit gehaltenem Schwert die Tür.

Der Gang war leer. Wir gingen ihn hinab, ich voran und Del als Nachhut, Prima unmittelbar vor ihr, durch das Haar mit ihr verbunden und gewiss nahe genug, dass eine Klinge mühelos ihren Rücken oder Nacken durchbohren konnte. Es war unbequem für den Kapitän, den Kopf in den Nacken zurückgebogen zu halten, aber sie beklagte sich nicht. Sie deutete nur auf die richtige Tür, als wir sie erreichten.

Ich nickte Del zu, die mit Prima im Schlepptau an die entgegengesetzte Wand zurückwich. Dann trat ich beiseite und stieß die Tür leise auf.

Nihko lag natürlich erschlafft und unbewegt mit dem Gesicht nach unten auf dem Bett.

»Nur damit Sie es wissen«, sagte ich im Plauderton, »Del ist bereit, Ihrem Kapitän in dem Augenblick das Rückgrat zu zerschneiden, in dem Sie sich regen.«

Er bewegte sich nicht. Ich näherte mich ihm mit erhobener Klinge langsam. Ich konnte den Wein und einen schwachen, sauren Geruch von etwas riechen, was ich nicht erkannte.

Ich dachte an seine Magie, und wie ich darauf reagiert hatte. Dachte über den an meiner Halskette hängenden Augenbrauenring nach. Beugte mich herab und umschloss mit einer Hand sein Handgelenk. Er lebte. Ich spürte seinen Puls an meiner Hand. Aber er regte sich nicht.

Ich legte die flache Seite der Klinge an die Rückseite eines Oberschenkels, den die kurze Tunika freigab. »Und ich werde *Ihr* Rückgrat zerschneiden, sobald Sie sich regen.«

Keine Antwort. Keine Bewegung.

Ich schob die Schneide der Klinge vorsichtig zwischen Daumennagel und Fleisch. Schnitt ein.

Prima Rhannet äußerte vom Gang her mit einem Zischlaut ihren Protest. Aber Nihkolara Andros zuckte mit keiner Wimper. Er blutete nur.

Ich richtete mich auf, trat fort und schaute kurz zu Del hin. »Bring sie wieder ins Zimmer. Behalte sie dort. Ich werde mit Simonides reden.«

Primas Gesicht erstrahlte. »Sie werden helfen?«

»Ich halte es für sehr wahrscheinlich, dass dies vielleicht unsere einzige Gelegenheit ist, von der Insel fortzukommen.« Ich nickte Del zu. »Ich komme zurück, wenn ich alles geregelt habe.«

Es war schon recht spät, als wir Simonides im Hof trafen. Nihko, der über meinem Rücken und meinen Schultern lag, wirkte schlaff und sehr schwer, und ich glaubte, eine gute Chance zu haben, noch vor Ende der Nacht zu zerbrechen.

Aber der Molah wartete in den tieferen Schatten auf uns, in Sicherheit vor dem neugierigen Mondlicht, und ich hievte den Körper erleichtert auf den Rücken des Tieres. Der Erste Offizier lag dann mit dem Bauch nach unten und herabbaumelnden Händen und Füßen darüber. Ich bin ein oder zwei Mal auf ähnliche Art durchs Land geschleppt worden und wusste sehr gut, wie er sich fühlen würde, wenn er erwachte: am Bauch wundgerieben, Hände und Füße angeschwollen und der Kopf vom vielen im Schädel angesammelten Blut pochend. Und ich wusste nicht, was die Droge ihm antun würde.

Was mich angesichts der Tatsache, wie häufig ich meinen Magen nur darum entleert hatte, weil ich in seiner Nähe war, auch nicht im Geringsten kümmerte.

Prima beklagte sich, dass Del sie loslassen sollte. »Noch nicht«, antwortete ich, während ich mich versicherte, dass Nihko gut auf dem Molah festgebunden wurde. Mir missfiel die Vorstellung, ihn vom Boden aufheben zu müssen, wenn er herabstürzte. »Eines nach dem anderen.«

Simonides selbst stand am Kopf des Molah und sorgte für die Mitarbeit und Ruhe des Tieres. Als Nihko festgeschnürt war, trat ich zurück und nickte. Del ließ Prima los, die sofort überprüfte, ob Nihko noch atmete.

Ich sah den Diener an, der schmächtig und still in der Dunkelheit stand. »Sie werden gewiss nicht bestraft werden.«

»Ich bin für das Haus verantwortlich«, antwortete er. »Die Metri lässt ihre Molahs nicht zählen oder überprüfen, wie häufig sie hinein- oder hinausgehen. Herakleio hat früher am Abend einen Wagen in die Stadt genommen, um in den Weinhäusern zu trinken. Dies wird nicht bemerkt werden. Sie wird glauben, dass Sie Akritara einfach verlassen haben.«

»Zu Fuß«, sagte ich trocken.

Simonides' Gesichtsausdruck änderte sich nicht. »Das sind alles unzivilisierte Barbaren. Ich werde die Priester rufen müssen, um das Haus reinigen zu lassen. Es wird sehr teuer werden.«

Prima, zufrieden dass Nihko seine unbequeme Reise überleben würde, trat zum Kopf des Molah und nahm sein Führungsseil. »Kein Gerede mehr«, sagte sie und zog das Tier voran. Es streckte den Hals, prüfte ihre Entschlossenheit und setzte sich dann widerwillig in Gang. Sie wandte es dem Vordertor zu.

Auf mein Nicken hin trat Del Prima rasch in den Weg.

»Sie bleiben«, belehrte ich sie ruhig. »*Ich* werde Nihko zum Schiff bringen.«

Sie war wütend. »Ich werde nicht ...« Aber sie brach ab, als Dels Schwert in die Nähe ihrer Kehle geriet.

»Sie bleiben«, wiederholte ich. »Sie und Del werden Simonides' Gäste in seinen Räumen sein, bis einer ihrer Seeleute die Nachricht überbringt, dass Nihko und ich an Bord gelangt sind und ich sicher bin, dass die Falle nicht dort unten auf mich wartet. Dann und nur dann wird Del Sie gehen lassen. Simonides wird Sie beide aus dem Haus geleiten, und dann werden Sie auf dem Schiff zu uns stoßen.« Ich grinste sie offen an. »Nennen Sie es Versicherung.«

Prima war zornig. »Dies ist keine Falle.«

»Beweisen Sie es«, forderte ich sie erneut heraus. »Tun Sie dies auf meine Weise.«

Sie blickte starr auf Nihkos erschlafften Körper, riss dann wütend zustimmend einmal den Kopf hoch und trat aus dem Weg. Ich wechselte Blicke mit Del, versprach für später neuerliches Vertrautsein, nahm dann das Seil des Molah und führte ihn aus dem Tor.

Hinter mir befahl Del Prima sehr ruhig, sich zu *bewegen*.

Abgesehen von einem gewissen Rest Anspannung war es ruhig und nicht unfriedlich, während ich den kleinen Molah den Pfad von Akritara zur Stadt hinabführte. Simonides hatte mir die Benutzung eines zweiten Molah angeboten, aber ich hatte entschieden, dass es genügte, einen zu borgen. Der Diener der Metri riskierte bereits sein Leben. Außerdem fand ich es bequemer, meine Beine auszustrecken und zu laufen, als auf einem der kleinen Tiere durchgeschüttelt zu werden, auch wenn es schneller gegangen wäre zu reiten.

Rund um mich herum erstreckten sich Körbe von Weinstöcken, die wie verängstigte Hühner am Boden kauerten. Licht spendeten der Vollmond und Sternengirlanden. Die Brise schmeckte nach Salzwasser, Rauch und Erde, aber auch nach Molah, Wein, Schweiß und dem bitteren Geruch der Droge, die Prima ihrem Ersten Offizier verabreicht hatte. Nihko hatte bisher weder geschnarcht noch sich auf dem Molah geregt.

Ich fragte mich, was Prima getan hätte, wenn wir uns geweigert hätten zu helfen. Sie war eine kleine Frau, und ich bin mir nicht sicher, ob sogar Del, die weitaus größer und stärker war, ihn in diesem erschlafften Zustand und bei seinem Gewicht hätte bewältigen können. Wie der Kapitän geglaubt hatte, konnte sie unsere Hilfe eher erringen, wenn der Erste Offizier bereits bewusstlos war. Doch es wirkte belustigend, sich Nihko am Morgen vorzustellen, wie er, sehr schlecht gelaunt, Prima Rhannet gegenüberträte, nachdem er nach einer missglückten Entführung im Gästebett der Metri erwacht wäre. Ich vermutete, dass die Begegnung an Bord nicht freundlicher verlaufen würde, aber zumindest hätte Prima den Trost zu wissen, dass sie Nihko fortgebracht hatte. Sonst wäre er noch immer im Haus der Metri und Sahdris Anspruch unterworfen, wenn das Gastrecht aufgehoben würde.

Es kam mir auch in den Sinn, mir die Reaktion der Metri vorzustellen, wenn sie erfuhr, dass wir fort waren. Ich glaubte keinen Augenblick lang, dass ich wirklich ihr Enkel war. Sie schien mir Opportunistin genug, die verfügbaren Mittel zu benutzen, und ich war eines, das sie aus vielfachen Gründen unter ebenso vielen Umständen anwenden konnte. Ich bezweifelte nicht mehr, Skandier zu sein. Das schien mir angesichts der Tatsache, wie sehr Herakleio und ich, oder Nihko und ich, oder auch Nihko und Herakleio einander ähnelten, sicher. Aber die Elf Familien besaßen kein Monopol auf Bastardschaft. Sie hatten es einfach auf sehr kluge Weise geschafft, es in eine Art Familienehre anstatt eine Beleidigung umzumünzen. Einige skandische Männer – vielleicht sogar ein Abtrünniger – waren nach Süden gesegelt und schwängerten dort eine Frau. Ich war das Ergebnis. Gewollt oder ungewollt, ausgesetzt oder entführt, schien es einfach unwichtig. Es ergab mehr Sinn, dass ich nicht der von Göttern abstammende Enkel der Metri war, besonders da ich sehr genau wusste, dass ich nicht lange genug leben würde, um zu erben. Herakleio war ihr Junge.

Und *er* würde nicht trauern, wenn er erfuhr, dass wir fort waren.

Vor mir fiel das Land ab. Ich sah Ansammlungen von Lampenlicht am gegenüberliegenden Horizont schimmern, die den Rand des Kessels krönten. Der Molah und ich bahnten uns mühsam unseren Weg in die Randgebiete der Stadt Skandi, wanden uns durch enge Straßen, die wie Staubbäche über die Oberfläche der Klippe verliefen. Der Weinhausbezirk war von Kerzen und Laternenlicht hell erleuchtet. In einem der Weinhäuser –

oder möglicherweise in irgendeiner von Molahdung übersäten Gasse – befand sich Herakleio, nicht wissend, dass sein Vermächtnis gesichert war.

Ich schüttelte den Kopf und wandte mich um, als ich ein unterdrücktes Stöhnen von Nihko hörte. Eine kurze Überprüfung überzeugte mich davon, dass er sich wahrscheinlich noch nicht allzu bald erholen würde, aber er war auch nicht mehr so voller Drogen wie zuvor. Seinem Körper missfiel, wo und wie er gelagert war, wenn sich sein Geist dieser Kränkung auch nicht bewusst war.

Ich führte den Molah aus den Straßen heraus zu dem Pfad entlang der Vorderseite der Klippe in die Nähe des steilen Abstiegs. Weit unter mir lag der Hafen, wo alle Schiffe – außer einem – Del und mir von der Metri selbst verwehrt wurden, die – aus welchem Grund auch immer – mit uns noch nicht fertig war. Alles, was ich wollte, war, den Molah den gefährlichen Pfad zu dem Renegada-Schiff mit den blauen Segeln hinabzuführen, Nihko abzuliefern, jemanden zu Prima zu schicken und dann auf das Eintreffen Dels und des Kapitäns zu warten. Wodurch ich den Rest der Nacht und wahrscheinlich auch einen Teil des morgigen Tages irgendwie überleben würde.

Nihko stöhnte erneut und regte sich auch erneut auf dem Molah. Sein Gewicht verlagerte sich plötzlich, und der Molah blieb aus Protest jäh stehen. Ich wandte mich um, um die den Ersten Offizier auf dem Tier festhaltenden Riemen zu überprüfen, sah, wie die halb geöffneten grünen Augen mich im Mondlicht verschwommen ansahen und die Augenbrauenringe schimmerten.

»Schlafen Sie weiter«, schlug ich heiter vor, stemmte eine Schulter unter seine und hievte ihn einen oder drei Zoll hinüber. »Sie wollen den nächsten Teil nicht sehen.«

Er murmelte etwas völlig Unverständliches und

schien zu tun, was ich sagte. Seine Augen fielen zu. Ich wandte mich lächelnd wieder um, um die Zügel des Molah erneut aufzunehmen …

… und da stand ein Mann vor mir.

Drei Männer. Fünf Männer.

Eine ganze Horde Männer.

Ah, hoppla …

Etwas krachte mir in den Rücken und dann in die Knöchel, trieb mich gegen den Molah auf die Knie, noch während ich nach dem an meiner Schärpe eingehakten Schwert griff. Hände lagen auf mir, hielten mich fest, gruben sich in meine Schultern, die Kehle, das Haar, die Handgelenke, zogen mich von dem kleinen Tier mit Nihkolara als Last fort. Ein Dolch lag an meinem Nacken, während ich gezwungen wurde, dort zu knien, der Kopf an einer Handvoll Haar fest hochgerissen, ungefähr so wie Del Prima Rhannet festgehalten hatte. Aber sie töteten mich nicht sofort. Sie hielten mich nur *fest*.

Dann begannen sie mich meiner Kleidung zu berauben.

»Nein, warten Sie …«, gelang es mir zu äußern, bevor mir ein Ellenbogen in den Mund gerammt wurde. Das nächste, was daraus hervordrang, war Blut.

Es ist recht beunruhigend, wenn man in den Staub geworfen wird, während Männer einem die Kleider vom Körper reißen. Es beunruhigt sogar noch mehr, wenn sie auch alle Körperteile prüfen, als wollten sie sichergehen, dass man wirklich ein Mann ist. Bei der ersten Berührung einer Hand – dort, wo nur meine eigene oder Dels Hand jemals hingelangte, bäumte ich mich mit einem gewaltsam aus meinem Mund ausgestoßenen Wutschrei auf und machte einen wahren Kampf daraus.

Etwas verfing sich an meiner Kehle. Meine Halskette. Ich sah eine Klinge im Mondlicht schimmern, biss gegen den erwarteten Stoß oder Schnitt die Zähne zusammen, noch während ich mich erneut brüllend aufbäumte und von der Horde freizubrechen versuchte. Die Halskette mit den Tigerkrallen zog sich kurzzeitig zu, lockerte sich dann wieder und schlug gegen meine Kehle. Und dann erstarrte alles in meinem Körper jäh wie zu Stein verwandelt, und ich fiel mit dem Gesicht nach unten in den Staub.

»Werft ihn über die Klippe«, rief eine vertraute Stimme in einer Sprache, die ich verstand.

Ich wollte mich gegen die Hände wappnen, die zugreifen, mich anheben und über die Klippe werfen würden. Aber nichts tat sich. Überhaupt nichts – nur mein Magen. Der sich mit lebhafter Plötzlichkeit des Mahls entledigte, dass ich zuvor zu mir genommen hatte.

Ah, Hoolies, nicht *das* schon wieder.

»Werft ihn über die Klippe«, wiederholte die Stimme, und ich hörte eine unterdrückte Beschwerde von Nihko.

Durch die benommene Dunkelheit, durch das Elend meines Magens und die Hilflosigkeit meines Körpers hindurch, der ausgebreitet in dem von Molahs, Ziegen, Hühnern – und mir selbst – hinterlassenen Dreck lag, den er ebenso einatmete wie Staub, sah ich undeutlich, wie der nackte Körper auf dem Boden ergriffen, angehoben und über die Klippe geworfen wurde. Er fiel leblos außer Sicht, bevor ich auch nur blinzeln konnte.

Gedankenfetzen durchzogen meinen Geist, während ich den Körper fallen sah. Als erstes: *Prima hatte Recht* …

Oder es war ebenso eine Falle für Nihko wie für mich.

Herakleio …?

Aber warum sollte er Nihko töten lassen?

Dann legte jemand seine kühlen Finger an meinen Nacken und ich fiel in die Dunkelheit und fragte mich, ob Nihko bei Bewusstsein war, während er fiel, und ob ich aufwachen würde, bevor ich auf dem Boden auftraf.

16

Der Schatten glitt über die Klippe, huschte die kahle Vorderseite mit ihrem gewundenen Pfad hinab, der vom Hafen zur Oberseite der Klippe und zu sich selbst zurückführte. Ein Vogel.

Der Schatten stieg auf, kreiste, kehrte zurück, schwebte näher. Der Körper war ein Körper, aber zerbrochen. Der Schädel war zermalmt, das Gesicht bis zur Unkenntlichkeit zerschlagen, die Glieder in Stellungen verdreht, wie sich kein Körperglied drehen sollte. Nichts war mehr heil.

Der Schatten floh über den Körper, kehrte zurück.

Er befand sich in der Nähe des Pfades, war aber nicht vom Pfad oder über dessen Rand geworfen worden. Und daher war der Körper nicht sofort aus jedem Blickwinkel sichtbar. Der Kleidung beraubt, verschmolz die braune Haut mit der Erde, den Felsen, den kleinen Flecken von Bewuchs, die sich tapfer an der Vorderseite der Klippe zu halten versuchten. Kein menschliches Auge sah ihn, aber die Tiernase roch ihn. Es war zu früh, als dass schon die Verwesung eingesetzt hätte, doch den Geruch des Todes erkannte jedes Tier und mied ihn. Es sei denn, es war ein Aasfresser.

Molahs waren keine. Und als daher eine Reihe von Molahs, die den Pfad hinabgeführt wurden, rebellierten, rief ihr Molah-Mann einem weiteren zu nachzusehen, ob jemand zu finden sei, irgendein volltrunkener Narr, der von der Klippe gefallen sein mochte, nachdem er aus einem Weinhaus getorkelt war. Das war schon früher geschehen. Und so sahen Männer nach, und der Körper wurde gefunden. Man bemerkte die Nacktheit, die Narben am Körper, das zerschmetterte Gesicht und den Schädel, aber man erkannte ihn nicht. Er könnte einer von ihnen sein. Er könnte es auch nicht sein. Aber er war unbestreitbar tot.

Der Vogel, seiner Mahlzeit beraubt, flog östlich vom Kessel fort, überquerte das Meer, überquerte das Tal, fand auf einem in den Himmel ragenden Kegel ein anderes Opfer, und dort schwebte der Vogel erneut und begutachtete sein Mahl.

Und dann hielt der Vogel plötzlich inne. Fiel herab. Stürzte aus dem Himmel, ohne zu versuchen, seinen Sturz abzufangen, und krachte in den auf dem Kegel ausgebreiteten Körper, der unbekleidet und ohne Bewusstsein war. Eine Hülle aus Fleisch und Knochen, ohne Bewusstsein oder Begriffsvermögen.

Der Körper öffnete sich, nahm den Vogel an und schloss sich wieder.

Ich erwachte jäh, aus der Bewusstlosigkeit in die Bewusstheit aufgeschreckt, dass ich immerhin lebte. Ich setzte mich auf, balancierte mich aus, um mich hochzustemmen, sah den Himmel unter mir hervorwirbeln. Ich war mir eines gewaltigen Atemholens bewusst, eines so strahlenden Blaus, dass es fast überwältigte, und des körperlichen Wissens vom *Nichts*. Der Körper begriff die Gefahr seines Platzes, auch wenn der Geist sie nicht erkannte.

Ich rollte mich herum, fiel auf den Bauch, erkannte, dass eine Armeslänge entfernt die Oberfläche unter mir bis in den Himmel abfiel.

Fels grub sich in meine Gesichtshaut. Nackt fühlte ich mich nicht wohl. Die Genitalien protestierten, bis ich ihnen mit einem Lagewechsel Erleichterung verschaffte, obwohl ich kaum mehr tat, als den Winkel einer Hüfte zu verändern. Ich atmete schwer und wirbelte dabei Staub unter meinem Gesicht auf. Ich schmeckte ihn. Und Blut.

Jenseits einer ausgestreckten Hand lag der Rand der

Welt, wie ich ihn kannte. In diesem Augenblick war das, was ich wusste, das, was ich unter mir spürte, was ich sah. Himmel und Himmel. Nicht mehr.

Ich hob unendlich vorsichtig den Kopf. Drehte ihn so weit, dass mein Kinn den Fels berührte. Sah den Rand der Welt sich vor mir erstrecken und ihren Horizont sehr fern.

Eine weitere Drehung des Kopfes, zur Linken. Erneut Himmel. Aber dieses Mal auch Land: Fels und Erde, und die Reibung des Windes.

Auch jetzt berührte er mich, neckte meine Haut, schlich sich an Knöcheln, Knien, Hüften in die Höhlungen meines Körpers, in die Achselhöhlen. Er ergriff mein Haar, blies mir in die Augen, veränderte meine Sicht. Ich sah Haar und Fels, Staub und Himmel.

Mein Magen verkrampfte sich. Es gab nichts auszuspeien, aber das war auch nicht die Absicht. Von tief innen, von den Genitalien aufsteigend, *drückte* etwas.

Ich fragte mich kurz, ob es Angst war.

So schnell er mich ergriffen hatte, wich der Krampf auch wieder von mir. Angst würde doch sicher länger anhalten?

Ein Zittern erschütterte mich von Kopf bis Fuß, verwandelte die Haut in Stein.

Ich schloss die Augen, ließ den Kopf hängen. Ich lag ganz still, bis auf das Ein- und Ausatmen. War erleichtert, wenigstens das zu schaffen.

Ich wusste, wo ich war. Ich wusste nur nicht, warum.

Meteiera.

Steinwald.

IoSkandi.

Wo Wahnsinnige zum Sterben hingeschickt wurden, während sie Bekanntschaft mit der Magie machten.

Nicht ich.

Gewiss nicht ich.

Der Wind kroch beharrlich unter meinen Körper. Er

verlagerte den Felsenstaub, trieb ihn in die schweißüberzogenen Falten meiner Haut. Es juckte.

Das Zittern erschütterte mich erneut.

Ich malte ein Bild: ich auf dem Kegel. Ich lag am Rand. Zu meiner Rechten fiel die Welt ab. Zu meiner Linken erstreckte sie sich wie eine träge Katze, die Knochen unter der dünnen Haut hart und wie Stein buckelartig erhoben.

Es *war* Stein.

Diese Katze war weder träge noch Stein. Diese Katze war Fleisch und hatte Angst.

Ich malte ein Bild. Ich wusste, wo ich war. Begriff die Risiken, und wo die Gefahren lauerten. Zu meiner Rechten, eine Armlänge entfernt. Zu meiner Linken, viel weiter.

Der Körper sammelte sich, erhob sich aufs nackte Gesäß, bewegte sich vom Rand der Welt fort. Er hielt inne, als er sich von Stein umgeben fühlte: Eine Insel inmitten des Himmels. Er saß dort, die Arme um die aufgestellten Knie geschlungen, und machte sich klein.

Wind stieß zu.

Ich schloss meine Augen davor. Das Haar wurde mir aus dem Gesicht geweht. Schweiß verdunstete im Wind. Das Gesäß und meine Fußsohlen klammerten sich an den Stein.

Rund um mich herum war Himmel, und Himmel, und Himmel.

Und, gemäß io- und Skandiern gleichermaßen, Götter.

Es kam mir schließlich in den Sinn, mich zu fragen, warum.

Warum *dies*?

Und dann fragte ich mich, verspätet, wie.

Wenn es einen Weg hinauf gab, gab es auch einen Weg hinab.

Dann lächelte ich, dem Wind ins Gesicht.

* * *

Die Spitze des Kegels war nicht so schmal, wie ich ursprünglich geglaubt hatte. Tatsächlich wies sie ungefähr die Oberfläche zweier voller Kreise auf, gut dreißig Schritt Durchmesser. Das gewährte mir die Freiheit, mich zu bewegen, ohne Angst haben zu müssen, über den Rand zu fallen: Ich hatte mein halbes Leben – oder möglicherweise auch mehr – damit verbracht zu lernen, wie man in einem Kreis bleibt. Und *zwei* davon waren zu viel.

Schließlich erhob ich mich gegen den Wind. Ich ließ ihn mich umkreisen, mich stoßen, versuchen, mich hinab oder über den Rand zu drängen. Aber ich begriff jetzt meinen Platz und wie ich der Hebelkraft des Windes trotzen konnte. Ich benutzte Gewicht und Bewusstsein. Ich lernte, was davon zu erwarten war, ihn zu respektieren, ihn zu nutzen. Während ich die Spitze des Kegels abschritt, fürchtete ich den Wind nicht mehr, fürchtete nicht mehr, dass er mich in den Himmel wehen könnte.

Als ich jede Kante der Spitze des Kegels geprüft hatte, wusste ich, dass keine Seile da waren.

* * *

Als die Sonne unterging, saß ich auf dem Steinkegel und betrachtete das Tal unter mir, das ferne Schimmern von Laternenlicht, von Herdfeuern. Mein Kegel war nicht der Einzige. Ich zählte so viele, wie ich sehen konnte, im ganzen Tal zusammengedrängt, und vermutete, dass es jenseits noch mehr geben könnte. Keine zwei Kegel waren gleich: einige waren dick oder mit Vorsprüngen, Simsen oder Höhlungen übersät. Im ersterbenden Tageslicht sah ich Licht auf anderen Kegeln aufflammen, sah die Bögen und Kanten dort erbauter Behausungen, die hölzernen Terrassen, die sich an Simse und Höhleneingänge klammerten. Als das Licht schwand und das Tal in Dunkelheit tauchte, verlor ich die Orientierung und sah nur noch das schwankende Schimmern von Laternen und die düsteren, blockähnlichen Steinbollwerke vor dem Mond und den Sternen.

Für mich gab es kein Lampenlicht, keine Laterne, kein Herdfeuer. Nur das, was ich selbst aus den Himmelslichtern zog. Ein Priestermagier würde zweifellos behaupten, der Mond und die Sterne wären ein Geschenk der Götter.

Bevor er mit ihnen verschmolz.

Ich erschauderte. Die Sonne nahm die Wärme mit sich, und ich besaß keine Kleidung, die den Wind abgehalten hätte. Ich war hungrig und durstig und verwirrt.

Wenn es einen Weg hinauf gab, gab es auch einen Weg hinab.

Oder nicht?

Schließlich legte ich mich auf dem Stein nieder.

Schließlich schlief ich ein.

* * *

In meinem Traum fand Del mich. Sie segelte nach io-Skandi, betrat den Steinwald, kam zum richtigen Kegel, fand einen Weg hinauf und kletterte über den Rand, um dann neben mir zu stehen. Wir verschränkten unsere Hände, stellten uns gemeinsam dem Wind entgegen und wussten nun, dass wir unverwundbar waren.

Die Berührung ihrer Haut gewährte mir all den Frieden, den ich kannte, allen Antrieb zu Überleben und Triumph, die ein Mann vielleicht kennen mochte, wenn er einer Frau auf die Art vertraute, wie ich Del vertraute. Zusammen standen wir am Rand der Spitze des Steins, die Arme ausgestreckt, und überließen uns dem Wind. Ließen uns von ihm umstoßen, ergreifen, immer weiter hinabtragen, wo wir wieder auf der Erde wandelten, wie es uns bestimmt war.

Ich wandte mich um, wollte sie umarmen, küssen, und spürte Stein an meinem Mund.

* * *

Ich setzte mich im Wind – im Licht – auf und beobachtete, wie der Tag die Nacht verdrängte. Der Kegel und ich waren taugebadet. Schweiß kam hinzu, entstand unter meinem Haar, bedeckte Schädel und Gesicht, die empfindliche, über brüchige Knochen gespannte Haut.

Kein Essen, kein Wasser, kein Weg hinab.

Warum *dies*?

Warum keine glatte Tötung, ein von der Klippe geworfener Körper?

Ich glaube nicht an Götter.

Ich glaube nicht an Magie.

Ich glaube nicht an die Macht eines Mannes, über einer Mauer zu schweben und sich zu bewegen, ohne dass man es merkt.

Und doch war ich Zeuge des Letzteren gewesen.

Ich war Zeuge der Magie gewesen.

Ich hatte Magie *gestaltet*.

Ich glaube nicht an Götter.

Ich glaube an mich selbst.

Ich führte eine Hand an die Halskette mit den Tigerkrallen und zählte sie. Es fehlte keine. Nur der silberne Augenbrauenring, den Nihko befestigt und den ich gelöst hatte, als mir klar wurde, dass es einen Unterschied bedeutete, gleichgültig wie wenig ich an seine Wirksamkeit gegen Magie glauben wollte.

Sie hatten ihn in der letzten Nacht von der Kette abgeschnitten.

Nein, in der vorletzten Nacht.

Oder der *vor*vorletzten?

Wie viele Tage war ich schon hier?

Zwei.

Das wusste ich ungefähr.

Zwei, in denen ich bei Bewusstsein war.

Und davor?

Und *davor*?

Ich war hungrig. Durstig. Wurde schwächer.

Mehr als zwei Tage.

Wie viele?

War es wichtig?

Wenn ich einen Weg hinab finden wollte, war es wichtig.

Wenn es einen Weg hinab gab.

Wie war ich heraufgekommen? Wie hatten sie mich heraufgebracht?

Sahdri. Sahdri, der über einer Mauer schweben konnte, der sich über eine Terrasse bewegen konnte, ohne dass man es merkte.

Sahdris Stimme, die ihnen befahl, den Körper über die Klippe zu werfen.

Was würde Prima sagen, wenn sie erfuhr, dass ihr Erster Offizier tot war?

Was würde Del sagen, wenn sie erfuhr, dass ich vermisst wurde?

Wenn sie erfuhr, dass ich tot war?

Mehr als zwei Tage.

Wie viele?

Wie viele blieben noch?

Wie lange?

Wie viele Tage würde es dauern, bis sie hinnahm, dass ich fort war?

Und wahrscheinlich nicht zurückkommen würde.

Darüber hatten wir niemals, nicht *ein*mal, gesprochen. Weil wir beide wussten, was notwendig war. Was ich zuvor getan hatte, als ich glaubte, sie stürbe, als ich glaubte, sie sei trotz des in ihrem Körper verbliebenen Atems tot.

Ich konnte mich jetzt nicht mehr daran erinnern, welche Gefühle zu dieser Entscheidung geführt hatten, mir gestattet hatten, sie zu verlassen. Die Gewissheit, dass sie tot war, die Gewissheit, dass diesen Tod zu sehen, mich zerstören würde. Aber die Gefühle jenes Augenblickes waren lange vergangen und nicht mehr abrufbar. Ich erinnerte mich daran, dass ich sie empfunden hatte, aber nicht daran, wie sie sich über die Erinnerung an Qual, Schuld, Kummer und unbeschreiblichen Schmerz hinaus angefühlt hatten.

Ich hatte auf der Klippe gestanden und auf Staal-Kithra hinabgeschaut, das dicht mit Hügelgräbern und Dolmen bestanden war, und jenseits davon auf Staal-Ysta, die Insel im glasschwarzen See, im Winter weiß-auf-weiß flankiert, starre Spitzen vor einem freudlosen Himmel. Ich hatte mich von ihr verabschiedet, mich auf meine Art entschuldigt. Hatte die Schwertklinge in den Rasen, in die Erde, ins Herz des Nordens gestoßen.

Ich hatte ihr den Namen des Schwertes genannt, hatte ihn laut ausgesprochen, denn sie sollte ihn kennen: *Samiel*. Jetzt lag dieses nordische Schwert unter südlichem Fels begraben, letztlich von dem Magier befreit, der es heimgesucht hatte. Ich war von dem Magier befreit, von dem Schwert befreit.

Frei, um allein auf ioSkandi zu sterben, auf einem hoch aufragenden Kegel zurückgelassen, der ein Loch in den Himmel bohrte.

Die Leber der Götter durchbohrte, wie mit verzeihbarer Bitterkeit zu wünschen stand, die andere verehrten, indem sie sich von den Kegeln stürzten.

In diesem Augenblick begriff ich mit bestürzender Klarheit. Verstand, was erwartet wurde.

Ich sollte *verschmelzen*.

Ich fragte mich voller Zynismus, wer all die auf dem Boden aufgefundenen, zerschmetterten Knochen aufsammelte. Oder wurden sie einfach dort liegengelassen, übergangen, unter den Füßen der Priestermagier, die kamen, um sich an der Verschmelzung zu erfreuen, zu Elfenbeinstaub zermahlen?

Ich legte den Kopf weit zurück und blickte in den Himmel hinauf. Und dann sprach ich zum ersten Mal, seit ich auf dem Fels erwacht war.

»Ihr seid nicht meine!«, schrie ich. »Ich seid *nicht meine Götter*!«

Weil ich keine hatte. Keine verehrte. An keine glaubte.

»Nicht!«

Der Wind flüsterte: *Nein*?

Nein.

Nein und nochmals nein.

Ich hatte keine, verehrte keine, glaubte an keine.

Götter – und Magie.

Magie.

Ich hatte keine, wendete keine an, glaubte an keine.

Lügner, flüsterte der Wind.

Götter, war ich durstig.

Und dann lachte ich. Weil sogar ein Mensch, der an keine Götter glaubt, an die *Idee* der Götter glaubt, glaubt, dass andere glauben. Sonst würde er sich nicht auf eine Sprache verlassen, die die Gegenwart der Götter umfasst.

Gewohnheit. Nicht mehr. Man gewöhnt sich daran, dass andere es sagen, beten, es glauben. Man muss es nicht selbst glauben. Man muss nicht selbst beten.

Käme ich mit Beten von diesem Fels herab?

Der Wind umwehte mich. *Heuchler*.

Käme ich mit Magie von diesem Fels herab?

Der Wind behauptete sich, bot aber keine Antwort.

Sahdri, der über einer Mauer schweben konnte. Der sich bewegen konnte, ohne dass man es merkte. Der fordern konnte, dass Nihkolara Andros sich von einem Kegel stürzen sollte, um mit den Göttern zu verschmelzen, die er zurückgewiesen hatte ... aber es hatte kein Reinigungsritual stattgefunden, und so war Nihkolara

Andros hinabgestürzt *worden*. Nicht von dem Kegel, nicht von ioSkandi, wo Priestermagier dienten, verehrten und wahnsinnig wurden, sondern von der Klippe des Kessels.

Ikepra. Entweihter.

Was war ich dann?

Ich lachte erneut. »Ein Narr.«

Der Wind verschlang mich, umarmte mich, zog an mir. Ich ging mit ihm, ließ mich zum Rand tragen. Dort kniete ich mich hin, Bittsteller des Himmels. Und verweigerte mich.

Ein Schatten schwebte über mich hinweg, über den Kegel hinweg. Breitete Schwingen aus. Ich schaute auf. Sah den Vogel. Spürte etwas in mir antworten. Mein Magen verkrampfte sich. Die Genitalien zogen sich zusammen. Ich knickte in der Taille ein. Etwas in mir regte sich.

Wuchs.

Entfaltete sich.

Wirkte bedrohlich.

Ich erschauderte auf dem Fels, die Knie in den Stein gegraben. Die Haut stand von meinen Knochen ab. Die Haare richteten sich auf meiner Haut auf. Gegen meinen Willen streckten sich meine Arme ruckartig aus, die Handflächen flach, die Finger gespreizt. Der Atem klang in meiner Kehle laut. Wurde aus dem Mund ausgestoßen und wieder eingesogen. Laut. Und ebenso laut noch einmal ausgestoßen.

Schweiß lief an mir herab. Ich spürte ihn die Haut hinablaufen, sah ihn auf den Stein tropfen. Jeder Zoll dieser Haut juckte. Ich kniete zitternd dort, mir des Klapperns meiner Knochen und des Verzagens meines Geistes bewusst.

So leicht, loszulassen.

So leicht, sich vorzubeugen.

So leicht, mich vom Rand der Welt zu stürzen.

So leicht zu fallen.
So leicht zu *enden*.
»Del!«, schrie ich. Und dann noch einmal lauter: »Delllllll!«
Sie bedeutete meine Mauern. Mein Haus.
Wollte Herakleio sie so sehr?
So leicht.
Loszulassen.
Zu fallen.
Zu enden.

* * *

Dort fand mich die Nacht. Kniend. Die Götter verleugnend. Die Magie zurückweisend.
Mein Vertrauen in Del setzend.
Finde mich.
Finde mich.
Finde mich.
Bascha. Bitte.
Findest du mich?

* * *

Ich lag auf dem Kegel, das Rückgrat auf den Fels gepresst. Ich wog schwer. Alles an mir war schwer. Und doch schien es unmöglich, dass es so sein sollte, weil es weder Essen noch Wasser gab. Nur Wind. Nur Sonne. Nur endloser Himmel, und endlose Tage, und Nächte, die mich mit Sternen nährten.

Im Süden wäre ich schon vor Tagen gestorben. Hier, wo Feuchtigkeit in der Luft lag, wo es Morgentau gab, wo der Atem des Meerwassers an meine Haut kam, war der Tod hinausgezögert. Aber er kam. Der aasfressende Vogel über mir, in mir, versicherte mich dessen.

Del war nicht gekommen.
Konnte es nicht.
Wusste nicht, wo oder wie.

Oder *ob* ich überhaupt noch lebte.

War jemand anders auf dem Kegel gestorben? Hatte der aasfressende Vogel sich an dem Körper gelabt, die Knochen verstreut? Hatte der Wind sie herabgeweht?

Konnte der Wind einen Körper anheben?

Ihn tragen?

Konnte der Vogel einen Körper anheben?

Ihn tragen?

Konnte ich aufstehen und den Himmel versuchen?

Die Haut juckte. Die Knochen brannten.

Leere im Überfluss, bis auf die Bedrohung.

Ich war Glas, und ich würde brechen.

Man hebe mich hoch, trage mich, lasse mich fallen, und ich würde zerschmettern.

Besser, wenn *ich* mich hochheben würde. Besser, wenn *ich* mich trüge.

Besser, wenn ich mich selbst zerschmetterte.

Hohlheit.

Ein zu einer Schärfe geschliffener Geist, den niemand erkennen konnte, aber er würde schneiden. O ja, er würde durch die Haut hindurchschneiden, bevor jemand es erkannte.

Und töten.

Schneiden. Aufschlitzen. Durchbohren.

Wie ein Schwert.

Ich war ein Schwert.

Ich *war* das Schwert.

Das Schwert.

In der Vorstellung im Himmel, aus dem Metall gefertigt, das zu Stahl verarbeitet wurde, auf der Erde geboren.

Fallend.

Fallend.

Später gefunden – und geschmolzen. Geformt. Gehämmert. Erhitzt. Im Wasser abgekühlt, und gesegnet. Und geschliffen.

Geführt.

Jhihadi. Messias. Sklave. Schwerttänzer.

Geführt.

Zerbrochen?

Und erneut erhitzt. Erneut geformt.

Gehämmert.

Geschliffen.

Geführt.

Ich öffnete ruckartig die Augen, starrte in den Himmel hinauf, mir der Sonne bewusst, aber nicht von ihr geblendet. Ein Schatten zog darüber hinweg, über mich hinweg. Mit ausgebreiteten Schwingen.

Der Laut, den ich ausstieß, klang dem Schrei eines Aasfressers nicht unähnlich.

Ich erhob mich von dem Stein und stand zum ersten Mal seit Tagen darauf. Betrachtete den Doppelkreis und die Welt jenseits davon, den endlosen, von Wind und Göttern erfüllten Himmel.

Und einen Vogel.

Im Himmel empfangen, später gefunden, und geschmolzen. Sodass die Essenz meines *Seins* erhalten blieb, gestaltet wurde, erhitzt und gehämmert und geschliffen.

Es war nichts von mir übriggeblieben als Stahl.

Schwerttänzer.

Tänzer.

Schwert.

Die Bedrohung war *gegenwärtig*.

Ausgebreitete Schwingen.

Der Schatten zog vorüber, bedeckte meine Augen.

Heile mich.

Stähle mich.

Innen ausgebreitete Schwingen.

Stähle mich.

Ich stand am Rande des Kegels und breitete die Arme aus, die Handflächen, die Finger. Spürte den Wind auf meiner Haut. Spürte ihn mich einhüllen, einschließen, verschlingen.

Stähle mich.

Die Fersen hoben sich vom Fels. Die Zehen griffen zu. Klammerten sich fest. Balancierten aus.

Stähle mich.

Der Kopf neigte sich zurück. Die Sonne wärmte mein Gesicht, der Wind küsste es. Ich ließ die Augenlider bereitwillig zufallen. Sah die rote Helligkeit dahinter, die meinen Kopf mit Licht erfüllte.

Begreifen.

Anerkennung.

Dort schwebte ich, ein Mann am Rande eines Steinkreises, das einzige verfügbare Schwert – dasjenige, das ich aus mir selbst gestaltet hatte.

Der Schatten flog über mich hinweg.

»Stääääähhllllleeeeeee miiiiiiich!«

Keine Götter.

Nur ich.

Nur ich.

Der Schatten in mir entfaltete sich.

Der Wind kam erneut. Ich spürte ihn in meinen Augen, in meiner Nase, in meinem Mund. Spürte ihn in Kehle und Lungen und Bauch einströmen. Spürte ihn die so brüchigen, so hohlen, so leichten Knochen umhüllen.

Und die Bedrohung *trat ein*.

Und Macht.

Begreifen.

Anerkennung.

Ich brütete es dort auf dem Felsen aus, gebar das Kind, das ich mehr als drei Dekaden getragen hatte, bemühte mich jetzt unter Schmerzen, auf dem Kegel im Himmel zu gebären. Das Kind, das ich vielleicht gewesen wäre, wenn ich in Skandi geboren worden wäre. Das Kind, das im Sand der südlichen Wüste fortgeworfen wurde. Das Kind, das ich niemals sein durfte. Das Kind, das zu sein ich mir niemals selbst erlaubte. Zu empfangen. Zu gebären.

Ich brütete es dort auf dem Felsen aus und schrie den Schmerz und die Wut heraus: dass mir die Wahl genommen wurde. Dekaden nachdem das Gefäß von einem Mann und einer Frau gestaltet worden war, wurde das Kind schließlich geboren. Das Gefäß war gestählt. Die Haut war letztlich stark genug, ein Kind festzuhalten.

Oh, es wollte Freiheit!

Dann fuhr ich herum und lief.

Lief.

Zum Rand des Kreises.

Zum Rand des Kegels.

Zum Rand der Welt.

Und darüber hinaus.

Keine Götter.

Nur ich.

Der ich in den Tag sprang.

* * *

Der Schatten zog über den Kegel, huschte die kahlen Seiten hinab. Ein Vogel.

Der Schatten stieg auf, kreiste, kehrte zurück, schwebte näher. Der Körper war ein Körper, ungebrochen. Der Schädel war heil, das Gesicht erkennbar, die Glieder unverdreht.

Der Schatten floh über den Körper, kehrte um.

Er war nahe dem Rand emporgeschossen, und daher war der Körper nicht sofort aus jedem Blickwinkel sichtbar. Der Kleidung beraubt, verschmolz die braune Haut mit der Erde, den Felsen, den kleinen Flecken Bewuchs, die sich tapfer am Fuß des Kegels zu halten versuchten. Kein menschliches Auge sah ihn, aber Tiernasen rochen ihn. Den Geruch des drohenden Todes erkannte jedes Tier und mied ihn. Es sei denn, es war ein Aasfresser.

Molahs waren das nicht. Und als der Molah, der den Wagen zog, dann rebellierte, sah sein Molah-Mann nach, und der Körper wurde gefunden. Er wurde wegen seiner Nacktheit, seiner Narben, wegen der Gesichts- und Schädelform erkannt. Er könnte einer von ihnen sein. Er könnte es auch nicht sein. Aber er lebte unbestreitbar.

17

Ein Geräusch. Der Wind, der im Bewuchs raschelt. Der Sand und Staub anhebt. Das kratzende Geräusch von umherrollendem Kies. Das Kitzeln der Luft an Haaren und Armen – und Beinen und Kopf. Ich konnte es hören. Ich konnte *hören*, wie sich die Haare aufstellten.

Konnte es spüren.

Spüren.

Meine Lungen füllten sich mit einem einzigen, krampfartigen Atemzug, weiteten meine Brust. Ich hatte Angst, ihn wieder ausströmen zu lassen, Angst, dass es niemals wiederholbar wäre.

Mein Kopf war lichterfüllt.

Der Atem strömte wieder aus. Kam zurück, wie ein Hund, wenn ich ihn rief.

Ich atmete.

Ein Geräusch. Das Klingen von Stein auf Stein, das Eindringen eines Hufes in die Erde, das laute Schnauben eines Tieres.

Und eine Person, die ging.

Die Augenlider öffneten sich ruckartig. Tageslicht erfüllte meine Augen. Ich lag auf dem Rücken. Ich sah das Tier: ein Molah. Sah die Gestalt: ein Mann. Vor der Sonne schwarz.

Der Molah wurde angehalten. Der Mann band sein Führungsseil an einen verkrüppelten Baum und kam dann zu mir. Kniete sich neben mich. Betrachtete mich, auch wenn er mich nicht anfasste.

»Vierzig Jahre lang«, sagte er, »waren Sie tot. Erst jetzt sind Sie geboren. Erst jetzt sind Sie heil.«

Vierzig?

War ich so alt?

Niemand hatte es gewusst. Niemand hatte es mir gesagt. Alles nur Vermutung.

Vierzig.

»Erst jetzt sind Sie heil«, wiederholte er.

Dann erkannte ich, dass er Skandisch sprach.

Und dass ich es verstand.

Er lächelte ironisch. »Ich weiß«, sagte er. »Aber jetzt verstehen Sie, was ein Neugeborenes durchmacht. So viele Eindrücke einer neuen Welt. So vieles, was es überwältigt.«

Ich öffnete meine Augen ganz. Sah den geschorenen, tätowierten Kopf. Grüne Augen in sonnengebräunter Haut. Das Schimmern von Ringen in seinen Augenbrauen.

»Tot«, sagte ich.

»Das waren Sie«, stimmte er mir zu.

»Sie.«

»Ah.« Das ironische Lächeln vertiefte sich. »Nein.«

»Ich habe es gesehen.«

»Sie haben *einen Körper* gesehen. Es war dunkel, Sie waren in einiger Bedrängnis – und die Magie wohnte Ihrem Körper inne, als sie dies erst von Ihrer Halskette entfernt hatten.« Ein Finger deutete auf den verheilten Schnitt, wo einst der Ring gewesen war – herausgeschnitten worden war. »Ein Körper«, sagte er. »Nicht mehr. Ein toter Mann, und passend: Ihre Größe, Ihr Gewicht, Ihre Hautfarbe. Wir sind uns alle ähnlich.«

»Sie?«

»Mich haben sie von dem Molah weggezogen. Ich war nicht in der Lage, zu verhandeln.«

Nein. Er war von seinem Kapitän bis zur Bewusstlosigkeit mit Drogen vollgepumpt worden.

»Warum?«, fragte ich. »Warum einen Körper präsentieren?«

»Wegen Ihrer Frau«, antwortete er.

Del?

»Wenn sie glaubte, dass Sie noch lebten, würde sie Sie suchen. Sie wollen, dass sie fortgeht.«

»Wer?«

Und wie viele?

»Sahdri, damit sie nicht nachsehen kommt. Die Metri, damit sie nicht bekommt, was Herakleio begehrt. Prima, weil – weil sie hofft, Del würde sich im Kummer ihr zuwenden.«

»Wer hat dies getan?«

»Jeder von ihnen.«

»Sie.«

»Nein.«

Gewissheit. »Del wird kommen.«

»Aber sie glaubt, Sie seien tot. Ihr Körper wurde gefunden.«

»Nicht meiner.«

»Sie glauben, es sei Ihrer.«

»Sie?«

»Die Metri. Herakleio. Prima.«

Der Unglaube war offensichtlich. »*Prima*?«

Er lächelte nicht. »Sie glaubt, Sie seien tot. Sie soll es glauben, wie auch die anderen.«

»Aber sie weiß, dass Sie leben.«

»Nein.«

»*Nein*?«

»Ich verschwand.«

»Wie praktisch.«

»Sie nehmen an, dass ich tot bin. Sie wissen, dass Sie es sind.«

»Nicht Del.«

»Auch Del.«

»Nein.«

»Sie sind Priester«, sagte er sanft, »*und* Magier. Glauben Sie, ein Körper würde gefunden, der Ihrem nicht auch in bestimmten Einzelheiten ähnelte?« Er berührte mich zum ersten Mal. Es war eine kurze, unpersönliche Berührung ohne weitere Absicht, nur um auf etwas Bestimmtes zu deuten. »Hier.« Das Zerrbild einer von Dels Jivatma umgestalteten Bauchdecke. »Und hier.« Die tief in meine Wange eingegrabenen Krallenspuren. »Es war nicht viel von Schädel oder Gesicht übrig, aber genug, um die Narben zu erkennen.«

»Ich glaube es nicht. Und es wird auch niemand sonst glauben.« Gewiss nicht Del. »Selbst ein zerschmetterter Körper zeigt bestimmte Makel.«

»Sie sind Magier«, sagte er unendlich deutlich. »Sie beherrschen dies. Sie haben einfach Ihre Narben von Ihnen genommen und sie in die Haut eines anderen Mannes eingesetzt.«

Das raubte mir den Atem. »Von mir genommen?«

»Keine Narben«, sagte er, »außer denen, die sie Ihnen gelassen haben. Ein toter Mann trägt sie. Und daher sind *Sie* tot.«

Ich wollte mich verzweifelt rühren, eine Hand an meine Wange heben, aber der Körper ließ mich im Stich.

»Tot«, wiederholte er. »Für jedermann, der Sie kannte.«

»*Sie* kennen mich.«

Nihko lächelte betrübt. »Aber ich bin ein Priester, und ich bin ein Magier, und ich bin ein Wahnsinniger.«

»Ikepra.«

»Nicht mehr.«

»*Wie*?«

»Bezahlung«, sagte er, »hierfür.«

»Für …?«

»Dies.«

»Dies?«

»Die ersten Schritte«, sagte er, »die auf die Geburt folgen. Sie haben zehn Jahre Zeit. Vielleicht zwölf. Sie sind jetzt eine Kerze, die heller und heißer brennt als jede andere. Sie werden sich selbst mit der Hitze Ihres Geistes, mit der Macht in Ihren Knochen aufzehren. Sie haben keine Zeit zu krabbeln, sondern müssen gezwungen werden zu laufen.«

Ich lag ausgebreitet auf dem Boden, unfähig, mich zu bewegen. »Bin ich … heil?«

»Mehr als heil«, antwortete er. »Sie sind jetzt *vollständig*.«

Ich wusste, was ich war. »Ein Schwerttänzer.«

Nihko sagte: »Nicht mehr.«

»Ich habe auf dem Kegel getanzt.«

»Sie hatten kein Schwert.«

»Ich *bin* das Schwert.«

»Nein.«

»Das können Sie mir nicht nehmen.«

»Das werde ich auch nicht. Sie werden es selbst tun.«

»Niemand kann das.«

»Sie sind ein Kind«, sagte er freundlich. »Die Magie ist ungezähmt. Dies sind Menschen, die ihre Natur erforscht haben und wissen, wie man sie kontrolliert. Glauben Sie mir eines: Sie werden tun, was sie sagen, und werden sein, was sie bestimmen.«

»Sie haben es nicht getan.«

»Und sie wollten mich dafür töten.«

»Sie leben.«

»Bezahlung«, sagte er. »Hierfür.«

Da lachte ich und war entsetzt, dass ich es konnte. »Ich bin tot. *Wirklich* tot. Dies ist nicht real. Sie sind tot und ich bin tot, und dies ist nicht real.«

»Nun«, sagte er gleichmütig, »ich selbst habe fast dasselbe behauptet.«

»Und haben Sie sich von einem Kegel gestürzt?«

Nihkos Miene schien gelassen. »Wir stürzen uns alle hinab«, sagte er. »So erfahren wir.«

»Erfahren was?«

»Dass sich die Magie offenbart hat.«

»Für mich«, erwiderte ich, »bedeutet es, dass sich der *Wahnsinn* offenbart hat, wenn man sich von einem Kegel stürzt!«

»Ja«, stimmte er mir zu. »Jedermann kann das tun, und daran sterben. Aber jene von uns, die überleben, sind mehr als nur einfach wahnsinnig.«

»Magie«, sagte ich angewidert.

»Magier«, berichtigte er mich. »Männer, die daraus gemacht sind, und lernen, wie man sie lenkt.«

Ich regte mich zum ersten Mal. Der Körper – arbeitete nicht mit.

»Verhalten Sie sich ruhig«, riet Nihko. »Der Körper hat sich aufgebraucht.«

»*Aufgebraucht* ...?«

»Es war ein Kreis«, sagte Nihko, »für Sie. Aber in Wahrheit ist es, was jeder Mensch daraus macht. Er lernt dort oben selbst, erfährt, was und wer er ist. Er muss es erkennen, es annehmen, es begreifen und anwenden. Sich darauf verlassen. Es aufbrauchen.«

»Wenn er also aufgebraucht ist ...«

»Fort«, sagte er. »Ausgelöscht.«

»Dann *bin* ich tot.«

»Der Mann, der Sie waren. Der Sklave. Der Messias. Der Schwerttänzer.«

»Nein.«

»Sie haben es im Kreis aufgegeben. Sie haben den Kreis *verlassen*. Sie haben sich hinausgestürzt.«

»*Elaii-ali-ma*«, flüsterte ich.

»Sie sind nicht mehr, was Sie waren. Sie sind, was Sie sein werden. Sie sind nicht mehr, *wer* Sie waren. Sie sind, wer Sie sein werden.«

»Ein Schwerttänzer.«

»Ein Magier.«

Ich lachte. Es fühlte sich in meiner Kehle rau an. »Wollen sie, dass ich ein Priester werde? Ich?«

»Sie haben sich den Göttern überantwortet.«

»Es sind nicht meine Götter.«

»Sie haben sich den Göttern überantwortet, ob es nun meine oder Ihre sind.«

»Wortklauberei«, murrte ich.

»Sie haben überlebt«, sagte Nihko. »Sie sind, was Sie sind.«

»Wahnsinnig?«

»Unbestreitbar.«

»Ich fühle mich nicht wahnsinnig.«

»Sie fühlen gar nichts. Noch nicht. Morgen früh werden Sie etwas fühlen.«

»Und was werde ich morgen früh sein?«

Nihko sagte: »Ein Magier. Und sich dessen bewusst.«

Ich schloss die Augen. Ich antwortete ihm nicht. Ich benannte mich innerlich, wo niemand sonst es hören konnte.

»Ein Magier«, wiederholte er.

Ein Schwerttänzer, sagte ich.

Innerhalb oder außerhalb des Kreises.

Am Morgen war ich kein Magier. Ich war nur ein Mann, dem todelend zumute war. Fieber brannte in meinen Knochen, verheerte mein Fleisch, verwässerte die Augen in ihren Höhlen. Die Lippen platzten auf und bluteten. Eine Hautschicht wurde abgestreift. Mein Magen, die Eingeweide und die Blase ließen ausströmen, was noch übrig war. Nach unzähligen Tagen auf dem Kegel ohne Nahrung *war* nur allzu wenig übrig. Ich war schwach und zerschlagen, und die Gelenke brannten.

Die verbliebene Feuchtigkeit drang aus meinen Augen. Meine Zunge schwoll an und füllte meinen Mund aus, platzte dann auf und blutete ebenso wie die Lippen. Ich trank Blut, bis Nihko mir Wasser gab.

Er verband meine Augen, weil ich sie nicht schließen konnte.

Er schiente Finger und Zehen, weil ich sie nicht spreizen konnte.

Er hielt den Kopf nieder, weil ich ihn panisch auf dem Boden hin- und herwerfen wollte.

Er tat, was nötig war, um mich über die Schwelle zu bringen, und als das geschafft war, tat er sogar noch mehr.

Er brachte mich dazu, mich zu erheben.

Ich stand zum ersten Mal seit Tagen wieder aufrecht. Spürte die Erde unter den bloßen Füßen und den Wind in meinem Haar. Sah … alles.

Nihko hörte das abgehackte Keuchen, das meinem Mund entwich. »Klarheit«, sagte er.

Es war zu hell. Alles – zu hell. Zu üppig. Zu *strahlend.* Ich dachte, dass es mich sehr wohl erblinden lassen könnte. Meine Haut brannte von der Sonne. Schmerzte über den Knochen. Alles schmerzte. Alles war *zu viel.* Ich zitterte wie ein Kind, versuchte, Dinge zu ergründen, die ich nicht begreifen konnte. Dinge, die ich fast mein ganzes Leben lang begriffen hatte, wie Geschmack, Berührung, Geruch, Klang, Licht.

Alles davon: zu viel.

»Was hören Sie?«, fragte Nihko.

Es trommelte in meinem Kopf. Das Flüstern war ein Schrei. Ich schrak zurück. »Zu viel«, sagte ich. Und zuckte dann zusammen.

»Alle Sinne«, sagte er. »Alles ist *mehr*.«

Mehr war zu viel. Ich stand zum ersten Mal seit Tagen aufrecht und wurde von der Welt blind gemacht, von der Welt taub gemacht, mit dem Duft der Welt erfüllt, schmeckte ihren Lauf, spürte sie so sehr auf mich eindringen, dass die Haut davon schmerzte.

Alles war *mehr*.

Ich suchte die innerliche Flucht. Aber dort existierte auch *mehr*. Ich schlug gegen den Käfig, der mein eigener Schädel war, versuchte mich zurückzuziehen, zu fliehen. Und wusste, dass ich besiegt war.

»Sie können nicht«, belehrte Nihko mich. »Das *sind* Sie jetzt.«

Ich konnte kaum sprechen. »Was ist?«

»Alles.«

Ich stand da und zitterte, während die Hand des Mannes mich hielt.

Und dann kniete ich mich hin. Suchte Trost in der Erde. Ihr Geruch war überwältigend. »Ich kann nicht«, sagte ich.

»Sie können.«

»Ich kann *nicht*.«

»Sie werden.«

Ich beugte mich herab, presste meine Hände in die Erde. Legte meine Stirn darauf, sodass die Sonne auf mein Rückgrat brannte. Sie drang durch die Haut in die Muskeln, in die Eingeweide. Tief in meine Seele. Sie durchleuchtete mich, verriet meine Schwäche.

»Sie können«, belehrte Nihko mich.

Die Welt war zu groß. Und alles in ihr zu hell, zu laut, zu *viel*.

An die Erde gewandt, sagte ich: »Ich will ...«

Nihko wartete.

»Ich will«, sagte ich mühsam, »zurückgehen.«

»Sie sind tot.«

»Ich *lebe*.« Ich hockte mich wieder hin und stand dann auf. Stellte mich ihm entgegen. »Ich bin zu lebendig, um tot zu sein. Ich spüre es in mir. *Schmecke* es in mir. Ich kann mein Blut hören!«

»Ja.«

Ich legte die Hände fest vor die Augen. »Ich will zurückgehen. Um wieder zu sein, was ich war.«

»Sie sind, was Sie waren.«

Ich senkte die Hände, um sein Gesicht zu betrachten. »Sie sagten, ich sei es nicht!«

»Sie waren ungeboren«, erklärte er. »Vierzig Jahre lang wurde das Gefäß geformt. Die Magie schlief. Aber sie begann vor zwei oder drei Jahren zu erwachen. Ihre Saat war in Ihnen. Als Sie sich der Schwelle näherten, begannen die Samen zu sprießen. Auf diesem Kegel haben Sie Ihre Geburt vor vierzig Jahren gefeiert. Und die Magie offenbarte sich.«

Ich erinnerte mich, mich geöffnet zu haben. Entfaltet. In mir – und äußerlich. Die Bedrohung, die jäh entstand, als ich sie auf dem Felsen gebar.

»Sie wussten es«, sagte ich plötzlich. »An jenem Tag auf dem Schiff, als sie uns zuerst an Bord nahmen. Sie *wussten* es.«

»Wie Sie es bei jemand anderem wissen werden. Andere werden kommen. Und Sie werden ihnen dienen, wie ich Ihnen gedient habe: sie aufheben, sie nähren, ihnen über die Schwelle helfen.«

»Ich will zurückgehen.«

»Es gibt kein ›Zurück‹.«

»*Ich bin nicht Sie, Nihko*!«

Meine Worte hallten am Kegel wider. Ich schrak zurück und schlug mir beide Hände über die Ohren.

Nihko lächelte. »Ruhig«, sagte er. »Kontrolle ist erforderlich.«

»Wie Ihre?«, warf ich ihm vor, aber sehr leise.

»Meine Kontrolle ist unbedeutend«, sagte er spöttisch. »Darum habe ich meine Brüder verlassen.«

»Und jetzt sind Sie zurück?«

»Bin ich nicht hier?«

»Um mir zu helfen«, sagte ich verbittert. »Über die Schwelle.«

Er streckte einen Arm aus. »Nehmen Sie meine Hand«, schlug er vor, »und überschreiten Sie sie.«

»Habe ich das nicht bereits?«

»Noch einen oder zwei Schritte.«

Ich lachte vor Erbitterung. »Der erste Schritt, den ich von dem Kegel getan habe, war tödlich.«

»Ja«, stimmte er mir zu. »Für viele Menschen ist er es.«

»Wenn sie also keine Magie besitzen, warum sind sie dann dort oben?«

»Sie haben Magie«, antwortete er. »Und sie offenbart sich. Aber einige Gefäße sind nicht stark genug. Sie überleben das Stählen nicht.«

»Götter«, sagte ich, mich erinnernd. Mich erinnernd, wie ich gebettelt hatte.

Stähle mich.

Nihko lächelte. »Genau.«

»Nein«, platzte ich heraus. »Nein, nicht das …« Aber es war nicht möglich, über das zu sprechen, was geschehen war. Es war zu frisch. Zu … gewaltig. »Wie bin ich dort hinauf gekommen?«

»Sahdri.«

»Er hat mich dort hinaufgebracht?«

»Hinaufgebracht und dort zurückgelassen.«

»Wie?«

Nihkos Augenbrauenringe glitzerten. »Er ist ein Magier, nicht wahr?«

»Ich möchte wissen wie. Wie *genau*?«

Seine Stimme klang mitleidslos. »Und wie *genau* sind Sie von dem Kegel heruntergekommen?«

»Wie ich …?«

»Heruntergekommen«, wiederholte er. »Hätten Sie nicht hier auf dem Boden zerschmettert werden müssen?«

Ich betrachtete eine Hand. »Bin ich das nicht?«

»Wie sind Sie heruntergekommen?«

»Ich bin gesprungen.« Ich verzog das Gesicht. »Wie ein Wahnsinniger.«

»Sollten Sie nicht tot sein?«

»Bin ich das nicht?«

»Nicht so eilig«, wandte er grimmig ein. »Ihnen bleiben noch zehn Jahre.«

»Sie sagten mir, zwölf.«

»*Möglicherweise* zwölf.«

Ich sah ihm in die Augen. »Wie viele Jahre bleiben Ihnen noch?«

»Zwei«, sagte er. »Möglicherweise.«

»Woher wissen Sie das?«

»Ich weiß es einfach.«

»Wie können Sie das wissen?«

»Ich tue es einfach.«

»Das ist lächerlich«, fauchte ich. »Sie erzählen mir diesen Unsinn von Narben, mir genommen und einem anderen Menschen auferlegt, von Sahdri, der Magie benutzt, um mich auf diesen Stein zu bringen, von mir, dass ich *geboren wurde*, als genüge dies *ein*mal nicht, von mir, dass ich diesen Sprung überlebt habe, den nur ein Wahnsinniger wagen würde …«

»Ein Wahnsinniger hat ihn gewagt.«

»… und dann erwarten Sie von mir, diesen Unsinn zu glauben?«

»Dieser Unsinn wird Sie überzeugen.«

»Das glaube ich nicht.«

»Sehen Sie selbst«, befahl er. »Sehen Sie sich Ihre Haut an.«

Ich runzelte die Stirn. »Warum?«

»Er *hat die Narben von Ihnen genommen*.«

Ich betrachtete mich. Spähte auf meinen Bauch hinab, wo die nordische Klinge Haut und Muskeln zu einer Struktur gestaltet hatte, mit der ich nicht geboren worden war.

Die Haut war heil. Makellos.

Ich führte ruckartig eine Hand zum Gesicht. Auch die Wange war heil. Makellos.

Dann betrachtete ich meine Hände, suchte die Schnitte, den übergroßen Knöchel, wo ein Finger gebrochen gewesen war, die von harter Beanspruchung gerillten Nägel. Alles an mir war heil. Alles an mir war neu.

Ich sah Nihko starr an. »*Sie* tragen Narben.«

»Sie fangen von vorn an«, antwortete er. »Was Sie sich

selbst von diesem Tage an an Verletzungen zufügen, wird in Ihrer Haut offenbar – es kann Sie sogar töten –, aber Sie wurden auf dem Kegel neu geboren. Ein Kind kommt makellos auf die Welt.«

Ich wusste es anders. »Nicht alle Kinder!«

Das gab er zu. »Aber nicht alle Kinder sind ioSkandier.«

»Und diejenigen, die es sind?«

»Sind Magier. Sind wahnsinnig.«

Ich lachte rau. »Sie erzählen mir, dass ich jetzt die Macht habe, dass ich jetzt ein Magier bin. Und auch, dass ich wahnsinnig bin? Welchen Vorteil hat das?«

»Keinen.«

»Und?«

»Wir sind vergänglich«, sagte er. »Wir brennen zu hell. Wir brennen uns aus.«

Ich stach mit dem Finger in seine Richtung. »Das ist nicht hilfreich.«

Er grinste mich breit an. »Ich lebe, um zu dienen.«

»Kleidung«, sagte ich, mich auf meine Nacktheit konzentrierend, auf das, was ich verstehen konnte.

»Im Gefährt.«

»Gut. Holen Sie sie.«

»Ah. Ich muss dienen.«

»Sie sagten, dafür wären Sie hier.«

»Im Augenblick.« Aber er ging zu dem Gefährt, fand ein Stoffbündel und warf es mir zu.

Ich fing es auf und schüttelte es aus. »Was ist das?«

»Ein Gewand«, antwortete er, während er das Führungsseil des Molah löste. »Aber sie brauchen sich nicht darum zu sorgen, wie es Ihnen passt.«

Ich zog das Gewand an und betrachtete ihn verärgert. »Warum nicht?«

»Weil Sie es nicht sehr lange tragen werden.«

Der Saum des Gewandes endete unmittelbar über meinen Knöcheln. »Warum nicht?«

»Weil«, sagte er, »Sahdri Sie entkleiden lassen wird.«

Ich erstarrte. »Warum?«

»Rituale«, sagte er knapp und führte den Molah herüber. Die Räder des Gefährts knirschten auf dem Fels.

»*Welche* Rituale?«, fragte ich misstrauisch. »Kein Herunterstürzen von Kegeln mehr!«

»Das ist vorbei.« Er machte eine Geste. »Steigen Sie ein.«

»Keine Chance«, erwiderte ich. »Es gibt nur eines, was mich davon überzeugen konnte, das zu tun.«

»Ja?«

»Wenn dieses Gefährt zu einem Schiff fährt, das mich nach Skandi zurückbringen kann.«

»Nein«, antwortete er.

»Dann werde ich vermutlich nirgendwohin gehen. Nicht zu Sahdri. Nicht *mit* Ihnen.«

Nihko seufzte. »Denken Sie, ich kann Sie nicht zwingen?«

»Wenn ich ein Magier bin«, sagte ich prompt, »können Sie mich zu gar nichts zwingen.«

»Aber ich kann es«, sagte er und berührte mich.

Ich stürzte in Dunkelheit.

Und in das Gefährt.

18

Das Bewusstsein kehrte jäh zurück. Seile schnitten in mein Fleisch, rieben Wunden in die empfindliche Haut. Ich empfand alles, als wäre es heiß wie Draht. Das Pochen meines Herzens erfüllte meinen Schädel, hallte in meiner Brust wider. Ich hörte das Zischen des in seinen Gefäßen hin und zurück fließenden Blutes, als wäre meine Haut zu dünn.

Ich schlug um mich, spürte die Seile nachgeben, erkannte, dass es ein Netz war. Ich war umfangen, *ge*fangen. In zu Netzen verknotete Seile eingebunden. Und ich hing.

Von einem Kegel herab.

Ich schlug erneut um mich, verkrampfte mich. Spürte das Netz hart wie Draht. Spürte das Schwingen des Seiles, das benutzt wurde, um mich hochzuziehen.

Bewegung. Ich wurde weiter hochgezogen. Hochgekurbelt. Ich hörte das Knarren von Holz, das Reiben des Seils. Hatte Sahdri mich so auf den Kegel verfrachtet?

Da war kein Seil gewesen. Und nichts, woran man ein Seil hätte befestigen können. Da war nur Stein gewesen. Und der Kegel. Und ich.

Dies war anders. Ich war Beute in dem Netz, die hochgezogen wurde. Wenn mein Körper nicht vernichtet würde, würde mein Geist vernichtet.

Sahdri. Der mich von dem Augenblick an erkannt hatte, als er mich sah. Als er den an meiner Halskette befestigten Augenbrauenring bemerkte.

Ich griff hastig nach meiner Halskette. Fand sie. Ergriff sie. Schloss meine Hand darum. Zehn gebogene

Krallen, auf ein Band aufgezogen. Ich hatte sie aus den Pranken geschnitten. Sie durchbohrt. Sie aufgezogen. Sie wie eine Auszeichnung getragen: Was war aus mir geworden? Ich war der Junge, der den Sandtiger getötet hat, der Kinder, den Stamm gerettet – und der sich befreit hat.

Ich trug die Halskette seit vierundzwanzig Jahren.

Das wusste ich, jetzt. Ich war vierzig Jahre alt. Nihko hatte es mir gesagt. Die Magie hatte sich offenbart. Ich war sechzehn, als ich den Sandtiger tötete, sechzehn, als ich sie beschwor. Und siebenunddreißig, als ich Del begegnete.

Nicht sechsunddreißig. Nicht achtunddreißig.

Ich hatte einen Namen. Ein Alter. Das eine hatte ich mir selbst gegeben. Das andere wurde mir gegeben.

Sandtiger.

Sandtiger.

Das würden sie mir nicht nehmen.

»Es gibt keine Magie«, sagte ich laut, »und ich bin kein Magier.«

Holz knarrte. Seil rieb, als es gespannt wurde.

»Es gibt keine Götter«, sagte ich, »und ich bin kein Priester.«

Sandtiger.

Schwerttänzer.

Nicht weniger.

Nicht mehr.

* * *

Dieser Kegel war höher als derjenige, auf dem ich erwacht war, getanzt hatte, von dem ich gesprungen war. Dieser Kegel war breiter, dicker, aus Windungen bestehend, die durch Wind und Regen in den Stein gegraben waren, mit Säulen und Simsen und Einschnitten und Höhlungen. In meinem Netz gefangen, blickte ich starr auf den Fels. Sah durch den Fels *hindurch*. Blickte tief in sein Herz, wo die Erze lagen, in den Knochen und um sie herumgewunden.

Ich blinzelte. Der Fels war wieder Fels.

Holz knarrte. Seil rieb.

Stück um Stück höher.

Ich schwang in dem Netz. Drehte mich in dem Netz. Sah, wie der Himmel den Fels umgab, der Fels den Himmel besiegte. Ich schloss die Augen: sah es. Öffnete sie: das Gleiche.

Ich hob eine Hand. Betrachtete sie. Sah keinen Makel. Sah nur Haut, die seit vierzig Jahren lebte. Nicht jung. Nicht alt. Irgendwo in der Mitte, wenn ich überleben sollte, um noch einmal so alt zu werden, wie ich jetzt war.

Ich drehte die Hand um. Die Handfläche wies Linien auf, Schwielen. Es war eine Hand, nichts Erdachtes. Die Neugeburt hatte die Haut erneuert, aber nicht die Zeit herausgelaugt.

Die Haut wurde jäh weiß. Sehr weiß, wie Schnee. Ich blinzelte. Beobachtete entsetzt, wie die Haut so dünn wurde, dass sie durchsichtig wirkte. Sah die Blutgefäße darunter pulsieren. Das Blut darin fließen, die Sehnen, das Fleisch, die Knochen.

»Götter«, platzte ich heraus und schloss fest die Augen.

Als ich sie öffnete, war die Hand wieder eine Hand. Heil. Die Knochen waren erneut von menschlichem Fleisch umkleidet.

Von meinem eigenen.

Ich berührte mein Gesicht. Betastete die Wange, die so lange Narben getragen hatte. Rieb mit den Fingern darüber. Bartstoppeln waren gewachsen. Ich war nicht in dem Maße ein neugeborenes Kind, dass mir kein Bart wachsen konnte. Ich musste mich rasieren. Ich brauchte einen Haarschnitt. Ich musste etwas essen, trinken, meine Blase und Eingeweide entleeren – obwohl nichts darin war –, also wusste ich, dass ich wieder als ein Mensch lebte, der leben sollte.

Und ich brauchte Del. Um zu wissen, dass ich wieder als ein Mann lebte, der leben sollte.

Götter, Bascha. Ich will dich.

Keine Narben unter meinen suchenden Fingern. Ich grub sie in die Haut, kratzte mit den Fingern über die Bartstoppeln. Keine Sandtigerspuren.

Ich versiegelte meine Augen mit den Lidern. Verkrampfte eine Hand um die Halskette. Ließ die Krallen in meine Handfläche einschneiden.

Blute, sagte ich. Blute.

Da war kein Blut.

Nihko hatte gesagt, ich könnte Wunden zeigen, wie ein Mensch es vielleicht täte, der verletzt wurde.

Blute, sagte ich, und schloss meine Hand umso fester.

* * *

Als mich zwei Priestermagier in der überdachten Winde einhakten, das Netz öffneten und mich aus dem Seil herauszogen, öffnete ich schließlich meine Hand und zeigte dem wartenden Sahdri die Handfläche.

»Sie blutet«, sagte ich.

Seine Augen waren dunkel, nicht lichtgesäumt. Es war in jener Nacht ein Trick gewesen. »Dann müssen Sie es so gewollt haben.«

»Ich bin ein *Mensch*«, sagte ich. »Ich blute. Ich kann sterben.«

»Wollen Sie das?«

Blut lief meine Hand hinab. Es tropfte auf den Boden. Ich folgte den Tropfen, sah sie auf dem Stein auftreffen. Sah sie vom Gestein verschluckt werden. Sah sie durch den Stein hinabsinken, bis sie sein Herz erreichten, wo sie verzehrt wurden. In Erz verwandelt wurden.

Ich kniete mich wie erstarrt auf den Stein und versuchte hindurchzugreifen, um das Blut zu erreichen. Es war meines.

»Sie sind sehr jung«, sagte Sahdri sanft, »und sehr neu. Aber geben Sie mir Zeit – geben Sie *sich selbst* Zeit –, und Sie werden begreifen, was es bedeutet, einer von uns zu sein.«

Ich schaute zu ihm hoch. »Ich habe hindurchgesehen«, sagte ich. »Durch diese Hand.«

Er lächelte. »Einigen Menschen geht es so.« Er machte eine knappe Geste, indem er auf zwei Männer mit geschorenen Köpfen und Tätowierungen neben ihm deutete. »Dies ist Erastu.« Der Mann zu seiner Linken. »Und dies ist Natha.« Der Mann zu seiner Rechten. »Sie sind Akoluthen, wie Sie es auch bald sein werden. Sie werden Ihnen helfen.«

Ich stand auf. Ich ignorierte Erastu und Natha. Ich schaute Sahdri ins Gesicht. »Ich kann durch *Sie* hindurchsehen.«

Und das konnte ich tatsächlich. Ich sah die Ringe in seiner Haut schmelzen, sah seine Gesichtshaut sich abschälen, sah die Schädelknochen unter der tätowierten Haut in rohem Fleisch eingebettet glänzen. Unter dem Fleisch und dem Knochen sah ich das Gehirn. Und das Leuchten des Wahnsinns, das pulsierte, als lebe es.

Das Zittern überfiel mich erneut. Erschütterte mich. Ich fiel hin. Presste eine blutende Handfläche auf den Stein. Spürte, wie Blut und Materie fortgezogen, tief hineingezogen wurden.

»Hebt ihn hoch«, befahl Sahdri seinen Akoluthen. »Er ist weit fort, weiter, als ich erwartet hatte. Aber er darf noch nicht verschmelzen. Er muss noch zu vieles lernen. Er ist noch von zu vielen Dingen der Erde beschmutzt, und die Götter würden ihn abweisen.«

Verschmelzen. Nicht ich.

So etwas tun nur Wahnsinnige.

»Nein«, gelang es mir hervorzustoßen.

»Nein.« Sahdris Stimme klang ebenso sanft, wie Erastu und Natha Hand an mich legten. »Noch nicht. Das verspreche ich Ihnen.«

Ich sah ihm ins Gesicht. Es *war* wieder ein Gesicht. »Ich bin nicht wahnsinnig.«

»Natürlich sind Sie das«, sagte er. »Wir sind alle wahnsinnig. Wie sonst könnten wir überleben? Wie sonst wären wir es wert?«

»Wert?«

»Zu verschmelzen.« Er deutete auf die Akoluthen. »Bringt ihn zur Klause. Wir werden ihm Nahrung und Wasser dalassen und abwarten, bis sich die Krankheit legt.«

»Krank«, murmelte ich. Ich konnte nicht allein gehen. Der Körper verweigerte sich. Natha und Erastu halfen mir hoch. Natha und Erastu trugen mich.

Sahdri sagte tröstend: »Es führt uns alle auf diesen Weg.«

Sie brachten mich tief in den Stein, hinter eine Tür. Gaben mir Nahrung. Wasser. Und ließen mich dort zurück.

Ich trank. Aß. Schlief.

Träumte von Del.

Und von Freiheit.

* * *

Der Junge kroch aus dem Hyort. Es dämmerte schon fast. Es wurde von ihm erwartet, die Ziegen zu hüten. Aber er ging nicht zu den Ziegen. Er riskierte Schläge dafür – aber nein, es war kein Risiko. Er würde dafür geschlagen werden. Weil … wenn er versagte – aber nein, er würde nicht versagen. Er hatte nur von Triumph geträumt.

Er nahm den Speer mit sich, der sorgfältig aus den Überresten eines Hyort*pfahls gestaltet worden war. Er war zu kurz, der Speer, aber besser als bloße Hände. Und sie erlaubten ihm nichts anderes als den Hirtenstab, um die Ziegen zu* *hüten. Ein Hirtenstab für Ziegen war nicht für Sandtiger gedacht. So viel wusste sogar er.*

Selbst er, der die Bestie heraufbeschworen hatte.

Im Hyort *schlief Sula noch. Mutter. Schwester. Geliebte. Ehefrau. Sie hatte ihn zum Mann gemacht, bevor die anderen es tun konnten, und hatte ihn bei sich behalten, damit die anderen ihn nicht benutzten. Er war ein vielversprechender Junge, sagte sie ihm, und andere* würden *ihn benutzen. Wenn sie die Gelegenheit bekämen. Er hatte Glück, dass sie nicht bereits damit begonnen hatten. Aber sie war eine ehrbare Witwe, und ihr Ehemann war zu Lebzeiten ebenfalls angesehen gewesen. Der alte Shukar murrte über seiner Magie und machte anderen gegenüber Bemerkungen, dass sie töricht sei, einen Chula ins Bett zu nehmen, wenn sie einen Mann haben könnte. Aber Sula hatte lachend gesagt, dass sie glaube, der alte Shukar wolle sie für sich selbst. Und würde sie nicht bekommen. Der Chula gefiel ihr.*

Sohn. Bruder. Geliebter. Ehemann. Alles das war er für sie gewesen.

Und jetzt wäre er ein Mann. Jetzt wäre er frei.

Er musste nur die Bestie töten.

* * *

Ich wachte ruckartig auf. Dunkelheit durchdrang alles. Die einzige Beleuchtung war das durch die schlitzartigen, aus dem Fels in den Himmel geschnittenen Öffnungen dringende Sonnenlicht. Ich sprang auf, stolperte auf dem Stein, griff in die Schlitze und spähte auf die Welt hinaus.

Ich sah den Himmel.

Nichts davon war ein Traum.

Alles davon: Wirklichkeit.

Da wandte ich mich um und sank an dem Stein zusammen. In der gegenüberliegenden Wand befand sich eine niedrige, blau bemalte Tür.

Blau wie Nihkos Kopf. Blau wie Sahdris Kopf. Blau wie die Segel von Prima Rhannets Schiff.

Prima. Die Metri. Herakleio.

Del.

Die mich alle für tot hielten. Die den Körper mit meinen Narben gesehen hatten: das Werk von Dels Jivatma. Die sichtbaren Erinnerungen daran, dass die aus Träumen heraufbeschworene Bestie wirklich genug gewesen war, um mich zeichnen zu können. Um mich beinahe töten zu können.

Sula hatte mich gerettet. Als das Gift des Sandtigers griff, stellte sie sicher, dass der Chula leben würde.

Wie der Chula sicherstellte, dass der Tiger sterben würde.

Sein Tod hatte mir die Freiheit erkauft.

Welche Bestie muss ich töten, um mir jetzt die Freiheit zu erkaufen?

Ich schloss meine Hand um die um meinen Hals gebundenen Krallen und drückte zu. Bis sich die Spitzen in die Haut bohrten. Bis Blut floss.

* * *

Als Sahdri mich, flankiert von seinen Akoluthen, holen kam, zeigte ich ihm meine Handfläche.

»Ah«, sagte er und bedeutete den beiden, mich zu ergreifen. Natha und Erastu.

Ich befreite mich aus ihrem Griff. »Nein.«

Er runzelte die tätowierte Stirn. »Welche Sprache ist das?«

Ich zeigte ihm die Zähne, wie ich es den Sandtiger hatte tun sehen. »Die Sprache des ›*Nein*‹.«

Sein Stirnrunzeln vertiefte sich. Die Ringe schimmerten im geschlitzten Sonnenlicht. »Welche Sprache ist das?«

»Sprechen Sie sie nicht?«, fragte ich. »Verstehen Sie nicht? Ich kann Sie verstehen.«

»Sprachen«, sagte er, plötzlich bestürzt, während Natha und Erastu miteinander flüsterten. »Nun, es wird unzweifelhaft hilfreich sein. Sie können die Bücher für uns lesen.«

Ich sah ihn an. »Die Bücher?« Dieses Mal in ihm bekannten Worten: Skandisch. Das hatte ich am Vortag noch nicht gekonnt.

Er machte eine Geste. »Wir sprechen viele Sprachen. Aber nicht alle. Es gibt Bücher, die wir nicht übersetzen können.« Sein Blick wirkte begierig. »Welche Sprache haben Sie eben gesprochen?«

»Ich weiß es nicht«, antwortete ich, weil ich es wirklich nicht wusste. Ich sprach einfach. Was herauskam, kam heraus. Ich verstand alles. »Was wollen Sie mit Büchern?«

»Wir handeln damit«, sagte er. »Wir sind Priester, keine Narren. Magier, keine Dummköpfe. Wir wurden auf Skandi geboren und im Handel ausgebildet. Wir schätzen Bücher und wir handeln damit.« Die dunklen Augen glühten. »Sie können Sie uns vorlesen, diejenigen, die wir selbst nicht entziffern können.«

Ich lachte. »Ich kann gar nichts entziffern. Ich habe niemals lesen gelernt.«

Er war ebenso erstaunt wie seine Akoluthen. »Niemals?«

»Landkarten«, räumte ich ein. Jeder Mensch im Süden, der überleben will, lernt, eine Landkarte zu lesen.

»Aber Sie haben die Gabe der Sprachen«, sagte Sahdri. »Sie hat sich offenbart. Sie können unzweifelhaft lesen.« Er hielt inne. »Jetzt.«

Ein neuer Gedanke. Er verblüffte mich.

Die Ringe glitzerten, als sich seine Gesichtshaut zu einem unendlich mitleidigen Lächeln verzog. »Haben Sie geglaubt, unsere Magie wäre nur schrecklich? Dass alles an ihr schmerzlich wäre?«

Mühsam brachte ich hervor: »Ich sah Ihre Schädelknochen aufbrechen. Ich sah, was darunter lag.«

»Kontrolle«, beschwichtigte Sahdri. »Eine Sache der Kontrolle. Die Gabe ist wunderbar. Die Macht ist … übersinnlich.«

»Ich will sie nicht.« Die Wahrheit.

Er wölbte leicht die von Ringen beschwerten Augenbrauen. »Sicherlich haben Sie sich einmal in Ihrem Leben nach Magie gesehnt. Nach einer Magie, die Ihnen die Hilfe zukommen ließe, die Sie benötigten. Jedermann tut das.«

Vorsichtig – weil er so verflucht Recht hatte – fragte ich: »Und bekommt auch jedermann, wonach er sich sehnt?«

»Nur einige von uns.« Er machte erneut eine Geste. Natha und Erastu legten Hand an mich. »Sie müssen noch viel lernen. Wir sollten besser jetzt damit beginnen.«

Ich wehrte mich, konnte meine Hände aber nicht bewegen. »Was soll ich denn lernen?«

»Wer Sie waren. Wer Sie sind.« Er trat beiseite, sodass mich die jungen Männer aus dem Raum geleiten konnten, den er die Klause genannt hatte. »Hat der Ikepra es Ihnen nicht gesagt?«

»Er sagte mir, er sei kein Ikepra mehr.«

»Ah. Aber er ist ein Ikepra. Er wird immer ein Ikepra sein. Er hat den Göttern den Rücken gekehrt.«

»Vielleicht«, sagte ich angespannt, »wollte er nicht verschmelzen.«

»Dann wird er nur sterben. Allein. Wahnsinnig.« Er schüttelte den Kopf, und die Ringe schimmerten. »Alle Menschen müssen sterben, aber nur wir dürfen verschmelzen. Es ist der einzige Weg, wie wir uns wert und unter den Göttern willkommen fühlen können.«

»Das war seine Bezahlung«, sagte ich. »Die Freiheit. Nicht wahr? Dafür, dass er mich hierher gebracht hat.«

Sahdri antwortete nicht.

»Er ist jetzt frei, oder? Nicht mehr Ihrem Glauben, Ihren Regeln unterworfen.«

Die Stimme des Priestermagiers klang ruhig und gelassen. »Er glaubt nicht an die Notwendigkeit.«

»Ich auch nicht!«

»Die meisten von uns glauben nicht daran«, stimmte er mir zu, »wenn wir zuerst hierher kommen. Aber der Unglaube vergeht ...«

»Nicht bei Nihko.«

»... und die meisten von uns lernen, richtig zu dienen, bis wir verschmelzen.«

Ich wich jäh zurück, obwohl ich von starken Händen festgehalten wurde. Meine Lippen zogen sich weit zurück. »Sie stinken danach«, sagte ich. »Der Geruch erfüllt mich.«

Sahdri betrachtete mich eingehend. »Was riechen Sie?«

»*Magie.*« Ich spie das Wort förmlich aus. »Sie ... lebt.«

»Ja«, stimmte er mir zu. »Sie lebt. Sie wächst. Sie stirbt.«

»Stirbt?«

Er dachte noch einmal darüber nach. »Schwindet. Nimmt wieder zu. Aber niemand von uns kann es voraussagen. Die Magie ist ungezähmt. Sie offenbart sich in jedem Menschen anders. Wir werden in Magier verwandelt, aber bis es soweit ist, können wir nicht sagen, was wir sind, oder was wir vielleicht tun.«

»Überhaupt nicht?«

Er sah mich freundlich an. Dann betrachtete er seine Akoluthen. »Natha, weißt du, was der nächste Augenblick bringt?«

»Ich weiß nichts über diesen Augenblick hinaus«, antwortete der Mann.

»Erastu, weißt du, was dir am nächsten Tag bevorsteht?«

»Niemals«, sagte Erastu. »Jeder Tag wird neu geboren und ist unbekannt.«

Ich schüttelte den Kopf. »Niemand weiß, was der nächste Augenblick oder Tag bringt.«

»Dies ist dasselbe.«

»Aber Magie gibt Ihnen Macht!«

»Magie *ist* Macht«, korrigierte er mich sanft. »Aber sie ist vollkommen unvorhersehbar.«

»Nihko kann Haut verändern. Nihko kann ein Herz anhalten.«

»Wie ich auch«, sagte Sahdri. »Sie bringt einige von uns dahin. Sie könnte auch Sie dahin bringen.«

»Sie wissen es nicht?«

»Ich weiß, was ich vielleicht heute tue, in diesem Augenblick«, antwortete er. »Aber nicht, was zu tun ich morgen vielleicht imstande bin.«

»›Sie wächst‹«, zitierte ich ihn.

»Wie das Kind wächst«, sagte der Priestermagier freundlich. »An dem Tag, an dem ein Kind geboren wird, weiß niemand, was vielleicht aus ihm wird. Nicht seine Mutter, die es geboren hat. Nicht sein Vater, der es gezeugt hat. Gewiss nicht das Kind selbst. Es lebt einfach jede Stunde, jeden Tag, jedes Jahr – und *wird*.«

»Wollen Sie damit sagen, dass ich jetzt, in diesem Augenblick, hier vor Ihnen, eines bin, morgen aber vielleicht etwas anders sein kann?«

»Oder noch bevor der Mond aufgeht.«

»Und ich werde es niemals wissen?«

»Nicht von einem Moment zum nächsten.«

»Das ist Wahnsinn!«, schrie ich. »Wie kann ein Mensch in einem Augenblick eines sein und im nächsten etwas völlig anderes? Wie kann er überleben? Wie kann er sein Leben leben?«

»Hier«, sagte Sahdri, »wo den Göttern solche Dinge obliegen. Wo das, was er in diesem Augenblick, hier und jetzt, ist, sich nicht auf seinen nächsten Augenblick niederschlagen oder ihn gestalten muss. Wo ein Tag nicht ein Tag und eine Nacht nicht eine Nacht ist und ein Mensch sein Leben lebt, um mit den Göttern zu verschmelzen.«

»Ich will mit niemandem verschmelzen!«

»Aber Sie werden es«, belehrte er mich. »Sie sind einmal von dem Kegel gesprungen, obwohl niemand da war, der es Ihnen vorschlug, der Sie dazu zwang, der Ihrem Geist diesen Wunsch eingab. Glauben Sie wirklich, es würde nicht ein weiterer Tag kommen, an dem Sie wieder zu springen wünschen?«

»Nihko hatte den Wunsch zu springen nicht.«

»Er wird springen«, sagte der Priestermagier. »Eines Tages wird es ihn überkommen, und er wird springen. Wie es auch Natha und Erastu überkommen wird.«

Sie neigten in schweigender Zustimmung die tätowierten Köpfe. Die Ringe in ihrer Haut schimmerten.

»Warum ist es dann wichtig?«, fragte ich. »Warum ist es wichtig, *wo* ein Mensch lebt?«

Die dunklen Augen blickten gelassen. »Menschen wie wir mögen ihr Kind vielleicht in einem Augenblick lieben und es im nächsten töten. Es ist besser, wenn solche Menschen hier leben, wo sie den Göttern dienen können, während sie ihre Macht zu kontrollieren lernen. Wo sie niemandem schaden können.«

Es war unfassbar. »Das glaube ich nicht. Was ist mit Nihko? Warum haben Sie ihn gehen lassen, wenn Sie glauben, dass er jemandem schaden wird?«

»Er bleibt an Bord eines Schiffes. Er setzt keinen Fuß auf die Erde Skandis. Er könnte sich selbst schaden, oder seinem Kapitän, oder seinen Mannschaftsgefährten – überwiegend aber schädigt er die Menschen, die er beraubt.« Aus seinem Mund klang es wie eine Beleidigung: »Er ist ein *Renegada*.«

»Wollen Sie damit sagen, dass jedermann, der diese Magie besitzt, fähig ist, alles zu tun, sogar etwas, das er abscheulich findet?«

Unerwartet wallten Tränen in Sahdris Augen auf. »Was glauben Sie, warum wir hierher gekommen sind?«, fragte er. »Was glauben Sie, warum wir unsere Familien – unsere Ehefrauen, unsere Mütter, unsere Kinder – verlassen haben? Was glauben Sie, warum wir niemals zurückkehren?«

Ich sah ihn finster an. »Außer um ein verlorenes Huhn einzusammeln.«

»Dieses verlorene Huhn«, erwiderte Sahdri einfach, »könnte die Schar töten. Könnte so viel Unheil anrichten, wie Sie es sich nicht vorstellen können.« Seine Miene wirkte seltsam. »Denn wenn Sie es sich *tatsächlich* vorstellen, wird es wahr.«

»Sie sagen also, Sie wären freiwillig hierher gekommen, aber erst, nachdem Sie von den Leuten von Skandi vertrieben wurden.«

»Zuerst verstehen wir nicht, was vor sich geht. Wenn sich die Magie offenbart. Andere erkennen es. Eine Ehefrau. Vielleicht ein Kind. Es ist unvorhersehbar, wie ich bereits erwähnte. Wir wissen nur, dass die Symptome mit der Zeit häufiger auftreten, wenn wir uns unserem vierzigsten Lebensjahr nähern.«

»Welche Symptome?«

Er zuckte unter seinen dunklen Gewändern die Achseln. »Jedes Verhalten, das nicht üblich ist. Visionen. Plötzliches Bewusstsein. Ein Talent, das aus keinem offensichtlichen Grund stärker wird. Oder dass man sich vielleicht Dinge vorstellt, die sich niemals jemand zuvor vorgestellt hat.«

So wie Sand in Gras zu verwandeln. So wie einen lebendigen Sandtiger aus Träumen heraufzubeschwören.

So wie zu wissen, dass die Magie da und so überwältigend ist, dass sie den Magen rebellieren lässt.

Empfindlichkeit hatte Nihko es genannt. Wenn der Körper eine Reaktion auf etwas zeigt, was als zu laut, zu hell, zu üppig wahrgenommen wird.

Als zu mächtig.

Meine Stimme klang rau. »Und wenn man erst einmal hier ist, trifft man die Entscheidung, niemals zurückzugehen. Für immer zu bleiben. Freiwillig.«

»Würden Sie eine Frau küssen«, fragte er, »wenn Sie wüssten, dass sie daran stürbe?«

»Aber ...«

»Wenn Sie *wüssten, dass sie daran stürbe*?«

Ich starrte Sahdri an, erwog, ob ich seinen Überzeugungen trauen konnte. Er meinte es ernst. Todernst.

Ich würde eine Frau nicht küssen, wenn ich wüsste, dass sie daran sterben würde. Nicht, wenn ich es wüsste. Wie könnte ich das tun? Wie könnte irgendein Mensch das tun?

»Sie müssen eines wissen«, erklärte Sahdri deutlich. »Wir sind geistig gesund genug zu begreifen, dass wir wahnsinnig sind. Und wahnsinnig genug, dieses Begreifen willkommen zu heißen ...«

»*Warum*?«

»Weil es uns von jenen fernhält, denen wir sonst Schaden zufügen würden.«

Die Verzweiflung nahm überhand. »Ich bin kein Priester! Ich glaube nicht an Götter! Ich teile Ihr Schicksal nicht!«

Sahdri sagte: »Nur der Glaube bewahrt uns«, und deutete auf die Arkoluthen.

Zu viel, alles auf einmal. Zu hell, zu laut, zu schmerzlich. Die Bewusstheit bereitete mir Schmerzen. Das Begreifen ließ mich erzittern.

Nicht zu wissen, was man vielleicht vom einen auf den anderen Augenblick tut.

Nicht zu wissen, zu was man *imstande* war.

Nicht zu wissen, ob man töten könnte, weil man es sich in diesem Augenblick des Wahnsinns wünschte.

Verstandene Angst: Vorstellung machte wirklich.

Sie durchrann meine Knochen, die Macht. Ich spürte

sie dort. Spürte sie eindringen, mich quälen, mich packen.

An wie vieles würde ich mich erinnern?

Wie vieles würde ich vergessen?

Wie viele Jahre blieben mir noch, bevor ich von dem Kegel sprang?

»Sie werden Frieden finden«, sagte Sahdri. »Das verspreche ich Ihnen. Dienen Sie den Göttern nur, wie sie es verdienen, und der Tag wird kommen, an dem Sie Frieden verspüren.«

Eratsu und Natha legten Hand an mich. Dieses Mal ließ ich es zu.

19

Die überdachte Winde war in eine Höhle seitlich des Kegels gebaut, deren Eingang sich zum Himmel öffnete. Die Klause war ebenfalls eine Höhle, aber ohne Eingang: es war eine Steinblase, die an einer Seite von geschlitzten Öffnungen durchbohrt war, um Licht hereinzulassen, und von einer Tür verschlossen wurde. Sahdri führte mich von diesen Räumen auf die Spitze des Kegels, in und durch ein aus Ziegelsteinen und Mörtel und Ziegeln errichtetes Gebäude. Die Behausung ähnelte dem Kegel selbst so sehr, dass sie daraus hervorzuwachsen schien, eine Reihe winkliger Räume mit hohen Balkendecken, die wie eine Schar Hühner auf der Oberfläche hockten und ebenso miteinander verbunden waren wie das Haus der Metri.

Menschen erfüllten sie. Männer mit geschorenen, tätowierten Köpfen, deren Gesichter vor Ringen schimmerten. Alle waren offenbar in meinem Alter oder älter, aber keiner erschien mir *alt*. Sie beteten oder kümmerten sich um den Haushalt. Einige arbeiteten unten im Tal, ließen sich jeden Tag an Netzen aus Seilen oder groben Leitern hinab, um in den Gärten oder auf den Feldern zu arbeiten und Handel mit fremden Ländern zu treiben.

Die Spitze dieses Kegels war viel breiter als die desjenigen, von dem ich gesprungen war. Es war Platz für die Behausung. Platz für eine Terrasse. Platz genug, damit ein Mann auf dem Stein laufen konnte, ohne Angst haben zu müssen, dass er hinunterstürzen könnte.

Platz genug, damit ein Mann, der darauf stand, erkennen konnte, wie klein er war. Wie äußerst unbedeutend.

Ich trat zum Rand und stand dort mit dem Wind im Gesicht, der mir das Haar aus den Augen wehte und das Gewand an meinen Körper drückte. Ich blickte über das fruchtbare, wellige Tal mit seinen vielen Kegeln, die wie Pilze aus dem Boden schossen. Das Tal selbst war wellig und von Grün überzogen. Wir waren weit von der sengenden Hitze des Südens und dem eisigen Schnee des Nordens entfernt. Hier gab es Wind und Feuchtigkeit, den Geruch nach Erde und Meersalz, die Helligkeit endlosen Himmels. Einen Steinwald, wie erst halbwegs fertiggestellte Bildhauerkunst, ihrer beabsichtigten Gestalt beraubt.

»Schönheit«, sagte Sahdri hinter mir. »Aber äußerliche.«

Verwirrt gelang es mir zu fragen: »Was gibt es noch?«

»*Inner*liche«, sagte er. »Die Schönheit des Geistes, wenn er im Dienste der Götter arbeitet.«

Ich betrachtete die zusammengedrängt stehenden Kegel, die hängenden Verliese. »Sind dort überall Menschen?«

»In und auf vielen, ja. Dies ist das *Iaka*, das Erste Haus, die Behausung derjenigen, die lernen müssen, was sie sind, was sie sein sollen. Wie man die Magie kontrolliert. Wie man den Göttern dient.«

»Und wenn man es nicht lernt?«

»Man lernt es.«

»Nihko«, sagte ich, es leugnend.

»Ikepra.«

Ich seufzte. »Also gut. Sagen wir, ich bin auch ein Ikepra ...«

Er trat neben mich und schloss seine Hand um mein Handgelenk. »Sagen Sie so etwas nicht!«

»Aber ich könnte es sein«, erklärte ich sanft, während

ich verärgert versuchte, meinen Arm zu befreien – was mir misslang. »Ich könnte diese Wahl treffen.«

»Glauben Sie, Sie wären der Einzige, der die Götter angefleht hat?« Als sei er sich meines Unbehagens bewusst, ließ er meinen Arm los. »Diejenigen, die zurückkehren, sterben daran.«

»Sterben woran?«

»Am Zurückkehren.«

Ich wandte mich um und sah ihn an. »Aber Nihko ist frei. Und er lebt.«

Sahdris Miene blieb ruhig. »Der Ikepra wird sterben. Ihm bleiben noch zwei Jahre, vielleicht drei. Aber er wird nicht auf Skandi bleiben, und riskiert es daher nicht, seinen Leuten zu schaden.«

Weil es wichtig war, sagte ich: »Skandi ist nicht *meine* Heimat. Ich würde nur solange dorthin gehen, wie es dauert, Del einzusammeln, und es dann verlassen. Welches Risiko birgt das?«

»Sie glaubt, Sie seien tot.«

Ich grinste. »Wenn ich ihr in Fleisch und Blut gegenüberstehe, könnte sie eines Besseren belehrt werden.«

Aus der Gelassenheit gerissen, wandte mir Sahdri eine Miene unverhüllter Verzweiflung zu. »Sie würden ihr Leben riskieren? Das des ganzen Volks von Skandi?«

Die Worte brachen, vom Wind zerrissen, aus mir heraus. »Woher wollen Sie *wissen*, dass ich das tun würde? Wie können Sie *beschwören*, dass ich eine Gefahr für sie bin?«

Sein Gesichtsausdruck wirkte gequält. Er sagte rau: »Solche Tragödien hat es schon früher gegeben.«

Ich blinzelte. »Durch ioSkandier, die zurückkehrten?«

Sahdri nickte, zu überwältigt, um sprechen zu können.

»Was ist geschehen?«

Er atmete tief ein. »Ich habe es Ihnen gesagt: Die Magie ist ungezähmt, der Wahnsinn unvorhersehbar.

Wenn beides zusammentrifft …« Er machte eine sinnlose, hilflose Geste. »Und ich habe Ihnen gesagt, warum wir hier bleiben.«

Ich betrachtete mit dem Wind im Haar die Aussicht und zeichnete im Geiste eine Karte der Kegel, die vom Talboden in den Himmel ragten. Merkte mir ihre Gestalt, ihren Standort. Ein fremdes Land, fremdartige Menschen. Fremdartige Götter.

Ich empfand plötzlich Niedergeschlagenheit. »Ich will *zurück*kehren.«

Sahdri sagte mit unendlichem Mitleid in der Stimme: »Wir alle möchten zurückkehren. Das Wohlergehen unseres Volkes liegt darin, es nicht zu tun.«

Noch während ich den Kopf schüttelte, spürte ich, wie ich erneut erzitterte. »Ich gehöre nicht hierher.«

»Sie können nirgendwo anders hingehören. Nicht jetzt.«

Ich fuhr zu ihm herum. »Ich bin keiner von Ihnen! Ich wurde nicht hier geboren, nicht hier aufgezogen … Ich weiß nicht mehr über Skandi als das, was ich erfahren habe, seit ich hierher kam. Es ist nichts von Skandi *in* mir.«

»Ihr Blut«, sagte er. »Ihre Knochen. Sie stammen von diesem Ort, selbst wenn Sie nicht hier geboren wurden. Skandi ist in Ihnen. Wie sollte dem auch nicht so sein? Wie können Sie etwas anderes glauben? *Sie sind von dem Kegel gesprungen und haben überlebt.*«

»Und ich erinnere mich nicht einmal daran, warum, geschweige denn wie!«, schrie ich. Hörte den Widerhall zwischen den Kegeln.

Er sagte sanft. »Sie werden sich erinnern.«

Ich wandte mich wieder ab und blickte starr auf den Steinwald. »Nur ein Leben ist wichtig, und ich würde ihr niemals wehtun.«

»Das glauben Sie vielleicht. Aber Sie irren sich. Es haben sich zuvor schon andere geirrt.«

»Ich würde Del niemals verletzen …« Und dann brach ich jäh ab. Ich *hatte* Del verletzt. Hatte Del beinahe getötet.

»Vertrauen Sie mir«, sagte Sahdri, als er meinen Gesichtsausdruck bemerkte. »Ich ersuche Sie dringend hierzubleiben, und ich bete, dass Sie Weisheit erlangen mögen …«

Ich schüttelte den Kopf.

»Hinterher«, sagte er ernst, »nachdem Sie begreifen, was Sie wirklich sind …«

Ich unterbrach ihn. »Ein Schwerttänzer. Es gibt nichts anderes auf der Welt, das ich bin oder sein möchte.«

Er schloss die Augen. Ich staunte erneut über den Prunk seines Ordens: komplizierte blaue Muster in geschorene Schädel eintätowiert, Ringe über Ringe durch Lippen und Ohren, Augenbrauen und Nase gestochen. Sahdri glänzte im Sonnenlicht, die Gesichtszüge in einen Silberschein gehüllt. Er war kein alter Mann, aber er war auch nicht jung. Seine Gesichtszüge wirkten charakter- und willensstark.

Als er die Augen wieder öffnete, wirkte die Dunkelheit darin feuergesäumt.

Ich wich einen Schritt zurück. Starrte ihn an, von dem Ausdruck auf seinem Gesicht gebannt, der übersinnlichen Macht in seinen Augen.

»Wer sind Sie?«, fragte er.

Ich schluckte. »Ein Schwerttänzer.«

»Wer sind Sie?«

»Der Sandtiger.«

»Io«, sagte er. »Io. Wer sind Sie?«

»Der Sandtiger. Ein Schwerttänzer.«

»Io.«

»Nein«, sagte ich. »Nicht wahnsinnig. Nicht *io*.«

»Knie nieder.«

»Ich werde nicht niederknien …« Und ich tat es. Willenlos. In einem Augenblick stand ich noch, aber im nächsten kniete ich bereits. Ich konnte die Momente nicht verbinden, konnte keine Brücke dazwischen erkennen.

Sahdri stand über mir und legte seine Hände auf mich. Ließ sie auf meinem Haar ruhen, umfasste den Schädel mit seinem Griff. Neigte den Schädel aufwärts, sodass ich keine andere Wahl hatte, als ihm ins Gesicht zu sehen. »Wer sind Sie?«

Ich öffnete den Mund, um zu antworten: *der Sandtiger*. Aber die Welt wurde mir entrissen.

* * *

Der Vogel schwebte. Unter ihm erstreckte sich endloser Sand, die Südliche Wüste, die als Punja bekannt war, lebendig und empfindsam. Sie bewegte sich durch die Launen des Windes, verschluckte Ansiedlungen, Karawanen, Stämme. Sie ließ vom Fleisch blankgescheuerte und zerschlagene Knochen zurück. Später begraben, noch später wieder ausgegraben. Verstreute Knochenstücke, abgenagtes Fleisch. Vom Sand entfernt, vom Wind. Von jeglichem Makel des Lebens gereinigt.

Hier gab es keine Mahlzeit. Andere hatten sich schon früher gelabt. Der Vogel flog weiter, ein beflügelter Schatten, der über den Sand floh. Und dann kam er zu einer Oase, einer Ansammlung von Bäumen um eine steingesäumte Quelle. Dort waren Menschen versammelt. Ein Kreis war in den Sand gezogen worden. Klingen lagen in der Mitte, während zwei Männer einander zugewandt an beiden Rändern standen.

Ein Mann sagte »tanzt«, und so taten sie es. Liefen, nahmen die Schwerter auf, begannen das in seiner Absicht so reine, in seiner Ausführung so herrliche Ritual, dass sogar der Tod wunderschön erschien.

Ein Mann starb. Der andere nicht. Er war ein großer Mann, ein starker Mann, mit dunklem, von der Sonne bron-

zefarben gebleichtem Haar und kupfergebräunter Haut. Seine Kraft und Schnelligkeit waren legendär. Er wurde von einigen inzwischen als der Beste bezeichnet. Da war noch ein anderer, aber er schien älter. Und sie waren sich seit einem Kampf innerhalb eines Übungskreises, unter den Augen des Shodo, niemals wieder begegnet, um die Frage zu klären. Dieser Mann fragte sich, wer von ihnen wohl siegen würde, wenn sie sich erneut begegnen sollten.

Er säuberte seine Klinge mit peinlich genauer Sorgfalt. Nahm die Anerkennung der Zuschauer entgegen. Sie wandten ihm wie ein Mann den Rücken zu und gingen zu ihren Pferden, um davon zu reiten. Er erwartete nicht mehr. Er hatte einen der ihren getötet.

Ein Mann warf einen Lederbeutel hin, aus dem sich eine Handvoll Münzen in den Sand ergossen. Der Sieger hob sie nicht sofort auf, sondern kümmerte sich stattdessen um sein Schwert, wischte das Blut ab. Oder die Überreste des Tanzes.

Der Schwerttanz ging nicht immer auf Leben und Tod. Eher selten. Häufig genügte das Ritual. Aber dieser Tanz war zu einem Todestanz erklärt worden.

Er hatte überlebt. Er reinigte seine Klinge, steckte sie wieder in die Scheide und glitt mit den Armen in die Riemen des Harnischs. Er trug nur einen Lederdhoti und den Lederharnisch. Er nahm die Münzen vom Boden auf, ergriff den Burnus und die Zügel seines Pferdes.

Er hatte gesiegt. Erneut.

Der Vogel kreiste. Flog weiter. Beobachtete den Mann, die Tänze, beobachtete, wie er siegte. So viele Tänze. Nichts sonst lebte in dem Mann als die Bereitschaft, sein Leben innerhalb der Beschränkung des Kreises zu riskieren. Er war der Tanz.

Der Vogel kreiste. Flog weiter. Nach Norden, zu den Bergen, zum Wasser, in den Winter. Einem Kreis im See zu: die Insel hieß Staal-Ysta. Zu dem Kreis auf der Insel, von nordischen Händen gezogen. Der Mann im Kreis, tanzend. Die Frau, die mit ihm tanzte.

Dort gab es Schmerz – und Kummer. Verzweifeltes Be-

dauern. Der Wunsch, den Kreis zu verlassen … die Fähigkeit zu bleiben, weil es notwendig war. Weil die Ehre es verlangte.

Der Mann und die Frau tanzten, hassten den Tanz, liebten einander. Beide waren verwundet. Beide bluteten. Beide taumelten und stürzten zu Boden. Beide glaubten, es gäbe keinen besseren Weg zu sterben als im Kreis, die Rituale ehrend. Einander ehrend.

Der Kreis. Das Schwert. Der Tanz. Und der Mann im Kreis, der mit einem Schwert tanzt.

Gegen die Bestie tanzt. Für die Bestie tanzt.

Gegen den Sandtiger, den er heraufbeschworen hatte, um auch die Freiheit heraufzubeschwören.

Der Vogel kreiste. Kehrte um. Nach Süden zur Wüste, südöstlich zum Meer, östlich zu der Insel. Zum Steinwald und den Kegeln der Götter.

Er erkannte. Er begriff. Er erkannte an.

* * *

Ich erwachte vom Klappern der Krallen, von der Enge des Lederbandes an meiner Kehle. Ich wollte meine Hand an die Halskette legen, um sie und meine Kehle zu bewahren, aber ich kniete mit Beinen und Händen als Teil davon auf dem Stein, eingeschlossen, und ich konnte nichts tun.

Ein rauer Laut entwich mir. Sahdri sagte: »Seien Sie still.« Und so war ich still.

Er nahm die Halskette von meiner Kehle. Das Leder zerfiel in seinen Händen zu Staub, wurde vom Wind davongetragen. Alles, was blieb, waren die Krallen.

Er warf sie eine nach der anderen in die Luft. In den Himmel, und hinab.

Bei jeder Kralle sagte er: »Die Bestie ist tot.«

Sie fielen, eine nach der anderen.

Waren fort.

Er kniete vor mir. Legte die Hände in mein Haar, umhüllte den Schädel. »*Die Bestie ist tot.*«

Aus dem Stein befreit, erhob ich mich, während er mich gleichzeitig hochzog. Ich fühlte mich hohl, leer. Eine Hülle.

»Kommen Sie hinein«, sagte Sahdri. »Es müssen Rituale vollzogen werden, und die Götter warten.«

* * *

Der Vogel hockte auf dem Stuhl. Er beobachtete, wie das Haar geschoren und der Kopf dann rasiert wurde. Die Kopfhaut war blasser als die des Körpers, da die südliche Sonne sie nur gepeinigt, aber niemals erreicht hatte. Als diese Haut glatt und sauber war, versammelten sich Männer mit Farbe, mit Nadeln. Die Muster waren verwirrend und wunderschön. Blut und Flüssigkeit wallten auf, wurden abgetupft. Die Leinwand, auf der sie malten, beschwerte sich nicht, kommentierte nicht, fragte nicht. Die Pupillen waren klein geworden. Die Augen blickten woandershin. Die Behausung aus Knochen und Fleisch war ebenso bewegungslos wie der Geist, der sich von der Welt abgewandt und auf sich selbst besonnen hatte, um darüber nachzudenken, was er jetzt war, da die Bestie tot war.

Als die Muster vollendet waren, wurden Ringe in seine Haut gezogen. Die Ohrläppchen beider Ohren wurden dreimal durchbohrt und Silberringe hindurch gehakt. Auch durch jede Augenbraue zog man drei Ringe. Dann wurde der Mann nach draußen auf den Kegel gebracht, wurde dem Wind, der Welt gezeigt. Er musste sich erneut hinknien, wurde dort von den anderen gesegnet. Musste sich mit dem Gesicht nach unten auf den Stein legen. Die Arme wurden von seinen Seiten fortgezogen und ausgestreckt auf den Stein gelegt, die Handflächen nach unten.

Er lag schweigend, entrückt, da. Suchte vielleicht die Bestie. Aber die Bestie war tot.

Ein Schatten flog über den Rücken des Mannes. Sein Kopf war blau und blutig.

Der Vogel kreiste. Er beobachtete, wie die Finger der Hand mit geschickter Genauigkeit gespreizt wurden. Sah, wie die Daumen und ersten drei Finger im Stein versiegelt wurden. Wie die kleinen Finger jeder Hand Fleisch – und frei – blieben.

Zwei Dolche wurden gebracht. Zwei Männer, Natha und Erastu, Priester und Magier, knieten sich neben den Mann, der auf dem Stein lag.

Auf Sahdris knappes Nicken hin schnitten sie die kleinsten Finger jeder Hand ab.

Auf Sahdris knappes Nicken hin hoben sie die abgetrennten Finger auf und übergaben sie seiner Obhut.

Er wandte sich dem Rand der Welt, dem Wind, zu, erflehte den Segen der Götter und warf die Finger fort.

Sie fielen nacheinander hinab.

Waren fort.

Der Mann auf dem Stein stieß keinen Laut aus, bis sich Sahdri neben ihn kniete, eine Hand auf seinen Nacken legte und verkündete, was ihm angetan worden war.

Der Mann auf dem Stein, der in die Bewusstheit und ins Begreifen zurückkehrte, belegte sie alle lauthals mit Flüchen.

»Seien Sie ruhig«, sagte Sahdri freundlich. »Die Bestie ist tot, und Sie sind jetzt eine lebendige Verherrlichung der Götter.«

Der Mann auf dem Stein – geschoren, tätowiert, die Haut durchbohrt und amputiert – schrie weiterhin Flüche heraus. Belegte Sahdri, die Brüder, die Götter damit.

Der Vogel flog höher hinauf, um den Wind einzufangen und darauf zu reiten.

* * *

Ich erwachte fiebrig und mit Schmerzen. Und als das Fieber verging, lebte ich mit Schmerzen. Die Stümpfe waren ausgebrannt worden, sodass sie nicht bluteten, aber der Schmerz blieb. Ebenso sehr durch das Wissen wie durch den körperlichen Schaden.

Ich lag tagelang auf dem Boden der Klause. Man gab mir Nahrung und Wasser. Ich wollte nichts davon. Aber schließlich trank ich, obwohl ich die Nahrung verschmähte. Und als ich trank, den Becher in zitternden Händen hielt, von denen jetzt jeweils ein Finger fehlte, schmeckte ich Blut und bittere Galle.

Shadri sagte, sie hätten die Bestie getötet. Den Sandtiger. Das Tier, das mich befreit hat, das mir den eigenen Sinn gab, einen Namen. Das Tier, das ich in den Geschichten des Südens *war*: der Sandtiger, ein von einem Shodo ausgebildeter Schwertänzer des siebten Grades vom legendären Alimat, der Mann, der keine Tänze verlor, der als Junge Abbu Bensir besiegt hatte.

Ich war alles das und nichts davon. Ich begriff, was getan worden war und warum: Man hatte einen Menschen seiner Vergangenheit beraubt, der Fähigkeit, darin zu leben, sie durch die Gegenwart in die Zukunft zu verfolgen, und er hat keine Wahl. Er wird etwas anderes. Etwas anderes.

Aber das Begreifen kam unregelmäßig. Zu anderen Zeiten ließ es mich wieder im Stich. Zu Zeiten, wenn *ich* mich im Stich ließ, den missbrauchten Körper verließ und in den Stein einging, meinen Geist in sein Blut und seine Knochen eintauchte und zu flüchten versuchte. Es war nicht schwer. Ich löste mich vom Körper und verließ ihn.

Und während der Geist eines Tages im Stein geborgen war, kamen Männer und nahmen den Körper auf.

Ich ging mit ihnen. Die Haut des Schädels war verheilt, sonderte kein Blut und keine Flüssigkeit mehr ab. Der Schorf an den durchbohrten Augenbrauen war abgefallen, sodass die Ringe sauber und hell schimmerten. Die Ohrläppchen waren nicht mehr angeschwollen. Die Hände zitterten noch immer, verkrampften sich noch immer, drückten sich noch immer hoch oben an die Brust, kreuzten sich wie zur Abwehr, weil die Stümpfe noch immer empfindlich waren – aber die dortige Haut heilte ebenfalls. Der Körper ging mit ihnen oben auf den Kegel hinaus und sah, wie sie einen Bruder zurückhielten. Wie er um seine Freiheit kämpfte. Wie er schrie, sie sollten ihn loslassen.

Als sie sich alle dort oben auf dem Kegel unter dem Himmelsgewölbe versammelt hatten, wurde der Bruder losgelassen. Seine Freude hinausschluchzend, stieß Erastu als Tribut an die Götter beide Arme hoch in den Himmel und lief los.

Und sprang.

Und fiel.

Die Priestermagier des Iaka, des Ersten Hauses des Steinwaldes von Meteiera auf ioSkandi, sangen unter den Göttern Segnungen und baten sie, die neu verschmolzene Seele anzunehmen.

Der Körper kniete. War still. Und die anderen ließen ihn dort zurück, als sie den Kegel verließen, wieder in die Behausung zurückgingen, während sie noch immer Segnungen sangen. Um sich zu versammeln und zu huldigen. Um Riten und Rituale durchzuführen.

Der Körper, allein auf dem Dach der Welt, blieb zurück. Und als ich den Geist wieder aus dem Stein in den Körper zurückfließen ließ, kniete *ich* dort allein auf dem Dach der Welt.

Ich betrachtete zum ersten Mal meine Hände. Sie wirkten – unausgeglichen. Unregelmäßig, ohne Symmetrie. Vier Finger waren drei und boten kein Gegengewicht zu den Daumen.

Ich besaß kein Schwert. Keinen Besenstiel. Nicht einmal einen Stock, hier auf dem Kegel. Aber ich hatte zwei Handgelenke.

Ich streckte den linken Arm aus. Legte meine rechte Handfläche von unten dagegen. Beide Hände zitterten.

Der Geist verzagte vor dem erwarteten Schmerz. Aber ich schloss den Daumen und die drei Finger meiner rechten Hand um mein Handgelenk.

Stellte mir ein Schwertheft vor.

Stellte mir den Zugriff und die Ausgewogenheit vor.

Stellte mir ein Schwert vor.

Stellte mir einen Tanz vor.

»Sie werden vergessen«, sagte Sahdri.

Ich erstarrte bestürzt. Mein Handgelenk umfassend, stieß ich zischend einen Schmerzenslaut aus.

»Sie werden vergessen.«

»Ich kann nicht.«

»Die Bestie ist tot.«

»Nein.«

»Die Erinnerung überlebt im Augenblick noch. Aber auch sie wird ersterben.«

»Nein.«

»Sie besitzen einen sehr starken Willen«, sagte Sahdri. »Stärker als ich erwartet hatte. Der Bestie beraubt zu sein … der Mittel beraubt zu sein, innerhalb des Kreises die Bestie zu *sein* …«

Ich wandte ruckartig den Kopf zu ihm um. »Wollen Sie damit sagen, *ich* sei die Bestie?«

»Der Sandtiger«, sagte er. »Und Sie waren er, seit dem Tag, an dem Sie ihn heraufbeschworen und getötet haben. Aber sie ist tot, diese Bestie. Und der Mann, der sie getötet hat, der zu ihr wurde, wird vergessen, was er gewesen ist. Er wird sein, was er *ist*.«

»Und was *bin* ich?«

»Ein Magier«, antwortete Sahdri.

»Was?« Ich wölbte die Augenbrauen, spürte das fremdartige Gewicht der von der Haut herabhängenden Ringe. »Kein Priester?«

»Noch nicht. Aber das wird kommen.«

»Wenn ich bereit bin zu ›verschmelzen‹, wie Erastu es getan hat?«

»Oh, lange vorher. Sie werden begreifen, warum es nötig ist, und Sie werden es hinnehmen. Bereitwillig.«

»Werde ich das, werde ich das? Bereitwillig?«

»Innerhalb eines Jahres.«

»So sicher sind Sie sich meiner also?«

»Ich bin mir der Magie sicher. Dem Wahnsinn.« Sahdris Gewand wurde vom Wind gepeitscht. »Sie verstehen gewiss die Notwendigkeit der Disziplin.«

»Disziplin!«

»Die Bestie«, sagte Sahdri, »hat aus Regeln und Kodexen, Ritualen und Riten gelernt. Wurde durch solche Dinge begrenzt, so wie sie auch durch den Kreis begrenzt wurde. Wie es von ihrem Shodo gelehrt wurde.«

Ich sah ihn an, während ich auf dem Stein kniete.

»Ich begriff, dass ihm ohne die Regeln, die Kodexe, die Rituale und Riten keine Disziplin innewohnte. Und ohne Disziplin war er nur eine Bestie. Ein Junge.« Er hielt inne. »Ein Chula.«

Ich zuckte zusammen.

»Disziplin«, sagte Sahdri, »ist notwendig. Aufgaben, um die Hände zu beschäftigen. Gebete, um den Geist zu beschäftigen. Rituale und Riten. All die Dinge, die wir hier tun, wie wir unsere Tage, unsere Nächte, unseren Geist erfüllen.« Er blickte an mir vorbei. »Um den Wahnsinn im Zaum zu halten.«

Ich setzte mich auf die Fersen zurück. »*Das* ist der Grund, warum ...«

»Mit Disziplin«, sagte er, bevor ich meine Bemerkung beenden konnte, »können wir vielleicht zehn Jahre überleben. Vielleicht sogar fünfzehn Jahre, wie ich. Aber ohne sie ...« Er blickte erneut an mir vorbei, starrte in Wind und Himmel. »Ohne sie haben wir nur Macht ohne Kontrolle, ohne Sinn, und den Wahnsinn, der sie auslösen wird.«

»Ungezähmte Magie«, murmelte ich, als ich daran dachte, dass ich durch Haut und Knochen hatte blicken können, das Herz des Steins von innen hatte sehen können.

»Wenn Sie es zulassen«, sagte Sahdri, »wird sie Sie verschlingen. Sie ausbrennen. Und während sie das tut, könnten Sie sehr wohl anderen Schaden zufügen. Magie und Wahnsinn zusammengebracht, bedeutet Gestalt gewordenes Unheil. Es ist die Katastrophe. Aber hier auf den Kegeln, mit den Ritualen und Riten, *mit Disziplin*, halten wir sie im Zaum. Damit keine Tragödie daraus erwächst.«

»Erastu hat sich getötet.«

»Erastu ist mit seinen Göttern verschmolzen.«

»Aber er ist dabei gestorben.«

»Ein Mann ohne Glauben kann sich entscheiden, das zu denken.«

»Sie wollen also sagen, es wäre ohnehin geschehen. Eines Tages.«

»Es sollte besser hier geschehen.«

»Aber wenn er wahnsinnig geworden wäre, gleichgültig wo ...«

»Hier beschäftigte er seine Hände mit Aufgaben. Seinen Geist mit Gebeten, Riten, Ritualen. Er war ein *disziplinierter* Mann – und hat daher niemandem Schaden zugefügt.«

»Außer sich selbst.«

»Er ging zu seinen Göttern.«

»Und hat dabei niemanden getötet.«

Sahdri neigte den Kopf.

Ich klammerte mich ungläubig – unverständig – an eines. »Sie haben Nihko gehen lassen. Für mich. Als Bezahlung für mich. Sie haben *ihn* gehen lassen.«

Sahdri lächelte. »Haben wir das?«

20

DISZIPLIN.
Ich lernte die Gebete.
Sagte die Gebete auf.
Disziplin.
Ich lernte die Riten.
Führte die Riten aus.
Disziplin.
Ich lernte die Rituale.
Führte die Rituale aus.
Disziplin.
Ich glaubte an keine Gebete, keine Riten, keine Rituale.
Ich erkannte und flehte einen Gott an.
Dessen Name war *Disziplin.*

* * *

Als die Stoppeln kratzten, rasierten sie sie ab. An Gesicht und Kopf.

Es waren jetzt keine Krallenspuren mehr vorhanden, die dies erschwert hätten, damit die narbige Haut nicht verletzt würde.

Und als Sahdri sah, dass ich die Gebete gelernt hatte und sie aufsagte, die Riten gelernt hatte und sie ausführte, ließ er weitere Löcher durchstoßen, weiteres Silber gestalten, weitere Ringe in meine Haut einziehen. Zwei weitere für jede Augenbraue. Zwei weitere für jedes Ohr.

Disziplin.

Ich sagte nichts.

Ich tat nichts.
Über das hinaus, was erwartet wurde.
Und ich vergaß nichts.
Über das hinaus, was erwartet wurde.

* * *

Magie, hatte Sahdri gesagt, war in meinen Knochen gezeugt worden, in meine Haut eingewachsen. War ebenso sehr ein Teil von mir, wie das Herz, das in meiner Brust schlug. Niemand, hatte er gesagt, dachte über die Aufgabe des Herzens nach, bis es versagte. Das Herz war schlicht. Und mit der Magie war es ebenso.

Ich glaubte an nichts davon. Ich erkannte nichts davon an. Das zu tun, gab jenen Macht, die sie benutzen wollten. Ich glaubte an mich selbst. Und ich schlief jede Nacht ein, ohne Götter anzuflehen – nur mich selbst. Die Essenz dessen, wer ich war, und was. Ein Schwerttänzer. Der Sandtiger. Nicht mehr. Nicht weniger.

Jede Nacht.
Disziplin.
Nicht mehr.
Nicht weniger.

* * *

Ich stand auf dem Kegel. Wind blies mir ins Gesicht, aber er rührte kein Haar. Es gab kein Haar zu verwehen. Ich wartete. Spürte es. Erkannte es. Hörte es im Stein.

Sie kam. Sie kletterte über den Rand des Kegels, erhob sich und betrat den Kreis. Legte beide Schwerter in die Mitte.

Das helle Haar glänzte in der Sonne. Die blauen Augen blickten unbarmherzig drein.

»Tanze«, befahl sie mit einer Stimme wie Eiswasser.
Da regte ich mich.
Da lief ich los.
Nahm das Schwert auf.

Tanzte …

… und starb beinahe, als ihre Klinge in meine Rippen eindrang.

* * *

Ich öffnete ruckartig die Augen. Ich lag in meiner Klause, Arme und Hände wie – jetzt – immer an die Brust gezogen. Ich ließ die Anspannung mühsam los, ließ den Körper sich beruhigen. Spürte den Stein unter meiner Wange.

Die Erinnerung an Stahl. An einen Mann im Kreis. An die Frau, das Schwert, den Gesang.

Ich lag auf dem Stein sehr still, atmete nicht einmal. Ich führte eine Hand zögernd unter den Stoff meines Gewandes und spürte meine Bauchhaut, erinnerte mich an den Schmerz, das eisige Feuer, die schreckliche Schwäche, die die Wunde bewirkt hatte. Berührte Narbengewebe.

Ich stieß geräuschvoll den Atem aus. Narbengewebe, wo keines mehr gewesen war, nachdem Sahdri es von mir genommen hatte. Knorrige, neu gebildete Haut, ein Rand um den von dem Jivatma hinterlassenen Krater. Mein Bauch brannte vor erinnertem Schmerz.

Schweiß lief meinen Körper hinab. Die Erleichterung war greifbar.

Magie. Macht. Welche die Wirklichkeit aus den Träumen heraufbeschwor. Sie willenlos benutzte, obwohl Sahdri davor gewarnt hatte.

Aber hierfür? War dies so schlimm, einen Teil meiner Selbst wiederzufinden, der mir einst genommen worden war, und ihn wieder zu heilen, selbst wenn diese Ganzheit ein Zerrbild war?

Ja. Hierfür. Für mich.

Ich schloss die Augen. *Danke, Bascha.*

* * *

Ich nahm ein Holzstück aus der überdachten Winde und brachte es in meine Klause. Aus der Mauer entnahm ich ein Stück Fels. Brachte es in die Form eines Breitbeils. Ließ es dann ebenso fallen, wie ich hinfiel, mich auf dem Stein zusammenrollte und unter den Nachwirkungen einer schrecklichen Magie furchtbar zitterte.

Disziplin.

Als ich wieder dazu in der Lage war, setzte ich mich auf und nahm das Steinbeil, nahm das Holz. Um das schmalste Ende zuzuspitzen.

Disziplin.

Als der Speer gefertigt war, legte ich mich auf dem Stein nieder, ergriff ihn und zwang mich in den Schlaf. Zwang mich zu träumen.

… der Sandtiger …

* * *

Der Junge kroch in der Dämmerung aus dem Hyort. Er sollte die Ziegen hüten, ging aber nicht dorthin. Er trug einen aus einem zerbrochen Hyortpfosten gestalteten Speer bei sich, den er sorgfältig mit einem Stein bearbeitet hatte, und trat stattdessen zu dem eingestürzten Felsenstapel in der Nähe der Oase, der sich beim Einsturz selbst in eine kleine Höhle umgestaltet hatte.

Eine Lagerstatt.

Er kniete sich vor den Eingang und betete zu den Göttern, ihm zu helfen. Ihm die Stärke und die Kraft und den Willen zu geben, um zu tun, was notwendig war.

Die Bestie zu töten.

Den Stamm zu retten.

Seine Freiheit zu erringen.

Er erhielt keine Antwort von den Göttern. Aber die Götter und ihre Macht, ihre Magie, waren häufig dem Zufall überlassen, vollkommen unvorhersehbar. Niemand konnte wissen, was oder wann sie sprechen würden. Doch er vertraute ihnen, vertraute der Magie seiner Vorstellungskraft und kroch in die Lagerstatt.

Der Sandtiger hatte erst am vorigen Nachmittag gefressen. Er war gesättigt und schlief. Der Junge betrat die Höhle, die auch eine Lagerstatt war, sehr vorsichtig und fand die Bestie dort in den Schatten, den Bauch von einem kleinen Mädchen gefüllt.

Er legte die Spitze seines Speers an die Kehle der Bestie und stieß zu.

Und stieß zu.

Ertrug die Wut, den Zorn. Widerstand sogar den Krallen, den vergifteten und genau zuschlagenden Krallen. Ein Knie. Eine Wange. Aber er ließ den Speer nicht los.

Als die Bestie tot war, übergab er sich. Das Gift war in ihm. Würgend kroch er rückwärts aus der Höhle, die jetzt nach dem Tod der Bestie, ihren Ausdünstungen und seinem eigenen Erbrochenen roch.

Er stand zitternd auf und bahnte sich sehr vorsichtig seinen Weg zurück zu der Ansammlung von Hyorts. Zu dem alten Shukar, dem Schöpfer der Magie. Und beanspruchte die Tötung der Bestie.

Niemand glaubte ihm.

Aber als er von dem Gift krank wurde, nahm Sula ihn auf. Sula schickte sie los. Und als sie mit der toten Bestie und dem von Krallen- und Zahnspuren gezeichneten Speer zurückkamen, bat sie sie, das Fell zu heilen, wie sie den Chula heilte.

Als er gesund war, als er trotz der Schmerzen in seiner Wange wieder sprechen konnte, fragte er nach dem Sandtiger. Er wurde ihm gebracht. Sehr sorgfältig schnitt er mit Sulas Messer jede einzelne Kralle aus den Pranken heraus, durchbohrte sie und fädelte sie auf ein Band auf.

Es wurde darüber gestritten, dass er ein Chula sei und daher kein Recht hätte, die Tötung der Bestie zu beanspruchen. Aber Sula blieb beharrlich. Wie viele Männer, wie viele Frauen, wie viele Kinder würden dank des Chula jetzt überleben?

Nur mit der Halskette bekleidet, stand er vor dem Stamm und wurde fortgeschickt.

Sula gab ihm Kleidung. Sula gab ihm Nahrung. Sula gab ihm Wasser.

Sula ließ ihn ziehen, um ein Mann werden zu können.

* * *

Ich fiel in die Düsterkeit zurück, keuchte, die Wange vor Schmerz brennend. Ich legte den Handrücken daran, spürte das Stechen rohen, nässenden Fleisches. Dann tasteten die Finger. Untersuchten.

Ich zählte die frischen Furchen. Vier. Hieß den Schmerz willkommen, den greifbaren Beweis dafür, dass ich wieder ich selbst war. Mit oder ohne Magie.

Dann betrachtete ich den Sandtiger in seiner Lagerstatt, wo ich ihn aufgespürt hatte. Wo ich ihn getötet hatte, um vielleicht meine Freiheit zu erringen.

Sahdri lag, mit erstauntem Gesichtsausdruck, von einem durch die Kehle getriebenen Speer getötet da.

Sahdri, der seinen Göttern mit vollkommener Hingabe gedient hatte, mit so vollkommener Hingabe, dass er sogar Finger abtrennte, meine Haut durchbohrte, meinen Schädel tätowierte.

Mit so vollkommener Hingabe, dass er nichts Falsches darin sah, einen Mann seiner Vergangenheit, seiner Freiheit zu berauben, damit seine Zukunft auf der Struktur von Magie und Wahnsinn aufgebaut werden könnte.

Das Zittern befiel mich erneut. Ich beugte mich vor, verkrampfte die Hände am Körper. Spürte die Hitze mein Gesicht herablaufen und auf den Stein tropfen. In meinen Mund rinnen.

Ich streckte mich vorsichtig. Leckte mir die Lippen und schmeckte Blut. Spürbares Blut.

Ich hieß den Schmerz willkommen. Und ich gestattete mir zu gehen, ein Mensch zu werden. Wieder.

Ein Schwerttänzer.
Der Sandtiger.
Wieder.
Noch immer.

* * *

Ich beschwerte das Netz an der Winde und ließ es hinab. Als es auf dem Boden auftraf, befestigte ich die Windentrommel an ihrem Platz und ergriff das Seil, das über den Steinrand hinab führte.

Ich war von einem Kegel gesprungen. Ich konnte gewiss ein Seil hinab klettern.

Am Boden ließ ich das Seil los. Ging vier Schritte. Sah die Welt sich vor mir umkehren: Alles Helle war dunkel, alles Dunkle wurde hell. Schwarz war Weiß, Weiß war Schwarz. Ohne Zwischentöne.

Ich kniete mich hin, schloss die Augen, betete darum, dass der Anfall vorüberginge.

Als ich wieder stehen konnte, wieder gehen konnte, suchte und fand ich sieben von zehn Krallen. Sammelte sie auf. Befestigte sie im Saum meines Gewandes. Und ging durch den Steinwald zum Ufer der Insel.

Ich hielt am Meer nach Booten, nach Schiffen Ausschau – und sah keine. Ich wusste, dass sie nach ioSkandi kamen. Sahdri hatte gesagt, es gäbe eine Art Handel. Aber im Augenblick war niemand da.

Der Wind peitschte die Wellen. Ich kniete mich müde auf den Strand, ließ die Meeresgischt mein brennendes Gesicht kühlen. Ergriff durch den Stoff die Krallen, zählte sieben von zehn.

Ich setzte mich in den Sand. Wellen spülten an den Strand, durchnässten mich. Es kümmerte mich nicht. Ich nahm die Krallen vom Saum ab, zog einen Faden aus dem Stoff heraus und fertigte eine Halskette.

Als ich fertig und die Halskette um meinen Hals verknotet war, saß ich immer noch im Sand, von Wellen und Wind durchtränkt, und umklammerte die gebogenen Krallen. Der Schmerz in den Stümpfen der fehlenden Finger flammte erneut auf. Er verursachte mir Schweißausbrüche.

Bauch. Wange. Krallen. Ich würde meine Einzelteile nach und nach wieder zusammenfügen.

Ob Magie oder nicht.

Ob Wahnsinn oder nicht.

Disziplin.

Sahdri und die übrigen machten eine Religion daraus, einen neuen und fremdartigen fanatischen Glaubenseifer, den ich mir nicht zu eigen machen konnte. Also lernte ich, was ich bereits kannte, erneuerte mich in *diesem* fanatischen Glaubenseifer: die Rituale und Riten von Alimat. Verlor mich in den Mustern des Tanzes, den Schwerttechniken. Betrat den Kreis des Geistes – und siegte.

Disziplin.

Ich nahm Tang, Treibholz und ein zerfetztes Stück Leinen, und nach vier Tagen Verzweiflung, Sinnlosigkeit und vielfältigen Flüchen, Schwüren und Versprechen an nicht vorhandene Götter, zauberte ich schließlich ein Schiff.

Disziplin.

* * *

Nach einem halben Tag und schrecklichen Kopfschmerzen führte es mich in den Kessel, wo ich keine Schiffe mit blauen Segeln entdecken konnte. Keine rothaarigen, weiblichen Kapitäne. Keine blonden, nordischen Baschas.

Sie glaubten, ich sei tot. Sie alle.

Bis auf denjenigen, der die Falle aufgestellt hatte.

Ich ließ Tang, Treibholz und zerfetztes Leinen zurück. Die Barbiere, die Molah-Männer, die den geschorenen, tätowierten Kopf erspähten, wichen vor mir zurück, ohne mir, selbst zu unerschwinglichen Preisen, ihre

Dienste anzubieten. Stattdessen schrien sie, riefen Flüche, machten Schutzzeichen gegen Magie, Wahnsinn und den Ikepra.

Disziplin.

Ich erklomm den trügerischen Pfad zum oberen Rand der Klippe, wo Barbiere, Molah-Männer, Frauen, Ehefrauen, Kinder und Händler wiederum Schutzzeichen gegen den Ikepra machten.

Der Ikepra, der inzwischen ausreichend erschöpft war, nichts mehr zu wollen, als in ein Bett zu fallen und zweimal zehn Tage zu schlafen, beachtete das alles gar nicht und ging einfach weiter.

* * *

In Wahrheit wankte der Ikepra mehr, als er ging, aber das Ergebnis war das gleiche: Ich erreichte Akritara. Bei Sonnenuntergang.

Simonides kam aus dem Haus, um den Ikepra fortzuschicken. Wurde dann totenbleich, als er den Ikepra wirklich *sah*. »Sie leben!«

Ich verschwendete keine Zeit. »Wo ist Del?«

Er schluckte, schloss die Augen, sah mich erneut an. Sagte auf Skandisch: »Gelobt seien alle Götter des Himmels!«

»Wo ist Del?«

Er stützte eine zitternde Hand an die Wand, als würde er ohne die Unterstützung umfallen. »Fort. Sie beide. Sie sind fortgesegelt.«

Das hatte ich erwartet. Hatte mich darauf vorbereitet. Aber ich empfand dennoch zutiefst die Verzweiflung.

Der Ikepra zeigte nichts davon. Nur kalte Kontrolle. »Wann?«

Simonides nahm die Hand von der Wand und sammelte sich. »Vor drei Tagen.«

»Auf wessen Geheiß?«

Seine Miene war angespannt. »Auf mein Geheiß.«

Er meinte das der Metri. »Ich war tot. Warum also die Gastfreundschaft für unwichtige Menschen verlängern?«

»Es war kein Platz …« Er rang um Selbstkontrolle, begann erneut. »Hier war kein Platz für die Renegadafrau.«

»Del?«

»Sie sagte … Sie sagte, dies sei nicht ihr Zuhause. Nicht Ihres.« Jetzt wirkte seine Miene gequält. »Sie wollte nicht an dem Ort bleiben, der Sie das Leben gekostet hatte.«

»Nun«, sagte ich, »dann ist das im Augenblick geklärt. Es wird Zeit, dass ich die Metri aufsuche.«

»Warten Sie!« Er streckte die Hand aus, um mich aufzuhalten, ließ sie dann leblos wieder sinken. »Sie fühlt sich nicht wohl. Der Schock …«

Ich zeigte weder Takt noch Mitleid. »Zu schade.«

Sein Blick forschte in meinem Gesicht, prüfte die von Ringen durchstochenen Augenbrauen, die auf meinen Schädel eintätowierten Muster. Besaß den Anstand, ein gewisses Maß des Schocks zu begreifen, dem *ich* unterworfen gewesen war.

»Natürlich«, murmelte er und wandte sich um, um mich zu ihr zu geleiten.

* * *

Die Metri stand inmitten eines Raumes mit gewölbter Decke, umgeben von Teichen üppigen Stoffs – Tuniken –, die über Bett, Stuhl, Kiste drapiert waren und ausgebreitet auf dem Boden lagen. Vereinzelte Schmuckstücke, die im Lampenlicht wie Gold und Glas schimmerten, eine Handvoll alter Blumen, im Laufe der Zeit zu brüchigen, bleichen, staubigen Abbildern dessen verblasst, was einst bunt und lebendig und frisch gewesen war.

Als ich den Raum betrat, schaute sie von den Blumen auf. Sah mich. Und die Blüten wurden durch das Verkrampfen ihrer sich zu zitternden Fäusten schließenden Finger zu Staub und Asche zerdrückt.

Sogar ihre Lippen waren weiß. »*Sie leben.*«

»Trotz jeglicher Bemühungen, sich eines anderen zu versichern«, sagte ich, »und bin etwas mehr und gewiss auch weniger, als ich war …« Ich streckte die Hände mit den Handflächen nach oben aus, »… aber unbestreitbar lebendig.«

Sie wirkte wie gebannt von meinen Händen, von dem Beweis der Verstümmelung. Die Stümpfe waren verheilt, hoben sich aber rötlich-lilafarben von der übrigen gebräunten Haut ab. Ich hatte große Hände, breite Handflächen, lange Finger. Jedermann, der meine Hände sähe, würde sofort erkennen, dass etwas fehlte.

Ihre Pupillen wurden schwarz, als sie mir ins Gesicht blickte.

»Ein dem Schwert geborener Mann«, sagte ich, »ist mit einer … *Verletzung* … wie dieser in gewisser Weise behindert.« Ich beobachtete das Zurückzucken in ihren Augen. »War das Ihre Absicht?«

Sie hauchte es heraus: »Meine?«

Auf eine entrückte, gelöste Art wusste ich ihren sorgfältig modulierten Tonfall zu schätzen, die gerade im richtigen Maß von Erschrecken und Abwehr durchsetzte Erwiderung. »Ihr Junge«, sagte ich, »fühlte sich bedroht. Ihr Junge hatte wahrhaft Angst, Sie könnten mich an seiner Stelle benennen. Ihr Junge war nahe daran, Ihrer Kontrolle zu entwischen. Also haben Sie einen Stein von dem Spielbrett entfernt. Einen Stein, der eine sehr wichtige, wenn auch nur zeitweilige Aufgabe erfüllte und jetzt als überflüssig angesehen wurde. Vielleicht sogar als gefährlich für das Gesamtziel des Spiels.« Ich hielt inne. »Hätten Sie ihm nicht von Anfang an die Wahrheit sagen können?«

Die Metri antwortete: »Er hätte seine Rolle nicht richtig gespielt.«

»Ah.« Ich nickte. »Und wann werden Sie ihm die Regeln beibringen?«

»Es gibt keine. Nur ein Ziel: zu gewinnen.«

»Wessen Körper war es, der so gelegen kam?«

Die Neigung ihres Kopfes änderte sich kaum merklich. »*Ich* habe geglaubt, es wäre Ihrer.«

Ich lachte kurz rau auf. Und sagte ihr auf reinem, akzentfreiem, formellem Skandisch, wie es unter den Elf Familien gesprochen wird, dass sie eine Lügnerin sei.

Die Stessa Metri zitterte.

»Was haben Sie geglaubt, was geschähe?«, fragte ich. »Haben Sie geglaubt, ich würde *verschmelzen* und so alle Möglichkeiten vertun, zurückzukehren und Ihnen Ihr Leben zu erschweren? Haben Sie geglaubt, ich vergäße alles, was ich über mein Leben wusste, bevor ich auf den Kegel gebracht wurde? Haben Sie geglaubt, ich würde *unverändert* und daher nicht einmal eine flüchtige Erinnerung an meine Anwesenheit in der Welt wert?« Ich schüttelte gemächlich den Kopf. »Ich bin, wie ich immer war. Ein Schwerttänzer. Der Sandtiger. Aber mit einem kleinen Extra.«

Simonides sagte hinter mir ruhig: »Magier.«

Die Metri erwiderte meinen Blick. »Wahnsinnig.«

»Wenn ich eines von beidem bin, oder wenn ich beides bin«, sagte ich lächelnd, »sollten Sie vielleicht Angst vor mir haben.«

Die Metri blickte auf ihre Hände hinab, die noch immer zu Fäusten geballt waren. Sie öffnete sie langsam, sah die zerdrückten Überreste uralter Blumen. Kurz darauf drehte sie die Handflächen nach unten und verstreute diese Überreste. Staub und Stücke von Stengel und Blütenblatt. Ließ sie zu Boden schweben.

Tränen schimmerten in ihren Augen, als sie mich ansah. »Dies war das Zimmer meiner Tochter.«

Tunikas, Schmuck, die Andenken des Lebens einer Frau. Die Frau umgebend, die sie geboren hatte.

Die sie verbannt hatte.

»Meine Tochter«, sagte sie, »ist schon zweiundvierzig Jahre lang tot.«

Und ich war vierzig.

»Gehen Sie«, befahl die Metri.

Der Ikepra ging.

* * *

Ich trat aus dem Haus in den Hof, badete im Mond- und Sternenlicht, und das Schwert flog im Bogen aus der Dunkelheit auf mich zu. Ich fing das Heft mit einer Hand auf. Stieß einen Zischlaut aus, als der Schmerz in dieser Hand hell aufflammte.

»Sie leben?« Herakleio trat aus den Schatten ins Mondlicht. »Nun denn, vielleicht sollten wir das berichtigen.« Und hob seine eigene Klinge.

Ich dachte daran, ihn auszulachen. Ich dachte daran, nein zu sagen. Ich dachte daran, mich auf Müdigkeit zu berufen. Auf Schmerzen. Auf die Unfähigkeit, das Schwert auch nur richtig zu ergreifen.

Aber alles das war es, was Herakleio hören wollte.

Dann griff er mich an, wie ich ihn an dem Abend angegriffen hatte, als Sahdri in unserer Mitte erschien, über der Mauer schwebte. Dies war kein Kreis, kein Tanz, keine Übung, sondern eine zweckgebundene Begegnung. Keine Regeln, keine Kodexe, keine Schwüre, keine Ehre.

Ich hatte einschüchtern wollen, weil ich den Unterschied kannte. Herakleio wollte all seine Verärgerung und Enttäuschung auf mich übertragen. Um mich zu bestrafen. Um mich an meinen Platz zu verweisen. Um mich zu besiegen.

Um mich vielleicht zu töten? Nein. Es sei denn, er hatte Glück.

Natürlich besaß ich zwei Finger weniger als zuvor, und alle Wetten standen gegen mich.

Ich hörte Simonides' erschreckten Ausruf der Abwehr vom Eingang. Aber Herakleio hatte mich angegriffen, und ich hatte keine Zeit für Diener, Metris oder Magie. Ich hatte nur mich selbst.

Ein Schwert.

Und den Tanz des Geistes, im Kreis enthalten.

Disziplin.

Als ich fertig war, lag Herakleio ausgebreitet auf den Hoffliesen. Er blutete aus einem Dutzend Schnitten. Seine Klinge war entschieden außer Reichweite an eine Wand geflogen, von den Schatten verborgen. Jetzt hatte er nur noch sich selbst, außer Atem, verletzt, gedemütigt, und das genügte nicht.

Nicht für mich. Nicht für ihn selbst. Möglicherweise auch nicht für die Metri.

Aber sie hatte niemanden sonst.

Ich warf mein Schwert beiseite, damit er mich nicht zittern sehen würde. »Wir sind fertig«, sagte ich. »Ich übergebe Ihnen alles das, wovon Sie geglaubt haben, dass ich es Ihnen genommen hätte, oder nehmen wollte. Ich will nichts davon. Nichts von Ihnen, nichts von ihr, nichts von diesem Ort. Ich habe keine Pflichten als Sohn oder Enkel. Ich bin nichts von beidem. Ich bin ein Schwerttänzer des siebten Grades, ausgebildet vom Shodo von Alimat und den Riten und Ritualen des Kreises verschworen. Das ist alles. Und das ist mehr, als ich mir jemals erträumt hatte.«

Weil alles, was ich mir jemals erträumt hatte, die Freiheit war.

Und, eine Nacht lang, ein Sandtiger.

Dann wandte ich mich von ihm ab und ging davon. Aus dem Hof hinaus. Von dem Haus fort. Den Pfad zur Stadt, zur Klippe, zum Kessel hinab.

* * *

Simonides fand mich. Ich war seitlich des Pfades zusammengebrochen, von so tiefem Schmerz überwältigt worden, dass er meinen Körper in Schweiß badete und mir die Tränen in die Augen trieb, durch etwas so Unbegreifliches, dass ich nicht einmal sitzen konnte. Ich lag zusammengekrümmt auf der Seite, die Arme in dem sinnlosen Versuch an die Brust gepresst, meine Hände vor weiteren Angriffen zu schützen. Ich wiegte mich auf der Erde hin und her, roch Salzwasser, Weinstöcke und Blut aus einer zerbissenen Lippe.

Die Hand berührte meine Schulter. »Ich habe Wasser«, sagte er mit rauer Stimme.

Schließlich setzte ich mich auf. Ließ mir von ihm Wasser geben, da ich es nicht wagte, den Krug oder den Becher auch nur zu halten. Ein Rinnsal lief mein Kinn hinab und tropfte auf das staubige Leinen meines Gewandes.

»Ich habe etwas zu essen«, sagte er, »und Kleidung. Und Geld.«

»Und ein Schwert?«, fragte ich krächzend.

»Nein.«

Ah, gut. Ich war ohne eines gekommen. Warum sollte ich erwarten, *mit* einem Schwert zu gehen?

»Sie sind vor drei Tagen davongesegelt«, sagte er. »Die Metri besitzt schnelle Schiffe. Ich werde Ihre Reise bezahlen und dem Kapitän berichten, dass er Sie hinbringen soll, wo immer Sie hinwollen. Aber es gibt nur ein Renegadaschiff, das sich blauer Segel rühmt. Er wird es kennen.«

»Geschieht dies auf Geheiß der Metri?«

»Es geschieht auf mein Geheiß.«

Das Gesicht des Sklaven wirkte im Mondlicht sowohl besorgt als auch mitleidig. »Sie riskieren erneut Ihr Leben, Simonides.«

»Es ist kein Risiko.«

»Oder denken Sie, dass Sie mir das schulden, von Sklave zu Sklave?«

»Sklaven«, sagte er und hielt dann inne. Begann mühsam noch einmal. »Sklaven tun, was sie tun müssen, um überleben zu können. Um ein Leben zu gestalten und die Freiheit darin zu finden. Aber es muss keine Schmach darin liegen, wenn es Möglichkeiten gibt, ein Maß an Würde und Rechtschaffenheit zu finden.«

Schmach lag in dem, was man über sich selbst dachte. Nicht in dem, was andere über einen dachten.

Ich nickte. »Wird dieser Kapitän Befehle von Ihnen entgegennehmen?«

Er sagte ernst: »Ich bin die Augen und Ohren der Metri.«

Ich trank erneut etwas und nickte zum Dank für die Hilfe. Erhob mich mühsam, schaffte es aber. »Also, welche Art Kleidung haben Sie mitgebracht?«

Er lächelte leise. »Diejenige, in der Sie angekommen sind.«

Ich rief in gespieltem Entsetzen: »Nicht die *rote* Kleidung!«

»Nun«, sagte er, »Rot steht Ihnen.«

Del hatte das einst auch gesagt. Vielleicht würde ihr die Kleidung gefallen, wenn ich sie einholte.

Oder vielleicht würde sie sie überhaupt nicht bemerken.

Oder vielleicht würde sie sie bemerken, aber ich würde sie nicht mehr lange genug tragen, dass es wichtig wäre.

Ich grinste ins Mondlicht.

Ich komme, Bascha.

21

Bekleidet mit Nihkos scheußlich roter Tunika und der sackartigen Hose – und einer Halskette aus sieben neu auf ein Lederband aufgezogenen Sandtigerkrallen –, wanderte ich durch Wellen, nassen Sand, trockenen Sand und Bewuchs. Mein Kopf juckte abscheulich, aber ich besaß wieder Haare. In ungefähr halber Wimpernlänge.

Und ich hatte mich erst vor wenigen Wochen darüber beklagt, dass es dringend geschnitten werden müsste.

Das Schiff der Metri lag hinter mir vor Anker. Der Ausguck hatte zwei Stunden zuvor ein Schiff mit blauen Segeln erspäht, und der Kapitän schlug einen Kurs ein, ihm zu folgen. Prima Rhannets Schiff lag jetzt auf der anderen Seite der Insel vor Anker, in der Nähe des einzigen verfügbaren frischen Wassers. Da ich nicht riskieren wollte, dass das Schiff der Metri von Renegadas eingenommen würde – nicht weil es ihr gehörte, sondern weil wir es brauchten –, bat ich den Kapitän, außer Sicht zu bleiben. Und dies war ohnehin meine Aufgabe.

Obwohl ich ahnte, was *Del* zu tun versuchte.

Ich grinste. Schüttelte den Kopf. »Das wird niemals gelingen, Bascha. Du und der Hengst, ihr habt zu hart daran gearbeitet, eine gegenseitige Abneigung zu entwickeln.«

Als ich schließlich durch das Gestrüpp brach und sie in der Nähe der Quelle fand, stand der Hengst da und rieb seinen Kopf an Dels Schulter, rieb ihn fest und erinnerte an einen sehr großen, braunen Hund. Del versuchte, ihm Einhalt zu gebieten, anscheinend mit dem aussichtslosen Versuch, diesen großen Dickkopf zu umfassen.

Törichte Bascha.

Prima Rhannet und ihr Erster Offizier standen ganz in der Nähe von Del. Sie alle wandten mir den Rücken zu, außer dem Hengst. Der jäh aufhörte, seinen Kopf an Dels Schulter zu reiben, als er mich bemerkte, den Kopf hoch in die Luft reckte und warnend schnaubte. Laut und mit der üblichen, eindringlichen Feuchtigkeit.

Zu schade, dass er das nicht getan hatte, als Prima und ihr blauköpfiger Begleiter zum ersten Mal auftauchten. Die Warnung wäre vielleicht nützlich gewesen.

»Also«, rief ich, »haben sie vermutlich nicht für richtig gehalten, Sie nach allem zu verschmelzen.«

Nihko fuhr ebenso herum wie Prima und Del. Der Hengst schnaubte erneut, dieses Mal angewidert, und wanderte davon, wie er es immer tat. Alle anderen standen nur mit offenem Mund da.

Ich sah Del nicht an. Mein erster aufmerksamer Blick, als sie sich umwandte, ließ mich vermuten, dass es ihr gut ging, wenn sie auch bleich war und vor Schreck weiche Knie hatte. Aber es war später Zeit für eine angemessene Wiedervereinigung. Jetzt da ich wusste, dass sie in Sicherheit war und wusste, dass ich lebte – zumindest *glaube* ich, dass sie wusste, dass ich es war –, waren andere Dinge wichtiger.

Ich sah Prima und Nihko an. »Überraschung.«

Die Hand des Kapitäns war fest auf ihre linke Brust gepresst, wo unter Haut und Knochen ihr Herz lag, wenn sie eines besaß. Das jetzt hoffentlich heftig genug pochte, um ihr fast die Brust zu sprengen.

Nihko sagte auf Skandisch zu ihr: »Er kann uns nichts anhaben.«

Ich erwiderte auf Skandisch: »Wollen Sie darauf wetten?«

Er besaß die Anmut zu erröten. Seine Augen flackerten einen Augenblick lang und wurden dann wieder unerbittlich.

»Ich würde gern alles über diese Magie und den Wunsch, Sie zu Brei zu schlagen, vergessen. Aber vielleicht später.« Ich hielt meine Hände hoch. »Im Augenblick wird es warten müssen.«

Ich hörte Dels entsetzten, gequälten Aufschrei. Wollte etwas sagen, sie trösten, aber meine Aufmerksamkeit galt Nihkolara Andros.

»Haben Sie gedacht«, begann ich, »dass ich nicht denselben Weg verfolgen könnte wie Sie? Dass ich die Magie, den Wahnsinn, nicht zurückweisen und Sahdri und die übrigen auf ihren Felsen zurücklassen würde? *Oh* …« Ich hielt bewusst ausdrucksvoll inne. »… und übrigens, Sahdri ist tot. Er hatte eine wunde Kehle. Durch einen hindurchgestoßenen Speer verursacht.«

Nihko erbleichte zu kränklich grauer Blässe.

»War er derjenige?«, fragte ich. »Derjenige, der Sie am Fuße des Kegels fand, nachdem Sie sich hinabgestürzt hatten? Derjenige, der Sie aufhob, Sie nährte und über die Schwelle führte?« Ich fügte betont hinzu: »Derjenige, der Sie Ikepra nannte?«

»Und Sie.« Sein Grinsen war ein geisterhaftes Abbild dessen, was ich zuvor gesehen hatte. »Ikepra.«

»Aber das war ich«, belehrte ich ihn. »Im Süden nennen wir es Borjuni. Im Kreis nennen wir es *Elaii-ali-ma*, für einen an den Eid gebundenen Mann, der für immer aus dem Kreis verbannt wird.« Ich schüttelte den Kopf, voller Mitleid. »Haben Sie wirklich gedacht, ein solcher Mann würde davor zurückschrecken, seiner Sammlung einen weiteren unangenehmen Namen hinzuzufügen?«

»Aber Sie«, sagte er mit so mühsam erzwungener, vergänglicher Aufrichtigkeit, dass es kränkte, »sind noch immer ein Mann.«

Ich öffnete den Mund, um dem zuzustimmen, weil

ich es für richtig erachtet hatte, nicht mit der Tochter der Palomedi Metri zu schlafen, während ich auch mit der Palomedi Metri schlief – und dann verstand ich.

Sahdri und seine Brüder hatten mir nur Finger amputiert.

»Halt.« Das war Prima Rhannet, sehr bleich. »Halt.«

Ich sah sie an, erkannte die Angst in ihr. Um Nihko.

»Er hat es nicht getan«, sagte sie. »Es war nicht Nihkos Plan.«

»Noch war es Ihrer«, sagte ich.

Es erstaunte sie, dass ich ihr glaubte. »Die Metri«, erklärte sie fest. »Die Metrioi der Elf sind zu allem fähig.«

»Nein, nicht die Metri. Nicht einmal Herakleio, obwohl ich nicht daran zweifle, dass er es sich gewünscht hat.«

Del sprach zum ersten Mal. Ihre Stimme klang eiskalt und stahlhart. »*Wer bleibt übrig*?«

Ich blickte einen Augenblick lang über ihren Kopf hinweg in den jenseitigen Himmel, konnte ihren Blick nicht erwidern. Dann tat ich es, wobei ich schmerzlich schluckte. »Simonides.«

Niemand von ihnen glaubte diese Antwort.

»›Sklaven‹«, sagte ich, ihn zitierend, »›tun, was sie tun müssen, um überleben zu können. Um ein Leben zu gestalten und die Freiheit darin zu finden. Aber es muss keine Schmach darin liegen, wenn es Möglichkeiten gibt, ein Maß an Würde und Rechtschaffenheit zu finden.‹«

Schmach lag in dem, was man über sich selbst dachte. Nicht in dem, was andere über einen dachten.

Ich seufzte. »Er hat es für sie getan. Weil er keine andere Möglichkeit sah, treu zu seinem Haus zu stehen. Ich glaube, dass er nach ungefähr sechzig Jahren unter ihrem Dach wirklich keine Wahlmöglichkeit gesehen hat.«

»Wie kannst du das sagen?«, rief Del. »Wir glaubten, du wärst tot! Und er hat es uns glauben lassen!«

»Aber ich bin nicht tot.« Ich lächelte verzerrt. »Ich bin ein wenig bunter, als ich war«, und ich strich mit der Hand über meinen tätowierten, stoppeligen Schädel, »aber ich bin nicht tot. Und er war ehrlich froh darüber. Ich glaube, er spürte, dass ich eine Chance hatte zu überleben.«

Dels Augen schwammen in Tränen. »Deine *Finger* ...«

Es tat mir weh, ihre Qual zu sehen. Sanft sagte ich: »Lass es gut sein, Bascha.«

Sie tat es. Weil ich sie darum bat.

Ich sah Prima und ihren Ersten Offizier an. »Gehen Sie. Wir haben unser eigenes Schiff. Wir werden Ihres nicht brauchen.«

Sie reckte jäh das Kinn. »Geben Sie also jetzt die Befehle?«

»Fragen Sie Nihko, ob ich das kann.« Ich ließ ihn meine Augen sehen. »Fragen Sie ihn.«

Prima, da sie Prima war, blieb wenig überzeugt. »Vielleicht sollten wir Ihr Schiff einfach *stehlen*, wie wir es schon zuvor getan haben.«

»Sie haben es zerstört, nicht gestohlen.« Ich grinste. »Und Sie können es gern versuchen.«

Nihko legte eine große Hand auf den schmalen Nacken der Frau und drehte sie zu dem Schiff mit den blauen Segeln um. »Geh.«

Sie war wütend. »Nihko ...«

»*Geh.*«

Als sie fort war, neigte er kurz den Kopf. »Jung«, sagte er, »und stark. Sie hätten Sahdri letztlich ohnehin getötet. Das Iaka hätte Ihnen gehört.«

»Ich wollte das Erste Haus niemals haben«, sagte ich. »Ich wollte Meteiera, Akritara, die Weinberge, die Schiffe, die Sklaven niemals haben. Alles, was ich jemals wollte, war zu wissen, wer meine Leute sind.«

»Und jetzt wissen Sie es.«

Ich schüttelte den Kopf. »Ich stamme nicht von

den Stessa ab. Ich bin gewiss Skandier – und anscheinend *io*Skandier –, aber nicht der Enkel der Metri. Ihre Tochter war schon zwei Jahre tot, bevor ich geboren wurde.«

»Die Metri«, sagte er ruhig, »lügt.«

Ich lächelte. »Das tun wir alle, Ikepra. Wenn es uns passt.«

Er regte sich kaum merklich. Er war vorbereitet. »Soll es jetzt sein?«

Ich wölbte die durch die Ringe beschwerten Augenbrauen. »Wollen Sie wirklich so sehr verschmelzen?«

»Ich will überhaupt nicht verschmelzen.«

»Dann tun Sie es nicht. Ihnen bleiben noch zwei, möglicherweise drei Jahre. Gehen Sie und leben Sie sie.« Ich hielt inne. »Obwohl man den Unschuldigen zuliebe vielleicht raten sollte, dass Sie sich eine andere Beschäftigung suchen.«

Nihko lächelte. »Ich bin, was ich bin, was ich aus mir gemacht habe. Es ist das, was ich sein will.«

»Ah.« Ich erwiderte sein Lächeln grimmig. »Dann sind wir schon zu zweit.«

Er neigte erneut kurz ehrerbietig den Kopf, ein Ikepra gegenüber einem anderen, und wandte sich dann zum Gehen.

»Warten Sie.«

Er hielt inne und schaute zurück.

»Wie machen Sie es?«, fragte ich. »Wie kontrollieren Sie sie? Unterdrücken Sie sie?«

Er warf Del rasch einen Blick zu und erwiderte dann meinen Blick. »Mit Disziplin«, sagte er, »und der Hilfe der Götter.«

Ich lachte rau. »Und es gelingt?«

Nihko sagte: »Manchmal.«

Als er fort war, kam Del zu mir. Nahm meine beiden Hände in ihre und küsste unendlich vorsichtig die Handflächen.

»Soweit ich weiß«, sagte ich, »hat dies keine medizinische Wirkung.«

»Götter.« Sie schlang die Arme um meinen Hals und presste sich an mich. »Götter, Tiger … du zitterst.«

»Du auch, Bascha.«

Sie legte ihr Gesicht an meinen Hals und weinte.

Ich spürte auch selbst ein wenig Feuchtigkeit auf meinem Gesicht, als ich beide Arme um sie legte und sie an mich drückte.

Kurz darauf sagte ich: »Ich hasse diese Kleidung.«

Sie lachte und presste sich noch fester an mich. »Rot steht dir.«

»Ich habe irgendwie gedacht, du hättest mich vielleicht lieber ohne sie. Du weißt schon. *Aus*gezogen.«

Ihr Atem fühlte sich an meinem Hals warm an. »Du bist schrecklich offen.«

»Feinsinnigkeit war noch nie eine meiner Begabungen, Bascha. Wie du selbst festgestellt hast.«

Del sank auf die Knie. Löste das Zugband der bauschigen Hose. Zog sie fort. Sie fiel um meine Füße.

»Also«, fragte sie, »soll das nur für dich sein?«

»Ich wollte, dass du erkennst, dass meine gesunden Körperteile noch alle vorhanden sind.« Ich hielt inne und drehte meine Handflächen ins Licht. »Nun. Die meisten davon.«

Und dann beugte ich mich hinab, kniete mich hin und nahm sie in meine Arme.

Epilog

Als wir später im warmen Sand neben dem felsengesäumten Becken lagen, belustigte Del sich damit, die Tätowierungen auf meinem Kopf nachzuziehen. Zunächst kitzelte es. Dann entschied ich, dass es sich eher gut anfühlte.

Sie fragte müßig: »Wirst du deinen Kopf auch weiterhin rasieren?«

Ich brummte schläfrig, lag in seliger Ungezwungenheit mit geschlossenen Augen auf dem Bauch. »Unwahrscheinlich.«

»Es ist nicht *un*attraktiv.«

Sie hatte vor Monaten etwas Ähnliches über Nihko gesagt. Ich erwiderte unfreundlich: »Es ist auch nicht ich.«

Ihre Finger strichen weiter darüber. »Jetzt schon. Es sei denn du glaubst, du kannst diese Tätowierungen beseitigen.«

Ich dachte an Sahdri, der meinem Körper die Narben genommen hatte. »Nein«, sagte ich, ein Schaudern unterdrückend. »Ich glaube, ich werde einfach die Haare wieder wachsen lassen.«

»Bist du sicher, dass ich dir diese Ringe aus den Augenbrauen schneiden soll?«

»Ich bin sicher.«

»Es wird wehtun.«

Ich brummte erneut.

»Vielleicht könntest du die Ringe in den Ohren lassen.«

Ich öffnete die Augen, runzelte nachdenklich die

Stirn und rollte mich auf den Rücken. »Willst du damit sagen, ich *gefalle* dir so?«

Del, die auf mich herabschaute, lächelte einnehmend. »Ich mag dich auf jede Art, wie ich dich bekommen kann.«

Ich dachte darüber nach. »Gut«, sagte ich schließlich. »Wir werden einen Ring in jedem Ohr belassen …«

»Zwei.«

Ich blickte finster drein. »Zwei. Nur für dich.« Ich sah sie festen Blickes an. »Und das ist *alles*.«

Sie nickte, während sie erneut die Muster auf meinem Kopf nachzog. »Solch ein hübsches Blau«, sagte sie. »Außer hier.« Ihre Hand hielt unmittelbar hinter meinem linken Ohr inne.

»Warum? Was ist dort anders?«

»Du hast hier eine kleine klebrige Blase« – sie tippte darauf – »wie vergossener Wein.«

Ich setzte mich jäh auf.

Del blinzelte mir zu. »Es ist nur ein Muttermal, Tiger. Und wenn die Haare wieder wachsen, wird es verschwinden. Ich habe es noch nie zuvor gesehen.«

Ich fluchte. Legte mich wieder hin. Dachte darüber nach.

»Tiger …?«

Dann begann ich zu lachen.

»Tiger, was ist los?«

Ich legte einen Arm über die Augen, um die Sonne abzuschirmen. »Nihko hat es gesagt.«

»Nihko hat was gesagt?«

»Dass die Metri lügt.«

»Ja«, bestätigte Del nachdrücklich. »Sie sagte, du wärst tot.«

Ich dachte an etwas anderes. An Liebkosungen, Keraka genannt, die aus jeglicher Größe oder Form gestaltet werden konnten. Irgendwo am Körper zu finden waren. An einem den Stessa geborenen Körper. »Nun, ich bin nicht tot.«

Noch nicht.

Ihre Hand bewegte sich zu meinem Bauch hinab. Schloss sich. »Ich weiß.«

Ich versuchte, nicht zurückzuweichen. »Sei vorsichtig damit.«

»Ich glaube eher … nicht.«

Ich dachte einen Augenblick darüber nach, was *das* bedeutete. »In Ordnung.« Ich setzte mich auf, legte einen Arm um sie und zog sie zu mir herab.

* * *

Hinterher fragte Del: »Was willst du tun?«

»Nach Hause gehen.«

Eine kleine Pause. »Wo ist dein Zuhause?«

»Wo es immer gewesen ist. Im Süden.«

»Aber … du hast gesagt, wenn du jemals dorthin zurückkehren würdest …«

Ich unterbrach sie. »Ich weiß, was ich gesagt habe. Es kümmert mich nicht. Es ist meine Heimat. Und es ist unwichtig, ob ein Preis auf meinen Kopf ausgesetzt ist oder ob Borjuni und Schwerttänzer mich jagen werden …«

Jetzt unterbrach sie mich. »Abbu Bensir?«

Ich zuckte die Achseln. »Er auch. Sollen sie alle kommen.«

Kurz darauf fragte sie: »Warum?«

Wir lagen auf der Seite. Ich schob einen Arm unter Del und zog sie näher zu mir heran, passte meinen Körper dem ihren an, die Knöchel verschränkt. Ich drückte meine Lippen auf ihr seidenweiches Haar. »Weil«, sagte ich, »es an der Zeit ist, dass ich mir ein Zuhause aus etwas anderem als Luftmauern baue. Ich will Ziegel, Steine, Holz, Fliesen. Ich will Inhalt.«

»Welche Art Inhalt?«

»Alimat.«

Del erstarrte. »Ich dachte, du hättest gesagt, Alimat sei vor Jahren in einem gewaltigen Sandsturm zerstört worden.«

»Das stimmt, das meiste davon. Aber das Skelett ist noch da. Ich werde es wieder aufbauen.«

»Werden sie es zulassen?«

»Wer?«

»Abbu. Die anderen.«

»Das wird im Kreis geregelt werden. Und wenn ich damit fertig bin, Dinge zu regeln, werden die Schüler kommen.«

Sie war höchst erstaunt. »*Schüler*?«

»Ich habe Herakleio gelehrt, nicht wahr?«

»Ja, aber … du?«

»Warum nicht?«

»Du warst immer so … unabhängig.«

»Nun, vielleicht ist es an der Zeit, dass ich Verantwortung übernehme.« Ich dachte einen Augenblick lang darüber nach. »Ein *wenig* Verantwortung.«

Del kicherte höflich. »Und wie lange, glaubst du, wird das dauern?«

»Zehn Jahre«, sagte ich gelassen. »Vielleicht zwölf. Fünfzehn, wenn ich Glück habe.«

Sie stieß mich mit dem Ellenbogen an. »Sei ernst, Tiger. Du?«

Ich wollte lächeln, tat es aber nicht. »Vertrau mir, Bascha. Ich war noch niemals in meinem Leben ernster.«

Sie schloss eine Hand über eine meiner Hände und mied sorgfältig den empfindlichen Stumpf. Ihre Stimme klang rau. »Kannst du es?«

»O ja. Es wird Zeit brauchen. Ich muss neue Griffe, eine neue Ausgewogenheit, neue Techniken und Manöver lernen, meine Handgelenke und verbliebenen Finger kräftigen, aber ja. Ich kann es.« Ich lächelte. »Man nennt es Disziplin.«

»Und bis dahin?«

Ich wusste, dass sie an Abbu dachte. »Bis dahin«, flüsterte ich ihr ins Ohr, »wirst du mich beschützen müssen.«

Der Hengst, der in der Nähe zufrieden graste, schnaubte.

Ich sah zu ihm hinüber. »Sie kann das, weißt du. Sie ist besser als ich.«

Jetzt schnaubte Del, wenn auch zarter.

»Nun«, räumte ich ein, »manchmal. An manchen Tagen, in manchen Augenblicken, in einigen besonderen Augenblicken. Andere Male nicht.«

Del lachte leise. »Das umschreibt es ungefähr.«

»Und da wir gerade von besonderen Augenblicken sprechen …«

Sie fragte gespielt ungläubig: »Was … *schon wieder*?«

Ich grinste. Dann verging das Grinsen. Ich zog sie ganz eng an mich und hielt sie fest. Drückte mein Gesicht in ihr Haar. Sagte ihr, dass ich sie liebte.

In der Sprache des Hochlands, des Tieflands, auf Nordisch, in der südlichen und jeder anderen dazwischen existierenden Sprache. In allen Sprachen der Welt.

Es dauerte lange.

Aber Del beklagte sich nicht.

Geographie

Das Modell für ›Skandi‹ ist eine griechische Insel namens Santorini (von ›Saint Irene‹). Ursprünglich Thera genannt, war Santorini bis ungefähr 1500 v. Chr. eine große runde Insel, als eine Katastrophe in Form eines gewaltigen Vulkanausbruchs sie traf. (Man glaubt, dass Thera und seine Zerstörung vielleicht die historische Grundlage für die Geschichten über Atlantis sein könnte.) Obwohl die Bewohner Theras früh genug gewarnt worden waren, um fliehen zu können und so nicht unter Lava und Asche begraben zu werden wie die Opfer des Vesuvs, explodierte der größte Teil der Insel. Teile dessen, was urbares Land gewesen war, brachen ein, versanken auf dem Meeresgrund und hinterließen nur einen Rand der Insel über der Wasserlinie. Akrotiri, eine der vom Vulkanausbruch begrabenen Ansiedlungen, wurde 1967 von dem griechischen Archäologen Spyros Marinatos entdeckt. Bis heute werden Ausgrabungen durchgeführt, bei denen die Schichten einer fortgeschrittenen Zivilisation freigelegt werden, die vielleicht ein unmittelbarer Seitenzweig der minoischen Kultur gewesen sein könnte. Die ›lebenden Inseln‹, die im Roman kurz beschrieben werden, sind noch immer rauchende Teile des Vulkankegels, der inmitten des wassergefüllten Kraters zu sehen ist.

Geographisch gesehen sind Santorini und seine Hauptstadt, Fira (das auf und in einer Klippe erbaut wurde), so, wie ich sie beschrieben habe, selbst bis hin zu den Eselsritten auf gewundenen Pfaden den Hang in den

Kessel hinab (was besonders interessant ist, wenn man eine Kiste mit Boutariwein mitschleppt) und die Weinstock›körbe‹ entlang, die am Boden wachsen. Wie auch immer, es sollte festgehalten werden, dass ich gewisse Elemente freimütig in meine Geschichte eingepasst habe, und wenn jemand Santorini besucht, nachdem er diesen Roman gelesen hat, sollte gesagt werden, dass die signifikanteste Bedrohung für ihn nicht darin besteht, durch Molahdung, Weinhäuser und dunkle Gassen zu waten oder von der Klippe geworfen zu werden, um mit den Göttern zu verschmelzen, sondern darin, unbeschadet gewundene Straßen voller Schmuckgeschäfte zu passieren, die den Touristen ihre Waren anbieten.

Das Modell für Meteiera, der ›Steinwald‹, ist eine ausgedehnte Ansammlung von erschreckend bühnengerechten Felsformationen in Thessaly. Zusammen Meteora (›in der Luft‹) genannt, bilden die massiven Kegel einen Komplex von Mönchsklöstern, Zufluchtsorten und auf den Kegeln erbauten Kellions und die Heimstatt des traditionellen orthodoxen, im 11. Jahrhundert gegründeten Mönchtums. (Es ist außerdem Geburtsort und Heimat von Asclepius, dem ersten und besten Arzt des klassischen Altertums.) Die Spitzen der Kegel waren ursprünglich über Seile und mit Holzleitern zugänglich, die von einem Gerüst umgeben waren, sowie durch an Winden befestigten Netzen. Heute führen befahrbare Straßen zu mehreren der Mönchsklöster, die weiterhin als Zufluchtsorte für Meditation und Verehrung dienen.

Nach der Wahrheit oder »Eine letzte Bemerkung der Autorin«

Jede Reihe tendiert dazu, ihren eigenen Mythos zu verbreiten, einschließlich Missverständnissen, Vermutungen und Ungenauigkeiten, ganz zu schweigen von häufig gestellten Fragen. Als, zum Beispiel, *Schwerttänzer*, der erste Band dieser Serie, 1986 veröffentlicht wurde, war ich im Feld der Fantasy und Science Fiction relativ unbekannt, und eine Weile kursierte das Gerücht, ich sei in Wahrheit ein Mann, der unter einem weiblichen Pseudonym schreibt. Jetzt, da ich nach einer großen Pause in die Welt von Tiger und Del zurückgekehrt bin, werde ich einige der am häufigsten gestellten Fragen beantworten.

Nein, ich bin kein Mann.

Nein, ich möchte kein Mann sein.

Nein, Tiger basiert auf niemandem, den ich kenne, sei es ein Freund, ein Feind oder Ex-Ehemann. *(Wenn überhaupt, gehören Teile von Tiger zu mir: Ich bin etwas über vierzig, habe schwache Knie, trage einige Narben von Dingen wie Skistöcken, 50-Gallonen-Ölfässern, Swimmingpool-Belüftungsanlagen und Hundezähnen, und meine Gelenke produzieren regelmäßig alle möglichen Geräusche, die Percussion-Instrumenten nicht unähnlich sind.)*

Ja, ich kenne Pferde. (*Ich pflegte Rodeos zu reiten, wenn auch im Amateurstatus.*)

Nein, der Hengst basiert nicht auf einem Pferd, das einmal mir gehört hat. *(Wenn ich einen Hengst wie den Hengst besessen hätte, hätte ich den Einfaltspinsel kastriert.)*

Nein, der Hengst wird niemals einen Namen bekommen. (*Er ist, was er ist: ein Hengst. Was Pferdemenschen verstehen.*)

Nein, ich persönlich bin nicht in der Handhabung scharfer, spitzer Gegenstände geübt. (*Obwohl ich eine Replik des* ***Highlander*** *dai-katana besitze und dafür bekannt war, in meinen Privaträumen eher ungeschickt damit um mich zu schlagen, wobei ich Hunden und Katzen alle mögliche Bestürzung zugemutet habe.*)

Und für die Fragen, die nach der Veröffentlichung dieses Buches gewiss häufig gestellt werden:

Nein, mein Verleger hat mich nicht gebeten, in ein bekanntes Universum zurückzukehren, weil es kommerziell einträglich wäre. Es macht großen Spaß, über Tiger und Del zu schreiben, und da ich mir mit einigen anderen Romanen eine kleine Atempause verschafft hatte, war ich erfrischt und überaus bereit, wieder in ihrer Welt zu agieren. Tatsächlich bestand ich darauf. (*Fragen Sie einfach meinen Herausgeber.*)

Nein, ich bin nicht lesbisch veranlagt. (*Ich glaube einfach an das Recht des Einzelnen, seinen Lebensstil persönlich zu erwählen, und daran, diese Wahl zu respektieren.*)

Ja, ich habe ein persönliches Anliegen beim Schreiben dieser Bücher. (*Ich bin ausreichend umstürzlerisch eingestellt, die Leser* unterhalten *zu wollen – und zu glauben, dass ›kommerzielle Genreromane‹ unter Berücksichtigung bestimmter Themen, sei es geschlechtliche Gleichheit, Wahl-*

freiheit oder Dutzende anderer Themen, auch erzieherisch wirken können.)

Ja, es wird einen weiteren Roman mit Tiger und Del geben. (***Sword-Sworn**, das wahrscheinlich irgendwann um die Jahrtausendwende erscheinen wird.*)

Über die Autorin

Seit 1984, mit dem Debüt ihres Antrittsromans *Shapechangers*, hat Jennifer Roberson zwanzig Romane veröffentlicht. Zusätzlich zur Fantasy hat sie zwei historische Romane geschrieben: *Lady of the Forest*, eine preisgekrönte Neuinterpretation der Entstehung der Robin Hood-Legende mit Betonung auf der Rolle der Marian (mit der nächsten Folge, *Lady of Sherwood*, die die klassischen Balladen-Abenteuer präsentiert); und *Lady of the Glen*, die dokumentierte Geschichte des Massakers von Glencoe im Schottland des siebzehnten Jahrhunderts, das dem Thema des Films ›Braveheart‹ ähnelt. Sie hat auch Kurzgeschichten für Kollektionen, Anthologien und Zeitschriften geschrieben, hat selbst zwei Originalanthologien herausgegeben und mit Melanie Rawn und Kate Elliott an dem mit dem World Fantasy-Award 1997 ausgezeichneten Roman *The Golden Key*, einem historischen Fantasyroman, zusammengearbeitet. Ihre Werke sind in Übersetzungen in Deutschland, Japan, Frankreich, Russland, Polen, Italien, China und Schweden erschienen.

Jennifer besitzt einen akademischen Grad als Bachelor of Science in Medienjournalismus von der Northern Arizona University, mit einem erweiterten Major in britischer Geschichte. 1982 verbrachte sie ihr letztes Semester in England an der University of London, was ihr ermöglichte, Forschungen vor Ort zu betreiben. 1996 besuchte sie auf einer Forschungsreise für *Sword-Born* und zukünftige Romane Griechenland und die Türkei.

Obwohl Jennifer Roberson in Kansas City, Missouri, geboren wurde, wuchs sie in Arizona auf, wo sie an Amateur-Rodeos teilzunehmen pflegte. Ihr hauptsächliches Hobby ist jetzt die Aufzucht, Ausbildung und Präsentation von Cardigan Welsh Corgis (der Corgi mit dem Schwanz) und Labrador Retrievers auf den Hundeübungsplätzen von AKC, bei Hundeschauen und Wettkämpfen. Sie ist die Kolumnistin für die Aufzucht von Cardigan Welsh Corgis für die AKC *Gazette* und lebt mit (gegenwärtig) sechs Hunden und zwei Katzen in der Nähe von Phoenix.

Die Autorin ist über ihre Webseite unter
sff.net/people/jennifer.roberson/
zu erreichen.